F U D A O

福道

叶梅 —— 著

图书在版编目(CIP)数据

福道 / 叶梅著. —重庆: 重庆出版社, 2021.10
ISBN 978-7-229-15953-5

Ⅰ.①福… Ⅱ.①叶… Ⅲ.①散文集—中国—当代 Ⅳ.①I267

中国版本图书馆CIP数据核字(2021)第149992号

福道
FU DAO
叶 梅 著

责任编辑：袁　宁
责任校对：朱彦谚
装帧设计：刘沂鑫

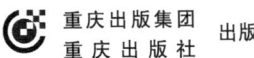
重庆出版集团 出版
重庆出版社

重庆市南岸区南滨路162号1幢　邮政编码：400061　http://www.cqph.com
重庆出版社艺术设计有限公司制版
重庆市国丰印务有限责任公司印刷
重庆出版集团图书发行有限公司发行
E-MAIL:fxchu@cqph.com　邮购电话：023-61520646
全国新华书店经销

开本：787mm×1092mm　1/16　印张：22　字数：228千
2021年10月第1版　2021年10月第1次印刷
ISBN 978-7-229-15953-5
定价：58.00元

如有印装质量问题，请向本集团图书发行公司调换：023-61520678

版权所有　侵权必究

序

《福道》带给我们的生态思考

邱华栋

叶梅大姐让我给她的这本散文集写个序言,还是在中国散文学会换届大会的时候。就在那次换届大会上,她当选为新一届中国散文学会的会长,成为散文学会的领航者,这从侧面说明了她在散文创作方面的成就。写作上她又是个多面手,小说、报告文学、非虚构、散文、评论样样都能写,也都写得好,工作上也是有口皆碑的能人,什么事情她去做就能出彩,是我们喜欢的、信赖的、尊敬的大姐。她说,我这本散文集收录的文章,大都与生态环保有关,你看看会有兴趣的。

果不其然,我把电子文本下载到电脑桌面上,有时间就一篇篇读。在这本集子中,我看到叶梅姐的步履匆匆又从容，西抵如春的昆明，东至黄河入海，北起兴安岭，南及海南陵水，她用她的脚丈量大地，为我们讲述一段段历史，一个个传说。在她的笔下，沉默的鱼山石，通灵性的猴儿，娴雅的雪山，温顺的驯鹿……祖国大地上一切美好生灵，在她的笔端活灵活现，几乎都浮现在人眼前。我不禁拍案叫绝，这本书的确是叶梅在生态文学创作上的最新硕果！

生态文学是一种人类进入到现代、后现代社会之后，重新思考人和自然的关系的文学。叶梅在这方面可以说是先知先觉者，也是一位身体力行的实践者。这不仅在于她的脚力雄健，也在她的笔力万钧。收录在这部散文集中的作品，都可以说是一篇篇的范文，曾有多篇文章被各地高考、中考作为试题或教辅读物，其信息量大，眼光和视角独到，语言富有感染力，带给我们多重的思考和享受。

这与叶梅丰富的阅历有关，因为她不仅自带土家族文化的天然灵性，也有长期博览群书的厚度，还有多年修炼的文学修养和敏锐的现实观照，近年来，她还担任了国家生态环境部特邀观察员，更有独行天下、饱览山河的知行合一的精神。所以，在一篇篇文章中，她才能够集神话传说、史传异闻、民族信仰、现实与未来于一体，带给我们关于生态、关于自然、关于人和土地、关于我们和地球之间的全方位的打量和思考。

生态文学也是 20 世纪人类对工业社会的反思所造就的一种文学观念和文学品种。当然，十九世纪甚至更早，生态文学早就存在，是不自觉的一种存在。卢梭的文章、梭罗的文章，我国明代性灵散文，都有生态文学、自然文学的精神。但自从卡尔松捧出《寂静的春天》后，人类对于"自我"的外在自然，似乎突然有了飞跃式的觉悟，生态便从"自然"内部的科学，转换为人与自然关系的理念，从此，人类的生态观念得以确立，并在不断的生态写作中获得了独立的审美形态。

现在，越来越多的人思考着，关于人与自然关系的概念，自然在人类社会发展中的处境，以及人与未来的关系。经过一轮轮的哲学思辨，也是由于经历了 20 世纪后半叶的几十年较为快速的现代化发展与现代性启蒙，特别是在全球化的时代里，供应链全球化、资源能源全球化，这使得人类命运成为一个共同体，因此，作为对环境的深度思考，生态问题已经不啻为文明的一种标尺甚至是文明本身。

因此，在叶梅的这本散文集《福道》中，我们看到，从"从流花溪以及那一条条弯曲的小溪到乌龙江、白马河等纵横交错的内河，可谓江海河溪相连，海潮江水相通"，到水源污染、再到环境治理，最后，一条条"绿色血管"步行街与"蓝色血管"互通，古老而又年轻的福州演绎了什么叫做"百通才会促使百业兴旺，政通人和"。内河是大自然的馈赠，步行街道是人类的努力，一种自然、一种人文，自觉地交汇在一起，才是这个有文明也有蒙昧的地球上，属于"生态"的完整意义。叶梅以《福道》这篇提纲挈领的文章，引领了生态散文的新趋向，带有象征和隐喻色彩的书名"福道"，也成为她的这部散文集的一个鲜明主题，那就是，奔着幸福生活的福道走，我们必然地要与大自然和谐相处、要和生态保护观念息息相关。

诚然，从全球范围内看，蓬勃的生态觉悟其实是被深重的生态灾难这个严峻现实所催发的。事实是，全世界几乎所有雪山的雪线都在逐年上升，具体原因至今未明，有说因为全球气候变暖，因为污染造成的臭氧空洞，因为过度开发……，但不可否认的是，一定是人类活动在加剧其形势的恶化。这意味着生态底线在受到威胁。还有遥远美丽的云南翁丁村老寨，这个佤族自治县里最后的原始部落，随山而行，忽隐忽现，我多年以前也曾去过。但不久之前的2021年2月14日，辛丑年正月初三，一场大火突然降临，中国最后一个原始部落化作了灰烬，彻底隐没在历史长河之下。让我不禁长吁短叹。

可以说，每一场干旱，每一场洪涝灾难，都让人撕心裂肺地领略了生死的熬炼和大自然的残酷威严。灾难作为必要的转化器，终于唤醒了人对于自然的敬畏。但这种敬畏之情，岂不是过于功利与现实？人类必须严肃地拷问自己：一定要以血与泪的代价，我们才能够唤醒自己沉睡的生态良知吗？超克了生存困境的后人类，还需要生态智慧吗？

于是乎，叶梅更是以她内心的焦急和深情，去走、去看、去听、去想、去写。让我们来看看叶梅笔下的锦州吧！她没有以海湾交通、冶金矿产为特色，而是以那些取道锦州的鸟儿连缀全篇。锦州出现了最古老的鸟"锦州鸟"，可见，锦州地域是鸟类进化中重要一环。很多无法横越海洋的鸟类，必须经过这里，"只有离开锦州之后，迁徙的通道才会骤然加宽，路线也就趋于分散，鸟儿们也就有了更多的去向"。这是一个托举生命的福地，一个真正的生命要道。

在叶梅的这本散文集中，这样的思考闪光而又有着巨大的现实意义。也许才是我们人类面对生态时更应该拥有的胸怀。以人与自然关系为支撑的生态思考，依然是狭隘的，因为天地万灵，还是围绕着人的命运打转，人类才存在在这个星球上多少个年头呢?！我们流下的所有泪水，仅仅是对自我命运悲怆的廉价感伤，而不触及真实的智慧和文明。这个问题，叶梅深入地观照，并以她的广阔的视野，涵盖了人类之外的自然伦理世界。在她的笔端，森林河流，湿地氧气，不仅仅是自然赐予我们的自然景观与生存依托，还属于所有的生命。这就是叶梅不断地以一种娓娓道来却很急切的观察思考呈现所告诉我们的。

你看，澜沧江边的世界，已有叶片硬实的女贞和结着红果的火棘驻守，这里原本是它们的自由世界，"但被我们硬着头皮闯入，只能是披荆斩棘，人与它们，双方都有些伤害"。同样的道理，像家人一般与鄂温克人相伴的驯鹿，才是额尔古纳河畔真正的主人，兴致盎然的"我"再好奇与期待，也没有理由打扰他们的自在清静。

德国思想家哈贝玛斯曾指出，人类面临的生态危机，包括外部和内部自然生态危机这两个方面，危机的核心在后者，即人格系统的破坏。而极具讽刺意味的是，人类对于自己价值系统的破坏，其实滥觞于对"自我"之外一切概念的冷漠。可以说，在相当意义上，对于自己智力的自信，对于自己欲望的放任，导致了自然生态危机。

如果此刻，我们逐渐开始意识到，任何时候的任何生命都是平等的，而这种平等，也许能够消解在现代性内部滋生的霸权主义。所以，阅读叶梅的这本带有样本作用的散文集，我不时想起人类重要思想家在这方面的思考，这也是叶梅这本散文集将溢出文学之外，带给我们多重思考的一个重要特点。

对自然和生态的尊重，我们的民族精神也离不开这种追本溯源、不忘初心的意识，而这确确实实是自然镌刻在我们文化基因里的烙印。叶梅想告诉我们的是，到今天，经济体量已经是世界第二的中国，既不能追求经济上的短视利益，也不会屈从于全球背景下的西方文化，走自己认定的路，就是任何自然和谐共生的文明景象。

正如长江江心砥石傲然，经历了无数冲刷而屹立如初，才叫做民族的精神砥柱。也正如入海处的黄河，"浪的尖顶扬起一叠叠雪白，透示出大河一如既往的冰雪性情，——她到此时，也没有忘记雪山的恩典，不屈不挠地试图留下自己的本色，直到遥远"。

所以，我祝贺叶梅这本新书的出版，也相信会有很多读者喜欢这本书。

2021 年 6 月 12 日星期六

目 录

001/ 序：《福道》带给我们的生态思考

001/ 鱼在高原

013/ 蝉鸣大觉山

022/ 福　　道

036/ 一只鸟飞过锦州

052/ 从柴桑河到海棠竹里

071/ 红月亮

081/ 三峡花雨

090/ 龙船河

096/ 仙女出没的九畹溪

105/ 清江夜话

114/ 神农架的秘密

132/ 长江西流簰洲湾

139/ 一半青山一半云

149/ 澜沧江边的一天

161/ 万物生长

170/ 三朵及禁忌

185/ 清新的山野

201/ 根河之恋

215/ 白音陈巴尔虎

221/ 金沙银沙

230/ 右玉种树

237/ 赤坎的钟声

249/ 惠州西湖情

256/ 西渚的鸟儿和蟋蟀

264/ 听茶

273/ 海南,有一条河叫陵水

280/ 致父亲的村庄

294/ 大哥的庄稼

309/ 登鱼山

318/ 白石屋

326/ 黄河入海

鱼在高原

一

那鱼儿裸着身子,从青海湖的深处向通往大河的河口集结。

是的。它光溜溜的,近似纺锤的身子裸露着,几乎无一鳞片,连鱼儿的嘴两旁该有的长须,那在水里可以飘动摇荡的须都没有。为了在这高原上生存,它除了留下背部的颜色,朴素的与这泥土相近的黄褐色,或者更为低调的灰褐色,这鱼儿它把自己身体外在的华美全都舍去了。

原本是有鳞的。在很久很久以前,它的祖先黄河鲤鱼在青海湖与流向黄河的倒淌河之间游动的时候,曾披甲带挂,浑身都为金灿灿的鳞甲。但天地造化,13万年前青藏高原的山摇地动,青海湖四周隆起了一座座守护神似的大山,将这湖变成了闭塞湖。

福　道

湖水莫名地日渐咸涩，不能适应的生物一个个无奈地渐行渐远，而唯有黄河鲤鱼却留恋着这片高原。它在与带着苦涩的湖水不断摩擦中，听懂了湖水的低语。人类不知道它们说了些什么，那些谜一般的语言只限于它们之间，但人类知道，这鱼儿从那以后决绝地退去了身上的鳞片，就这样毫无防备地袒露着，将自己裸着身子融入了高原大湖。

它成为这片高原蓝宝石的宠儿，青海湖独有的鱼类。它的名字就叫青海湖裸鲤。其中含有的庄重和赤诚，不得轻易狎戏，所以当人们亲昵随意地想起它时，又会叫它湟鱼。

"水中绕有鱼类，色黄无鳞……"清朝乾隆年间的《西宁府新志》中已有关于它的记载。水是指的青海湖，藏语"措温布"——这片青色的海，中国最大的内陆湖，在巍峨的祁连山脉大通山、日月山与南山的环抱之中，浩瀚的水面达 4516.23 平方公里。碧蓝的水呵，看上去深不可测，神秘而又天真。在数千年不胫而走的中国古代昆仑神话中，这湖便是西王母，也就是王母娘娘的瑶池，每年农历六月六，西王母为宴请各路神仙所设的蟠桃盛会，便是在这湖畔张罗的。

裸鲤的岁月，也就是昆仑神话的岁月。

它从远古活到了今天，比人类更懂得青海湖。高原的阳光对湖水的抚爱随春秋四季时近时远，水的情绪和温度也随之凉热，裸鲤感知这一切。它是高原的鱼，它不畏惧寒冷，春秋之时，它喜欢栖息于滩边、大石堆间的流水缓慢处、深潭或岩缝中，冬季则潜入了湖的深处，安静地度过好几个月的冰冻期。

它丢弃了祖先的鳞甲，但没有丢弃祖先既能在咸水中生存，也能在淡水中生存的本领，没有丢弃祖先遗传的每到初夏来临，便会向河流回游，去产卵孵化下一代的繁衍之道。

现在已是初夏时节，高原的严寒早已过去，通往青海湖的布哈河、沙柳河、乌哈阿兰河，还有哈尔盖河、泉吉河两岸，艳若云霞的沙柳花也都已盛开，一丛丛粉嘟嘟的，装点着高原的浪漫。一年一度的裸鲤、也就是湟鱼的回游季也就到来了。

眼见一条条鱼儿游向河口，它们按照祖先的指令，在相同的时间，从不同的水面游了过来。很快，数以百万计的湟鱼集结在那一条条大河的河口，准备开始它们长途跋涉的生命之旅。

二

那真是自然界的奇观。人类至今没有破译它们之间信息传递的密码，不仅是对这裸鲤和其他的鱼儿，还有天上飞的，陆地上行走的，就如前些时从云南西双版纳出行的野象群，它们的行为是受到怎样的指引，又是如何精准地抵达一个个目的地？都让人

福　道

费解。15头野象的北移南归将成为人们不断探究的课题，而这高原青海湖的裸鲤每年春夏之交的回游，也始终让人们惊叹称奇不已。

这湖的四周有 70 余条大小河流，源源不断地将河水注入湖中，裸鲤们鱼头攒动、密密麻麻地聚集在几条大的河流入口，规模和数量绝对超过人类任何一次大的集会。纷纷前来的鱼儿们，在最初的等待之后，越来越多，远远看去，碧蓝的湖水变成了一片似乎正在翻耕的起伏不平的黄土地。

有那血气方刚的鱼儿一直在跃跃欲试，按捺不住地翻跳，但一切都在忙而不乱之中，终于等到了出发的号令，不知首领是谁，也不知如何确定的某一时刻，只见领头的鱼儿突然纵身跳进逆向而来的河流，众鱼儿立刻跟着一涌而上。

回游的鱼儿并不是裸鲤的全部，它们只是湖内的产卵亲鱼，而且不光是已经长大成鱼，可以做鱼妈妈鱼爸爸，还必须腹部的鳍变硬，具有逆流而上的能力，身体强壮的裸鲤才能从大湖进入淡水河，成群结队地去往它们世代相传的产卵圣地。因此，从上路的那一刻，鱼儿就怀着生命的孕育和希望，事关重大而义无反顾，又小心翼翼。

一开始游得不慌不忙，免不了有一点游山玩水的好奇，但紧接着，逆水而行激发起奋进的力量，让鱼儿们兴奋起来，随之便出现了争先恐后,你追我赶,到了河的窄狭处,更顾不得礼让,叠罗汉似的堆在一起,谁都不甘示弱。河道这时候也只能敞开胸怀,任由鱼儿占领,鱼成了一股逆向而行滚滚向前的洪流,河水则看起来改变了颜色,因为已经看不见清水,只看得见鱼,裸鲤背部的黄褐色将河水涂抹成了一块浮动的画布。

我愿意跟着鱼儿一起前行,在这向往生命的路途上,虽然要经受无数的磨难,但鱼儿和人一样,总会对未来心怀憧憬。

你看,有时候,这裸鲤们顶着翻滚的浪花齐头并进,在湍流之中如万箭齐发;有时候如训练有素地排成纵队,穿过河床里突起的嶙峋怪石;有时候,它们也会寻找河水平缓的浅滩歇息一阵,养精蓄锐之后再冲进迎面而来的激流。

不过这些都算平常,还有很多突然降临的灾难让鱼儿们猝不及防。

说着,暴风雨就来了!高原的风雨自有个性,不似江南的风雨时常降临,淅淅沥沥,也不似海边的风雨狂呼海啸之后,瞬间又是彩虹,高原的风雨中藏有坚毅和雄迈,是隐忍多时才会倾泻的酣畅,不来时山河安好,来时则天公咆哮,万马奔腾,片刻间山洪突起河水猛涨,流速迅疾如摧枯拉朽之势。可叹逆水而行的鱼儿们,多在尚未明白的一瞬间,就被巨龙似的洪水冲得晕头转向,七零八落地倒退十余里,有的则奄奄一息。

福　道

对于幸存者来说，好不容易继续上路，但前方却有更大的威胁。就在那些高地或阶梯式的河道旁，棕头鸥、鱼鸥、鸬鹚等成群的鸟儿早已守候。裸鲤是它们最爱的美食，每当裸鲤回游的季节，也是鸟儿狂欢的季节，它们守在河边，就像守在高原专为它们打造的餐桌前，毫不费劲地可以随时享用，并把食物带回给巢里的儿女。

鱼儿游到此处，别无选择。只能硬着头皮往上跳，有的河坎高过一米，只有极少体力超群且又有往年回游经验的鱼儿能够一次跳过，大多数鱼儿一次不行跳两次，一连好几次都跳不过去。而就在它们跟前，那些占据优势的鸟儿看似平静地冷眼旁观，半天一动不动地站着，只是胸有成竹的样子，可冷不丁会俯冲下来，伸过铁钩子一样的长嘴，毫不客气地逮住一条鱼儿，一口吞下。

整个过程如闪电一般。

死亡的阴影就那样笼罩在头上，拥挤在高坎下的鱼儿，不知道下一个会轮到谁。

但即使这样，也没有一条鱼儿后退。

它们仍然一边鼓足勇气，拼尽全力要跳过高坎，哪怕一次次失败也决不放弃，同时当然得一边尽量闪避那些觊觎它们的鸟儿。但鱼儿知道，面对这些天敌，牺牲总是难免的。从它们的祖

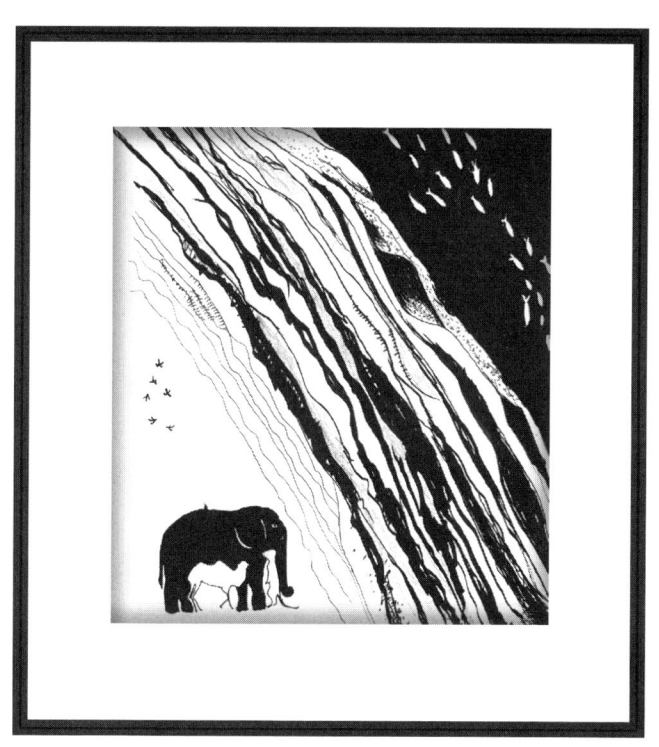

边 缘

先那里，鱼和鸟儿，还有这水，都是息息相关地连在一起。养活鱼儿的吃食主要来源于飞翔的鸟儿造化于水中的微生物、浮游物，鸟儿少了，鱼儿们的供养也就少了。

高原奇特的生态循环便是如此，鸟儿多的时候鱼儿多，鸟儿少了鱼儿也会少，鱼鸟共生，相克相依。所以鱼儿的内心深处并不恐惧，也更不会逃离，它们就在鸟儿的捕捉下跳过高坎，再奋力向前。

接下来，一道出行的同伴还会不断消失，它们有的在途中精疲力尽，有的为了保持身体的敏捷而少吃甚至不吃食物，最后身衰气绝。不得不面对的残酷是，经过上百公里顶着风浪的跋涉之后，能顺利到达产卵的河道或湿地，留有余力繁殖后代的鱼儿，仅仅只是出发时的十分之一。

悲壮的裸鲤回游，不惜牺牲生命地为了生命而去，这聪明的鱼儿、敢于舍生忘死的鱼儿，千百年以来，就这样勇敢地延续着族群。

三

在它们之中，终于有裸鲤抵达了孕育之地。

那是温暖的河，布哈河、沙柳河、泉吉河的不同河段，水流变得浅而平缓，有些近乎于湿地，水底是细而软的泥沙，雄鱼顾不得一路辛劳，先用尾鳍扫出一个个摇篮似的小坑，准备迎接雌鱼的排卵。一条健壮母鱼的怀卵量是惊人的，少则几千，多则会达16000颗左右，长途逆水而行还会刺激鱼儿性腺的发育，回游越远的鱼儿怀有越多的未来。在雄鱼扫出的每一个坑里，通常都会安放一百多个鱼卵，细心地排列过去，等候着新生儿的降临。

但裸鲤却是十分金贵的，几天之后，在那些数量可观的鱼卵中，最终能活泼地破膜而出的鱼苗，可谓千里挑一。而且，刚面世的鱼苗是那么弱小，也不怎么会游动，先是暂且以母体带来的营养维持生命，然后等待水流中有食物漂过嘴边，如果能顺利地吃到一口，就有了活下去的可能。

但很多时候没有那么凑巧。

反倒是无数的危机潜藏在小鱼儿身边，所以从鱼卵长成小裸鲤，生与死几乎无时不在较量，顺利活下来的只是万分之一。你不得不承认，生命的确来之不易。

然而，总归有一些鱼儿会得到大自然的恩赐，侥幸而又必然地活了下来，它们在鱼爸爸和鱼妈妈的陪伴下，在出生地度过不算漫长的夏天，然后就要打算启程回家了。

回到青海湖，那个辽阔深邃、自由自在的家园。

21世纪的青海湖，对于裸鲤来说，几乎就是祖先曾经感受过

福　道

的天堂，这里的天空只有云朵和鸟儿飞来飞去，这里的湖面也只有阳光和风雨的光临，没有人的捕捞和惊吓，那些祖祖辈辈在这湖上打鱼的人们都收起了渔网钢叉，放飞了鱼鹰，将投放在裸鲤身上的目光变作了慈祥。

曾经，在 20 世纪饥饿的年代里，裸鲤救了无数人的命，但随着过度的捕捞，湖里的鱼儿越来越少，引起了人们的高度警觉。专家们认为，青海湖是维系青藏高原生态安全的重要水体，被称为我国西北部的气候调节器和空气加湿器，而裸鲤的数量锐减，"水—鱼—鸟—草地"的良性循环直接受到损害，使得周边生态环境持续恶化。事不宜迟，随后颁布的一系列国家法令，逐渐加大了对裸鲤的保护，将它列为国家二级保护动物，2004 年《中国物种红色名录》中，更是被列为濒危珍稀物种。

人们说，青海湖的湟鱼，鸟能吃，人不能吃。

半个多世纪以来，青海湖共实施了 5 次封湖育鱼行动，2021 年又开始的第六次封湖育鱼，将实施零捕捞政策直至 2030 年。随着对裸鲤的保护，青海湖的生态得以修复，持续向好，湖面持续增大，裸鲤的数量比保护初期增长了三十几倍。

环湖地区居住着的汉族、藏族、蒙古族等不同民族，是保护湖水和裸鲤的生态卫士。他们每年都要祭祀青海湖，这流传千年的习俗，表达了对天地、山川、湖泊的感激和敬畏，与自然万物和谐共处的心愿，为国家级非物质文化遗产。近年来，当地民众在祭祀细节上变换了方式，过去"祭海"时，是在瓷制宝瓶里装五色粮食抛到青海湖里，而现在为了保护这一方净水，他们用酥油糌粑手工捏成了宝瓶，用来"祭海"，为的是既不污染环境，还可以给裸鲤添一些食物。

人与鱼儿，与青海湖共存。

小裸鲤回家的路，是它生命中第一次远行，它随着鱼爸爸鱼妈妈顺流而下，一路飞奔，浪花四溅，轻松而愉快。不久，它就嗅到了大湖带着咸涩的味道，是那样粗犷新鲜，它好奇极了，也向往极了。在前辈们的叙述中，小裸鲤已经知道那是它们真正的家园，无论出生在哪条河里，最终都会回到那片蓝色的大湖，如海一般的大湖。

在那个宽广的大家园里，小裸鲤将自在地遨游，快活地成长，四年以后，它也会像前辈们一样，在一个初夏的季节游向河口，逆水而上，去创造新的生命。

鱼在高原，在这天地间没有帷幕的舞台上，生命如戏剧般进行，悲欢离合，绵绵不绝，一幕幕起落不止。

蝉鸣大觉山

一

资溪大觉山，那深邃的绿让从北方而至的人一时惊羡无语。

因为一路也都是在绿色的田野里穿行，正是晚稻抽穗的时节，从火车旁掠过的一块块稻田，将丰腴的绿色铺展开来，红瓦白墙的村庄也都在或浓密或疏朗的绿树簇拥之间，已道是十分养眼。却不料到得江西抚州下了火车，再乘汽车前往资溪时，那山水间的绿却是更加浓厚了，唯有高速公路似一条白练，时起时伏地穿插其间。

进到这大觉山里，更好似一下子被那绿色团团抱住，不再是忽近忽远，而是脚下的草地，身旁的竹林、松杉、香樟树，绿肥红瘦的都将人围绕着，还有山楂、猕猴桃、乌饭树和野葡萄等，

福　道

挤挤擦擦地在一起，蔓延在人的身边，放眼处，高低左右都是水灵灵的绿。

细看模样又各有不同，好些都不认得，叫不出名字。好在手机下载了一个软件，有想弄明白的植物，对着它拍一张图片，立刻就得知了它的尊姓大名，还有出生地、家族血缘关系等等。这就认得了有趣的粗叶悬钩子、米饭花。

几千年甚至更长的岁月里，人与植物的关系该有多亲密，从它们的名字里就可以略知一二。比如粗叶悬钩子，这长在江西的山谷和沼泽里，以及路旁岩石间的落叶灌木，大名之外还有一串别名：大叶蛇泡筠、大破布刺、虎掌筠、九月泡、大筠坛……，这些稀奇古怪的名字透着人对它的亲昵和喜爱，好比叫着村庄里的顽童：虎子、狗蛋、黑娃、小二……，随口就来。

我们来到大觉山时正当六月，恰是粗叶悬钩子开花又结果的时节，密密的绿色丛林中，它绽放着白色、红色的小花朵，勾引着人的目光，走近去，就见那花托上凸现的一粒粒玛瑙似的小红果，晶莹透亮，让你只是静静地看着它，却舍不得伸手去触碰。

而那开出一串串粉白花朵的叫米饭花，又叫江南越橘，并且也还有好些别名：夏菠、小三条筋子树、早禾酸、五桐子、马醉木、猴木、南烛……，我端详着这花，也端详着它的这些说不完的名字，忍俊不禁。你看它真是风光得很，名字有洋有土，五光十色，就是过去那些爱给自己取上一些字、号、笔名的著名文人，也都没有几个能有这米饭花的名号多。

是谁给了这山间的植物这么多的体贴和称谓呢？还都是那些曾经与它们最亲近的人，山间的农民、樵夫、采药人……，一年年，一天天，多少年多少代，人对植物的喜爱和了解不亚于对自己的子孙，将自己的心情都给了它们，粗叶悬钩子、米饭花，所有植物的名字想必都是这么来的。

勤劳的人们给了植物名字，而把自己的名字埋入了大地。人与植物世代结下的情缘，原本就在这相互的感念之中，人用语言和文字念叨着它们，而植物则将果实、花朵、叶和根茎，所有的一切都奉献给中意于它的人们。就说这粗叶悬钩子和米饭花，不光好看，还能治病救人，前者的根叶入药，有活血化瘀、清热止血之效；米饭花则以果入药，有消肿之效。但这米饭花却又是全株有毒，尤其那漂亮的串串白花毒性最大，亦能产生有毒花蜜，动物切切不能误食。

看来，但凡生命都有性格，温柔或强悍，内敛或外向，喜欢索群独居还是抱团取暖？动物、植物和人一样，都需要相互理会，才会相安无事。

二

大觉山的空气是甜丝丝的。

亚热带湿润的暖风一年四季吹拂着这片大地，冬无严寒，夏无酷暑，阳光和雨水对此地从不吝惜，虽然已在福建的交界之处，但无台风之扰，几千种草木在安宁的氛围里郁勃生长，人们即使在最困乏的年代里，也没有对这大觉山的树木举起利斧。如今，资溪全县森林覆盖率达 87.3%，而这大觉山更是达到了 98.3%。

在这里，人把充足的空间留给了植物和动物。随口道来的粗叶悬钩子和米饭花只不过是其中最为平常的，这山里还有珍贵的大面积原生南方红豆杉、长叶香榧、伯乐、香果、蛛网萼、美毛含笑等濒危植物，属于国家一、二级名贵保护植物的就达 40 多种。它们在这南方的大觉山里，一派葱茏。

登山的路很长，但走起来并不吃力，得益于身处"天然氧吧"，人们说，大觉山空气负离子含量每立方厘米高达 30 万个以上，即使身手一般的男女在此也多了几分力气。山道上，果然见到一群群游人，老少皆有，健步行走而无难色。

大觉山一面存有原始森林，另一面却也人烟不断，在那山顶的高处，建有千年古刹大觉寺，早在东晋咸和元年至唐贞观年间就已有香火，相传是由杭州灵隐寺的大觉禅师，云游大觉山修行弘法，而开发兴建的，几经修葺至今。人们不辞辛劳，一路攀缘而去，却在走近那云海蒸腾的顶峰之时，会在途中见到一座巍然独立于山峦之间，高1338米，形似大佛的山峰，人称大觉者。从远到近仰视这佛山，只见大觉者昂然垂手而立，肩宽头正，体态庄严，任凭云光飞逝而一动不动，令人震撼。

就在那静谧的时刻，听到了细小但十分清晰的蝉鸣。

"知了、知了。"蝉叫着。

在大觉山森林里，有云豹、黑麂、恒河猴、苏门羚、金雕、黄腹角雉、红嘴相思鸟等珍禽野兽，它们各自在天上飞、水里游、林子里跑，大多数时候，它们躲避着人类，只是与自己的族群对话，偶尔才发出呼喊和声响。只有金蝉脱壳的蝉没有任何忌讳，它在这夏日的树枝上，毫不懈怠地从早唱到晚，它仿佛是这森林的代言者。

于是，我们在走进大觉山的深处时，听到了蝉的叫声，不是一只两只，而是无数只，在这密密的丛林里，它们生活无忧地欢实地叫着："知了、知了。"

大千世界，蝉知道了哪些呢？它叫得这么自信？这小小的生命在出世之间要在土里藏匿好些年，多的达17年，才从泥土里悄悄钻出来，然后爬上树去，挣脱外壳，经过一番蜕变，这才试着展开一对翅膀，开始它的吟唱。有树的地方才会有蝉，有蝉的森林就有了动物毫不掩饰的话语，至于蝉儿究竟唱了些什么，想那蝉心人心大觉者，才会"知了"。

三

资溪境内山峦连绵起伏，兼有谷地和丘陵，是由闽赣交界的武夷山脉向西延伸而来的。县境内，一条清秀的泸溪河从峡谷中自南向北穿过，而最高峰海拔1364米，县东侧还有令人惊叹的30万亩原始森林的大觉山，离县城仅有15公里。可想而知，与之如此近距离相伴的资溪城，该是多么难得的怡然之城啊。

与许多城市不一般的是，资溪的环城马路都紧靠山林，坐车经过时，会心生疑惑，眼前情景明明是在山野之间，浓密的灌木，湿漉漉的草地，一群鸟儿在上面踱步，但又分明看见马路一侧的灯，眨眼就亮了，可信的光晕照着路上穿着健身服奔跑的人儿，就知道的确是市井一角了。

小城很小，平卧在山的环抱里，两三条街，一溜的小商铺、饭馆、中医诊所，卖青菜和山货的地摊……也有车，但并不形如流水，只是不紧不慢地开着，跟街上的行人打着招呼。实际上，小城虽然简单，但生活中该有的都有了，而小城拥有的未曾受到污染的环境、优质的空气，好些城市和地方极想有，可叹却没有。

这个人口不足十万人的资溪，有当地人，还有浙江和其他地方来的移民，小县故事多，但从历史走到今天，千变万化之中，可贵地在于全然保留了一方土地的绿色风貌。在资溪境内，森林繁茂的大觉山并不是唯一，还有马头山国家级自然保护区、清凉山国家森林公园、九龙湖国家湿地公园、华南虎野化放归基地等好几个国家级的生态区，都是一派绿色郁然，无疑是后工业化时代宝贵的生态资源。

多年里，当地人民小心地选择着发展的路径，唯恐伤害了大自然。曾经有企业欲投巨款在资溪兴建一大型火力发电厂，建成后会给当地带来可观的经济收益，但意识到可能随之而来的大气污染和水污染，资溪人毅然谢绝了客商。而令人称奇的是，在几十年的改革开放期间，"资溪面包"居然名扬天下。20世纪80年代初期，两位退伍军人将在部队的就业培训中学会的烘焙技艺，带回了家乡资溪，从此一路创造奇迹，小面包做成了大产业。资溪森林广袤，从前既不种小麦，也没有面粉厂，但如今却有4万资溪人参与了面包经营，巧手开出的8000多家面包店，遍布全国大小城市，甚至还远去了俄罗斯、越南、中国香港等

福　道

地，创造了一个个让人惊叹的劳动传奇。

在大觉山下，我亲耳听到一位资溪的企业家，说起他当年从一个荷包里只有几百块钱的农民，如何靠做面包发家致富，又亲帮亲、邻帮邻地带领一个个乡亲走向富裕的故事。在做面包的资溪人中，千万元户的已数不胜数，眼下，他们兴办起大型的面包生产基地，在世界一流的现代化设备前，昔日乡村的农民身穿白色无菌的工作服，正在高大明亮的厂房里一条龙地操作。资溪面包，不仅使数万农民和下岗工人走上了创业之路，造就了一大批有眼光有魄力的新型企业家，而且同时留护着绿色的山林田野。

"生态立县，绿色发展"，成为资溪人坚守的理念。

在资溪的绿海之中，还有大片的毛竹、慈竹、观音竹……一层层，一叠叠，参差错落。爱竹的文豪苏轼曾吟道："何夜无月？何处无竹柏？"而此处是可以骄傲的，竹和松柏铺染在大地上，那一轮高悬在清新山林上空的月亮，也就显得格外皎洁。我站在大觉山下的月色中遐想不已，又听到蝉儿的鸣叫："知了，知了"，不由突然意会到，大觉者，大觉人也。

福　道

一

只知道，一条河会给一座城市带来最为活泼的灵性，所有美丽的城市都会有属于自己的河，时刻能叫出名字，让人亲切而又感怀的河。但未曾料想，在南方，面朝大海的福州，又称作榕城的这座城市里，穿行于它古来的三坊七巷、华林寺、乌塔、马尾船政遗址及现代化林立的高楼、闽江口金三角经济圈之间的大河小河，竟然有156条。

大河如闽江，小河如那流花溪，那么多的河，一时数都数不过来，纵横交错，如蛛网密布，或奔腾或涓涓流淌，汇成了灵动美妙的有福之州。曾经多次来到这座有着2200多年建城史的城市，一次次感受它的深厚和悠远，而眼前最令人惊讶和艳羡的是，那156条河流前后之变化，以及环绕城市，被人们愉悦地称作"福道"的绿色休闲步道。

仓山区南台岛上的那条流花溪，在福州156条河之中应属最小的了。它的潺潺流水不足十里，地图上几乎找不到它的名字，而只是在溪边走动的市民那里，才能仿佛听到流花溪，这个好听的字眼。

但实际上，它并非孤独的小河，它是闽江顽皮的孩子。乳汁饱满的母亲从武夷山向东而来，一路携带起众多儿女，在即将奔向东海之前，更是奔腾跳跃，造化出一条条小溪。这条先是无名的小溪，也是由母亲的呼吸和伸展而生发的。

虽是无名，但直接相通于闽江干流乌龙江古道，也有那久远的历史，存活于小溪两岸的民间沃土里。

南台岛西北端有一座飞凤山，传说很久很久以前，神话中的百鸟之王——高贵的凤凰就栖息于此，小溪可遥遥对她眺望。溪畔有一高宅村，在一片片古榕树群的掩映之下，曾有"高宅榕树甲天下"之说。自唐代起，乌龙江上帆影不绝，棹声如歌，村人建有宗祠"树德堂"，尊"孝慈""孝悌""孝敬"，奖掖读书之风。高宅村宋代出过九个进士，光绪二十四年（1898），当地士子高稔考中戊戌科拔贡第一名，光绪皇帝钦定为朝元，并御赐"朝元"牌匾。勤耕苦读，后人纷纷效仿，历代人才济济。

福　　道

　　另有一村，名葛屿，村里多有百年树龄的白玉兰，花开之时，香飘整条小溪。村里也有始建于明代的李氏宗祠，正厅有对联曰"治宋肃朝仪，宣室运筹称圣相；抗金存汉胄，丹心报国仰英贤"，颂扬的是先祖李纲，抗金护国之忠烈，光前裕后，世泽绵延。正如这村的另一处对联中所写："上下与同流，高也明也博也厚也悠也久也"。

　　小溪两边的村落和人家，过去由于战乱和灾害，也曾频繁搬迁，更迭，兴旺之时，石板街上有酒库、海鲜店、肉桌、食杂店、米店、药材店、诊所、制衣店、木材商行；四周农家种些龙眼、橄榄、芒果、枇杷、杨梅、黄皮果、柑橘、荔枝来卖。潘边村的"白沙枇杷"及"红核仔""南元""蕉核仔"龙眼更是石板街上最受人喜爱的吃食。100多年前，小溪旁建有一个橄榄厂，产品远销上海、苏州、杭州等地，福州地图上曾标注为"百棵树"。

　　溪边还曾有一座厅堂高大，围墙厚达一米，气势豪放的"万利厝"，厝在闽南语中指的是房屋，多以石头或红砖砌成。这厝的主人李万利，乾隆年间先是从福州往宁波做笋干、草纸生意，后来将乌龙江的橄榄贩往宁波，成了一位富商。后来遇到宁波官府构筑城防，工程进展一年多却因资金匮乏难以为继，李万利慷慨解囊，工程款不足部分全由他坐底支付。宁波百姓满心感激，为他雕了一尊石像安放于城墙上,并将"宁波筑城,万利坐底"的故事流传开来。

这些相伴河流小道的往事,注入到今日福州的风韵之中。

福州的河流弯又弯,福州的道路长又长。

从流花溪以及那一条条弯曲的小溪到乌龙江、白马河、东西河、晋安河、光明港等主河道,再到安泰河、打铁港、五四河、瀛洲河、达道河、茶亭河、洋洽河、龙津河等十多条内河,可谓江海内河相连,海潮江水相通,而一不通则百不通,百通才会促使百业兴旺,政通人和。

从 2017 年起,福州在全市兴修了 15 条休闲步道,总长约 125 公里,它们如同"绿色血管"一样穿梭全城,串联起十余个美丽的生态公园,让市民们享受到了直通家门口的绿色福利。

人们说,福州的生态环境变化得益于习近平在此担任市委书记的六年间,他推动建设"海上福州"、保护"城市文脉"、倡导"马上就办"、主持编制了"3820"工程,即《福州市 20 年经济社会发展战略设想》,科学谋划了福州 3 年、8 年、20 年的发展目标,给这座城市绘下了一张张美妙的蓝图,开辟了一条条宽阔的"福道"。

生命

二

那天，我们来到流花溪公园门口，有朋友问，你们从前如果来过福州，不知是否闻到过河水的臭味？他指着溪边一排宣传栏，那上面就有从前和现在对比的图片。我凑近一看，很是吃惊。

过去的一张张图片上，河流已被严重污染，跟前的这条小溪，水面上长满了水葫芦，水的颜色浑浊。其他河流也已经大多不能动弹，有的是一团黑沼，冒着污浊的泡沫；有的是臭水沟，漂动着白色塑料、烂菜叶子等废物垃圾。两岸到处都是拥挤的建筑物，高楼大厦与残破的平房、工棚一起，紧紧逼到了河堤跟前，若那河能发出声音，一定会是哀号不已。

那位朋友说，早先我每天傍晚会沿着河散散步，但后来我发现，河里的味道越来越难闻，走一趟回来，身上就刺痒，再也不敢沿着河走了。

那时候，心里真难受。

我们相视无语。这样的情景并不是第一次见到，前些年即便是在北京，在我家居住不远的莲花河，每年夏天也能闻到臭味。从桥上经过时，不忍探头但咬着牙还是想看个究竟，只见发黑的

福　　道

河水纹丝不动，就像一个酱缸似的在发酵，散发着一阵阵刺鼻的臭味。我想扭头逃开，但不知为什么，腿却迈不动，心里一个劲地想，这可怎么办？怎么办才好啊？

赖以生存的河，都变成这样了，怎么向后人交代？娃娃们怎么活？

好在这福州，20世纪90年代初期，习近平同志在此工作时，就极富前瞻性地提出了"全党动员、全民动手、条块结合、齐抓共治"的内河治理思路，不止一次地指出"消灭城市黑臭水体，还给老百姓清水绿岸、鱼翔浅底的景象"。这些话深深地打动人心，历届福州市委、市政府痛下决心，认真践行，一方面坚持绿色发展观，一方面持续推进城区水系综合治理工作，科学谋划打好碧水保卫战，近些年开展了福州市有史以来规模最大的城区内河综合整治工程。

通过对全市河流逐一"望闻问切"，他们把治理的目光从每一条河道延伸到与之关联的河道和支流，延伸到地下管网等污染的源头，发现"症状在水中，根源在岸上，核心是管网，关键在排口"，据此提出系统治理黑臭水体的系列措施，每一条都可以说是惊心动魄。

一是全面截污。首先将内河两侧6到12米的房屋建筑全部拆除。这真的需要壮士断腕，忍痛割肉，刮骨疗伤的勇气和担当。所涉及的事件一言难尽，但终于历经曲折而拆了个干净，从前被捆绑的河道得以释放，大大地舒展。

接着的大动作是埋设大口径球墨铸铁截污管，构筑城市截污的第二道防线，这在全国算是首创，也是上下一致经过多次试验而采取的办法，要想截污，就得约束污染源流，而且之所以采用又大又厚的铸铁管，就是因为这东西经得起挫折，不会一碰就损，泄漏污染。这样一来，福州全市共埋设了铁管260公里，建起截流井1011座。打个比方，有点像吐鲁番的坎儿井，隔一段与地面有个通道，好掌控维护。

二是全面清淤。福州的清淤采用的是"干塘清淤法"，不见底不算完，彻底干净，才算放心。清出来的河道淤泥约在295万立方米，这个数字是一个什么样的概念？100立方米就似一座小山，1万立方米就是一座大山，295万，是一座又一座大山，是愚公移山的山。这些愚公们将山移到了该去的地方，化腐朽为神奇，变废为宝，养花种草，丑变作了美。

三是全面清疏管网。福州市全面排查2500公里雨污管网，同时进行修复、更换、补充。住在城市里的人都尝过遇到大雨，就水漫金山的恐惧，甚至极端时，还会危及性命。城市排水，绝不是小事，但2500公里的排查，更不是小事，这一年年下来，福州做到了。

四是全面治理污染源。实施源头污染网格化排查，规范整治隔油池、沉淀池、排污口等设施，坚决取缔并搬迁污染企业，实现从源头上截污治污。共排查整治污染源3165个，取缔小散乱污企业132家。

五是全面实施城中村改造。在这近十年里，陆续改造了2500万平方米旧屋区，治理了415个老旧小区，不仅使雨污分流在原来的城中村得以实现，市容市貌大为改观，而且使原先居住于脏乱差环境中的市民大多住进了新房，好房，生活中添了阳光。

六是把水引进来。闽江每日潮涨潮落，给人们以启示，他们利用潮位差，通过智慧化调度，每天两次将奔流向前的1650多万立方米闽江水引入城区，加固、加高水系入江入海的闸门，让水多留。与此同时，打通断头河13条、建设了11个大型推流泵站，让内河水流保持在每秒0.2米以上的流速，形成流动的循环水系。

水流动起来了，波涛起伏，深深浅浅，最明显的是，人们从河边走过时，再也闻不到臭味，耳边听到了轻轻的流淌声，和着蛙鸣。

一切来之不易。人们清楚地知道，三分在治，七分在管，如果不管将会重蹈覆辙，所谓"今不虑前事之失，复循覆车之轨"，曾经的污染带给人与环境的伤害不能再现。而在新时代，不光是靠"眼、脑、手",更为敏捷的是利用了科技创新。福州依托水系科学调度信息化管理平台,创新采用 NB-IOT 物联网监测、大数据分析、云平台计算等多种现代化信息技术,智慧排涝、智慧水务,用新技术统筹调度全城上千个湖、库、泵、闸、站,实现市区"厂网河"一体化管理,以保河水无恙,人民无恙。

这些措施看似枯燥,但却是凝聚着无数艰辛的劳动,励精图治的心智,以及勇敢无畏的担当,因此换来 156 条河流的新生,一条条"福道"的拓展。

三

那本是一个阳光斜照的下午,但来到流花溪边不久,竟然飘起了雨丝,倒也并不会淋湿人的衣裳,只是轻若游丝地飘下来,在空中悠悠扬扬的,不像是下雨,倒像是一道道撩人的羽纱。

于是,沿着溪边的"福道"走去,满眼绿色。

河坡上长着小草,一片片绕着河堤,伴着小道,虽然已是初冬,却自然不似北方的冬季,草仍是绿油油的。三角梅也仍在开花,一簇簇红得似火,木棉树、黄花槐,还有被称作香港市花的红花洋紫荆,都在这小溪边,安然自得。

寻得一个好所在,一棵大榕树下,桌面似的山石,光滑如

福　　道

镜,四周散落着可坐的石头,有那当地的几位朋友坐在一起,喝了三泡工夫茶。伴着草木的清香,这茶香似更为清幽。

眼前的清爽风景,是生态治理之道带来的,人们改变过去"三面光"的传统治理套路,在河畔种下垂柳,缓坡入水处则种植芦苇、美人蕉,着力打造有深潭、有浅滩,长得出水草,藏得住鱼虾的生态河道,还大自然一抹本色。

福州市黑臭水体已全部消除,生态环境部联合住建部曾两次组织专项验收,判定福州市已100%完成国务院下达的黑臭水体治理任务,福州成为首批"全国黑臭水体治理示范城市"。内河的水多起来、动起来、清起来,沿河建成了开放式的"串珠公园"376个、滨河绿道500公里,市民们惬意地体会到"推窗见绿、出门见园、行路见荫"的舒心快乐。

流花溪,于2016年由仓山区政府公告而正式得名。溪水伴花,水波传香,每行一段,初来乍到的人都会有意外的惊喜。为让市民有近距离的亲水体验,流花溪降低园路标高,全线打造成蜿蜒的自然生态岸线,走在步道上,一会儿杨柳依依,一会儿荷印梦樱,十里花廊美不胜收。溪边还建有多处儿童游乐场、跨河小桥、便民停车场,来往人无论男女老少,可坐可行,十分便利。

这溪两岸的榕树多达700余株,走过一座石拱桥,便见到了那棵被人们誉为"甲天下"的大榕树，已有上千年树龄，它树干如蟠龙盘踞，枝叶遮云蔽日，正是垂一方之美荫，迎万里之清风。树旁的"榕树甲天下碑"成了网红打卡点，不时可见一些年轻人跑过来与树合影，他们靠在榕树干上，青春与古老相映成趣。

榕树不远处，有一座红墙斑驳的香积古寺，相传在唐朝曾盛极一时，其言不虚。早在东汉时期，福州就与东南亚一带国家贸易往来，唐宋时期则是"百货随潮船入市，万家沽酒户垂帘"的繁盛，明清时，"使西南洋诸口咸来互市"，鸦片战争后，福州被辟为"五口通商"口岸之一，外国使节、商人等纷至沓来，多元的宗教文化在福州得以遗存，佛教更是十方丛林，百寺钟鸣。

如今，这古老的香积寺时时守望着流花溪的生机盎然。古榕树下的那座名为新新亭的亭台里，又总有一些休憩的市民，他们一边欣赏美景，一边谈古论今。我们走过去，也与他们闲聊起来，我不由得想起京城的莲花河，近些年也得到了治理，也有了芦苇青草，流水声响，虽然没有这千般花朵，倒也有安逸和欣喜。

再从这流花溪看去，那福州的156条河流，水清、河畅、岸绿、景美，还有那长长的福道，生态、便民、健身、休闲，20年前的发展目标如今变为现实，昔日的"纸褙福州城"已经成为名符其实的"有福之州"。

人们期待着,越来越多的"福道"出现在身边的城市,出现在华夏大地。

一只鸟飞过锦州

一

远远地，在一望无际的蓝天下，这鸟儿随着鸟群飞过来了。

飞动的翅膀下，是辽阔的大海，那大海就像一面巨大的镜子，在阳光下闪闪发亮，按说，鸟儿可以依稀看到自己在水中的倒影，但它们很少低头，总是专注地平视着前方，朝着早已明确的目标。在一阵阵热气流的助力下，它们的飞翔不需要太多气力，因此只是轻轻地扇动着翅膀，显出有条不紊、优雅的样子，看上去就像精心排练过的舞蹈。

它们从更远些的北方飞来。虽是小小的队伍，小白鹳与它的父母兄妹，一共才五只，前后排成三行，但它们无论出现在哪里，都会引来惊讶的目光。即便是与它们同类的鸟儿，那些庞大的，几百只甚至上千只的鸟群，扬扬自得地在空中飞过的时候，突然感觉到这几只叫作东方白鹳的大鸟由远而近，也会立刻唶唶嘈嘈地扑扇着，闪躲开去。

这些珍稀的东方白鹳，全世界仅有几千只。

现在，它们的前方出现了弯曲的地平线，接着，在那暗绿色的山地与海水之间，大块大块黄色的田野，飘带似的街道及楼房……都从这鸟儿身下一掠而过。它们朝着离这一切不远的湿地飞去，那里是一片开阔而又湿润的滩涂，兼插着草地和丘陵，有一条流动的大河与小河相汇，贯通涌向渤海。正如我们不知道这鸟儿与它父母兄妹各自的名字，鸟儿们也不知道那些河分别叫大凌河、小凌河、女儿河、百股河……这临近海水，河流穿行，树木环绕的城市叫锦州。

东方白鹳飞到了东北锦州。

这是一座爱鸟的城市。

古时便有锦州鸟。极为遥远的白垩纪时期，是在地质年代中生代的最后一个纪，开始于1.45亿年前，结束于6600万年前，历经7900万年，所谓显生宙的最长一个时期。那时候，海洋硬是活生生将大陆掰开，地球变得温暖、干旱，最大的恐龙统治着陆地，翼龙在天空中滑翔，壮硕的海生爬行动物则占领着浅海，而最早的蛇类、蛾、蜜蜂以及许多新的小型哺乳动物也开始渐次

福　道

出现，后人称作"锦州鸟"的鸟儿便是它们的同伴。

这鸟儿存留于化石间的模样让人过目难忘，长长的由宽到窄、如一把尖刀的鸟喙，几乎跟身体的长度差不多，它飞行于凶猛巨大的恐龙世界里，一定是十分勇敢锐利的，它那似刀尖一般锋利的喙，足以将任何凶顽动物的皮肉凿出一个个血淋淋的洞来。在那人类及世间万物一大半都尚未萌生的白垩纪，锦州鸟儿就那样无畏地在新生大陆与海水之间飞来飞去。

那海后来叫渤海。看来，渤海湾一带从远古时期就有着吸引鸟儿的一切：冷热相宜的气温，开花结果的植物，嗡嗡叫的小蜜蜂，以及海滩边草丛中的小蛤蜊、小虫子。如果不是后来那起突发的灭绝性事件，白垩纪时期的锦州鸟说不定也会跟人的祖先一样，渐渐摸索着直立，甚至行走起来，这谁能说没有可能呢？那将会是另一番有趣的世界，就如我们常常读到的童话，鸟儿能飞也能走，比人要多一种本事。但在中生代与新生代的分界之时，有一颗巨大的陨石从天而降，狠狠撞向了地球，一瞬间，受创的地球整个变成了一大大的火球，烈焰不仅在初生不久的草木间蔓延，甚至熔化了岩石，烧没了山体，连同在山地和草原上奔跑的恐龙，低空中飞行的小鸟和蜜蜂，统统都被卷入了蛮荒的烈火之中。考古学家将此称为白垩纪——第三纪灭绝事件，导致包含恐龙在内的大部分物种灭亡，而撞向地球的接触点成为永久的伤疤，一个令人惊惧的陨石坑留在了如今的墨西哥犹加敦半岛。

锦州鸟也就从那一刻留在了化石里，它与那些熔化的岩石一起被深埋在地下，沉默了1亿2500万年。之后，一个意想不到的时机，有人将它从锦州义县黑蹄子沟附近的张吉营村的地里挖了出来。锦州鸟重见天日。而后，在锦州邻近的北票县四合屯，又有人挖掘发现了更为古老的鸟儿化石，经过专家考证，怀着敬意地将中国古代教育家和思想家孔子的尊号给了它，此鸟被命名为圣贤孔子鸟。2006年，在北京举行的第二届国际古生物学大会上，报道了论证结果，圣贤孔子鸟是现今发现的具有角质喙的最古老的鸟，在鸟类进化研究中占有重要地位，是热河生物群第一个在世界范围内引起轰动的中生代鸟类化石，是除德国始祖鸟外世界最早最原始的鸟类。科学家据此在鸟纲下建立了一个新目——孔子鸟目。圣贤孔子鸟，这名受之无愧。

不得不说，东北锦州一带，的确是古来鸟之故乡。锦州鸟、圣贤孔子鸟，从远古飞来。

二

鸟儿有着惊人的记忆。在临近湿地，并能看见一棵棵高大树冠的树木时，那小白鹳不由自主地加快了翅膀的扇动，它兴奋地

福　道

几次要冲向前去，差点就要打乱长时间保持的队形。

飞在最前方的是小白鹳的父亲，然后是它的母亲和哥哥，但此刻，一直飞在最后的小白鹳兴奋难抑，感染了妹妹，娇小的妹妹也跟着它急急地扑向前。那地面升腾而起的气味吸引着它们，熟悉而又亲切，潮湿的泥土气息，夹杂着草木芳香和海水的腥味儿，小白鹳和它的兄妹就是在这片土地上诞生的，那时春光明媚，鸟语花香，那棵灰褐树皮的辽东栎上，就有它们的家。

倘若是在漫长的飞行途中，这鸟儿在没有得到父母的指令下就突然加速，以至改变队形的鲁莽行为是注定会受到惩罚的。东方白鹳不会鸣叫，它们的语言是靠击打嘴壳，发出嗒嗒的声音来表示，虽然那只是极其简单的方法，但跟人类叩发电报一样，"嗒嗒"声可变幻无穷，或短或长，或急或缓，或连续或停滞，从而表达出复杂而又微妙的意思。这时，飞在前方的父亲只是短促地"嗒嗒"了两声，就立刻让小白鹳感觉到了父亲的威严和不满，它和妹妹顿时收了收双翅，赶紧放慢了速度，相随于母亲身后。

其实，这只领头的东方白鹳心里也是欢跃的，经过几天几夜不停息的飞行，盼望的家就在眼前，它差点就让儿女们放开翅膀，在这蓝天碧海，丛林湿地之间撒撒欢。但现在首先要做的是一番逡巡，它们的家园四周是否太平。

但凡从远古活到如今的生物，无论是天上飞的，海里游的，还是地上行走的，都无一不具有聪明绝顶的灵性，否则又怎能渡过那漫长时光里曾经无数次的浩劫和危机？东方白鹳是古老的鸟儿，也是机警的鸟儿。

有诗为证："我徂东山，慆慆不归。我来自东，零雨其蒙。鹳鸣于垤，妇叹于室。洒埽穹窒，我征聿至。"两千多年前的《诗经·东山》里吟唱到了鹳，说一个征人自去往东山后，久久未能归乡。如今从东山回来时，恰逢细雨飘零蒙蒙，那鹳鸟鸣叫在土丘，妻子嗟叹于室内，正在洒扫屋子，盼着征人归来呢。从《诗经》描述的画面里，我们清晰地看到了古时那只离着妇人不远的鹳。

它属于鹳类，但又不是鹤，虽然跟鹤一样也身着白色羽衣，缀着黑色的尾翼，但一双长脚却是鲜红的。它站立于树梢或滩涂之上时，会显得格外醒目和骄傲，长而粗壮的嘴尖端逐渐变细，略微向上翘着，带着坚硬执拗。它那宽大的翅膀展开时，黑色的覆羽会奇妙地闪烁绿色或紫色的光泽，而前颈下有一圈披针形的长羽，在求偶炫耀时会竖直起来，就像贵族脖子上那一圈叫做"拉夫"的褶皱花边，傲娇得很。

世上的白鹳有两种，分为西方白鹳和东方白鹳。西方白鹳在希腊神话中是一个重要的角色，它曾经帮助天后赫拉生育，象征

福　道

着春天和新生，被欧洲人叫作"送子鸟"或"报喜鸟"。而东方白鹳则是中华大地上珍贵的鸟儿，它象征着祥瑞和卓尔不凡，每年冬季，会在气候温和的长江中游一带的湖泊过冬，春暖花开之时，则会千里迢迢来到东北一带谈情说爱，生儿育女，那里有辽阔浪漫的大海，以及容易引起遐想的河流、沼泽，还有那些高大的树。

与白鹳相似的鹤虽然气宇轩昂，但后趾小而无力，不能上树，只能在低洼地、沼泽里搭建产房，东方白鹳却具有更多的野性，它的后趾有足够的力量支撑身体在树上活动，因此特别喜欢居高临下，在最高的树木，甚至悬崖绝顶之处安家。它机警而又喜爱宁静。

这时，小白鹳跟随父亲，在锦州湿地的上空再次盘旋了两圈，大小凌河口的滩涂上正是一片热闹景象。一群群蛎鹬、反嘴鹬、红脚鹬、鹤鹬、黑腹滨鹬姿态万千地嬉戏不停，苍鹭、池鹭、夜鹭也相继露脸，苇塘里，数千只翘鼻麻鸭漂浮在水面上，鹊鸭和绿头鸭混杂其间，正在怡然自得地觅食。

邻近的海滩上，那些星星点点的白色水鸥，也刚从北方归来不久，不停地飞起又落下，抑不住初来乍到的新鲜感。更远一些的空中，银鸥、海鸥、黑尾鸥在结队翱翔，形成一排排翻腾的鸟浪。

在海滩上密集的鸥群里，还有最珍贵的黑嘴鸥和遗鸥，全世界 90% 以上的黑嘴鸥都会在锦州和邻近的盘锦境内繁殖。这显然也是一件十分庄重的事情。

东方白鹳避开了这些热闹，在空中完成了对地面的巡视之后，它们掉头飞向僻静的湿地深处，降落在了那棵高大的栎树上。小白鹳也随之落下。它用足趾抓紧一根粗大的树枝，侧头看去，恩爱的父母站立在巢沿，正将头靠在一起，愉悦地摩挲着颈部，又上下摆动，嘴里温柔地嗒嗒着，这表示，它们对眼前的一切十分满意。

的确，它们的家完好无损，除了边缘有些干枯的树枝断裂。

两年前，东方白鹳与它的妻子选择了这棵枝叶茂盛的辽东栎，在树顶筑起了爱巢，之后每逢春季和秋季，它们都会南来北往经过此地，在这个爱巢里住上一段日子。辛勤的东方白鹳每次来都会对自己的家用心维修扩建，添枝加固，现在，这爱巢的长宽高都已超过两米，密密匝匝的树枝穿插得滴水不漏，巢里垫有厚厚的羽绒、树叶，规模和硬件都大大超过了一般的鸟窝，完全可称之为一座了不起的建筑。

公平地说，这与掌握了先进技术的人们所建的那座著名的"鸟巢"相比，无论造型还是精细度，都毫不逊色呢。

福　道

三

　　锦州，锦绣之州。

　　它依山傍海，地域辽阔，境内不乏江南水乡之灵秀，又有北方山河之壮美，大凌河、小凌河入海口大片的冲积平原和滨海湿地，与盘锦的辽河口湿地、营口的大辽河口湿地连接在一起，苍茫绵延几百里，构成了令人惊叹的全世界第三和亚洲第一大的原始野生湿地。聪明的鸟儿们，在它们的长途迁徙中，将此选择为宝贵的中转站和栖息地。

　　春天飞向北方，冬日来临的前夕，鸟儿们又飞回南方，它们所经历的路线，有的长达几千里，几万里，甚至十几万里。候鸟们在如此遥远的繁殖地和越冬地之间往返迁徙，是自然界最为震撼壮观的奇迹之一。

　　全世界已知鸟类有9000多种，其中4000多种是候鸟，目前已知最主要的迁徙路线有9条，其中最繁忙的是东亚及澳大利亚候鸟迁徙之路，北达俄罗斯远东地区、堪察加半岛以及阿拉斯加，南至澳大利亚和新西兰。每年数百种、超过5000万只候鸟在这条通道里迁飞，而这条道由宽到窄，形成的唯一瓶颈，即在我国的渤海湾区域锦州一带。同时，最新发现的环太平洋候鸟迁徙通道也经过此地，渤海湾恰好是这两条迁徙通道的交会处。

每年从我国过境的候鸟种类和数量约占全球迁徙候鸟的四分之一，而锦州这个地方，不仅有两条候鸟迁徙路线经过，还有很多飞行能力较弱、不能直接穿越海洋迁徙的鸟类，尤其是雀形目的候鸟，在迁徙中更是必须经过锦州。只有离开锦州之后，迁徙的通道才会骤然加宽，路线也就趋于分散，鸟儿们才有了更多的去向。

数千万只鸟儿，为什么会选择锦州作为迁徙经停、越冬或者繁殖之地，这应该由大地来回答。

这片地处渤海湾辽西走廊北口的大地，既有千年湿地、一望无际的优质泥沙质滩涂，也有树木参差的丘陵、草原、可以种植玉米花生的旱地，以及飘香的稻田。多样化的地形和植物，为越冬候鸟提供了种类丰富的食物。那喷涌的地热，流速迅捷的河流，生成了部分不封冻的水面，各种鸟儿的繁殖在此快乐而又秘密地进行。

小白鹳与它的兄妹就是在锦州鸟巢里诞生的。

可知东方白鹳的族群之前并不兴旺。它们的越冬地主要集中在长江中下游的鄱阳湖、洞庭湖、洪湖等湿地湖泊。可叹的是，据称长江流域 20 世纪 50 年代初共有大小湖泊四千多个，但因围垦、泥沙淤积而有一千多个逐渐消亡；长江原有通江大湖 22 个，

福　　道

面积为 17198 平方公里，到 20 世纪 80 年代，湖泊面积仅存 6605 多平方公里，减少了近三分之二。这实在令人痛心疾首。东北锦州的生态从前也曾严重受损，河口区域用海规模多年间一直不断扩大，海洋工程增多，原有的河口滩涂被割裂，天然潮沟连通性受损，河口滨海湿地生态环境日益退化。东方白鹳和另外一些鸟类曾经的越冬地和中转栖息地明显萎缩，食物难觅，导致鸟群数目显著下降甚至濒临灭绝。稀有的东方白鹳成为国家一级保护动物，它在生存危机之中困顿着，迟疑着，一度不再飞到锦州。

绿水青山就是金山银山，被唤醒生态意识的锦州人近年来痛定思痛，为使大地回到曾经风光旖旎的模样，曾经打响解放战争辽沈战役第一枪的锦州，在新时代又打响了渤海湾综合治理攻坚战，他们治理三河三山，拆除非透水构筑物、海堤生态化改造、潮沟疏通、在湿地大面积种植芦苇和翅碱蓬，将垃圾场变作花园……大小凌河、女儿河、百股河渐渐唤回了清澈的流水，北普陀山、南山、紫荆山又有了鸟儿的啼鸣、花儿的芬芳。他们的梦想是，有一天，这座北方历史文化名城能够"水清、岸绿、滩净、湾美、物丰"，不仅能使人宜居、宜业、宜游，也能让万物生灵尽享太平。

东方白鹳终于又飞回了锦州。

那小白鹳先是吃饱了，然后到水边玩了一会儿。它悠闲地吃了些小鱼、蝗虫、草根、苔藓，还有一些沙砾和小石子，来帮助消食。秋日的阳光，将水面照得金灿灿的，小白鹳独自从浅水处进到齐腹深的水里，一边缓慢地向前行走，一边不时地将半张着的嘴插入水中。这水真甜啊。

它的父母正一前一后漫步在草地上，步履轻盈矫健，边走边啄食。对于爱情十分忠贞的东方白鹳，夫妻俩总是紧紧相随，如胶似漆，它们会那样一直到老。小白鹳学着父亲平素的样子，单腿站立于水中，颈部缩成S形，眯着眼歇息，它希望自己也能很快变得成熟起来。

到了中午，它开始和兄妹们在家附近的上空飞翔，一次比一次飞得更高。从地面上起飞时，首先要奔跑一段，并用力扇动两翅，待获得一定的上升力后才能飞起来。一开始，它将长颈向前伸直，腿、脚则伸到尾羽之后，尾羽展开如一把大扇子，然后初级飞羽再散开，上下交错，这时便能鼓翼飞翔，也能利用热气流在空中悠悠地滑翔了。它惬意地飞翔着，在锦州的天空，这时它不需远行，可以率性，也可以仔细地俯瞰大地，它飞得越来越轻盈，也越来越美了。

父亲会吩咐给小白鹳一些任务，比如飞往更高处，如果发现有入侵领地者，就立刻降落，通过用上下嘴急速拍打，发出"嗒嗒嗒"的呵斥声，并且伴随颈部伸直向上，头仰向后，再伸向下，左右摆动，两翅半张和尾羽向上竖起，两脚不停地走动等动作，向敌方表现出一系列挑战和威吓。

但那只是父亲传授给它的技能，在这个食物丰裕的地方，鸟儿很少发生战争。

四

东方白鹳一家在锦州住了40多天，每天上午的时光都会用来修补鸟巢，并且又在附近的柳树和杨树上新建了三个精致的小巢。小白鹳与它的兄妹就要开始学会独立，自成一家了。或许，它也会跟哥哥一样，找到一位心仪的雌鸟。它早就发现，哥哥在干活的时候有些心不在焉，附近另一个东方白鹳的鸟窝里，常有一只站立的小雌鸟不时朝着哥哥张望，它们眉目传情，你来我往。

小白鹳有些羡慕。

因为族群成员的稀少，要找到一个合适的伴侣，对于东方白鹳来说，并非一件容易的事。雌鸟的产卵，一般都在万木复苏的春天，每窝一般3~5枚，孵卵由雌雄亲鸟共同承担，白天轮换几次，晚上则全由雌鸟承担。30多天后，可爱的宝贝就会破壳而出，细茸茸的白色羽毛，橙红色的小嘴，给它们的父母带来多少惊喜啊。两个月之后，小白鹳便可以歪歪扭扭地飞了，但在这世上，不断继续地活着是一件艰难的事，它们本当近50年的寿命却多有夭折。直到最近这几年，小白鹳的同伴才似乎多了起来，先后来到锦州湿地安居的，已经不止它们一家，还有一些从未谋面的东方白鹳也远道而来。

同伴的增加，为情窦初开的小白鹳增添了喜悦。

它隐隐察觉到，与它一样高兴的不只是鸟儿，还有那些行走于大地上的人。那些希望看到鸟儿，但又懂得不能打扰它们的人，远远地，小心翼翼地站着，连说话都放低了声音，他们手上举起的闪光的家伙，不是猎枪，而只是"咔嚓"一声，就又放下了。人们不但不来惊扰，甚至还揣摩着，为东方白鹳搭起了好些个高大的招引巢。那些建在铁架上的巢，看上去结实无比，即使十级台风也吹不倒。

机敏的鸟儿感觉出锦州人的善意。从古到今，鸟与人可以说早已成为伙伴，没有鸟的世界，人有何趣味呢？而如果没有人，鸟儿们想见到大地上新奇的一切，又从何而来？

随着寒意渐增，小白鹳从父母"嗒嗒"的交谈中得知，它们不久就要离开这个家，飞向南方那些湖水荡漾的地方了。它们从北方归来的时候，曾飞过古老的医巫闾山和辽西走廊。现在它们要一路向南，飞过黄河，飞向长江。

想那2300多年前，长江岸边的诗人屈原曾在他的诗歌《远

福　道

游》里写道:"朝发物于太仪兮,夕始临呼于微间",那"微间"指的就是鸟儿飞过的医巫闾山。远在楚国的屈原,对这迢迢的北镇名山的向往,难道也正是因为飞翔于这两地之间的鸟儿所诱吗?

一只鸟,一群鸟……无数只鸟飞过。

秋日的无垠蓝天之上,早些天在锦州水稻田、苞米地的田埂上踱步觅食的一群群灰鹤,一声长鸣之后,也拔地而起,它们一会儿排成"一"字,一会儿排成"人"字;不计其数的遗鸥,从海滩上扑闪着飞向蓝天;难得一见的沙丘鹤、大红鹳、丑鸭、毛腿沙鸡……它们与东方白鹳在空中点头示意,互不相扰,向着各自的路线飞去。

这时锦州的天空,恰似一首秋季大自然的交响曲。

飞在空中的小白鹳终究有些难舍,否则它明知不能莽撞,但还是冲到了父亲身边,"嗒嗒嗒",它说。大地上的人不懂它们的语言,但清楚地看见,那群鸟又飞了回来,东方白鹳,高贵的鸟儿,它们再次盘旋着,盘旋着。在这片曾经飞起过世界上最古老鸟儿的大地上,它们生儿育女,休养生息。懂情意的它想说什么呢?

"嗒嗒嗒",仰头张望的人们似懂非懂地领略了鸟儿的眷念,心中不能不深深地感动,泪眼模糊之中,见它们在锦州上空久久地盘旋之后,慢慢飞过了人们的头顶,最后飞向了远方。

殷殷地等待来年春和景明,那时,这鸟儿就又飞回来了。

从柴桑河到海棠竹里

一

有一些地名，是如此之雅，分布在中华大地上，如闪亮的珠玑，尚未走近，便被它晶莹的光诱惑了。它们的意味与那些美丽的山川融为一体，由祖先及后人小心地呵护着，历久弥新。

庚子年初冬，我随中国环境报"大地文心"生态文学采风一行来到四川眉山，经仁寿、丹棱、洪雅、青神几地，一路走来，但见满山秋色未减，红叶纷飞，绿树翠然，古韵犹存而又饱含新生态。

雄峻嶙峋的峨眉山西南边缘，岷江环抱之中的眉州，却又相依丰美的成都平原，真也是人间天府，山川秀逸，让人不由得想起生在眉州的苏轼，他父子三人均为千年文豪，一定与这方奇崛的山水也大有关系吧。

苏东坡一生多在外地为官或游历，但无论走到哪里，见了好山好水，都免不了勾起对眉州的回想。有一次在江苏阳羡漫游时，见那独山立于画溪之东，奇美似故乡眉山之状，他则不由得怦然心动，叹道："此山似蜀。"这一声叹息，惊倒世人，为此竟把独山之名改作了蜀山。

白驹过隙，那使江南秀丽山水都情愿化为蜀山的古老眉州，在上个世纪末经历了工业化、城镇化、现代化的几番加速，几番熬炼，河流山川也几度险遭污染，但近年来又向险而生，再度焕发本真，呈现出一派雨过天晴的绿色祥和。

我们先是来到了眉山市区的东坡城市湿地，又听人介绍了仁寿的柴桑河，感慨中多有怀想。柴桑河，这自带美意的河名由何人所取，一时无从考究，但知柴桑一语出自江西九江一古县名，却是诗人陶渊明的家乡，因县西南有一柴桑山而得名。陶渊明晚年隐居故里，自是欢喜树木交荫，时鸟变声的田园风光，后人因此便以柴桑借指故里。

这柴桑河想必也定有其意。

它虽然并非一条大河，但自仁寿李家沟发源，倒流北行，牵动了十几条小溪，最终汇入鹿溪河、赤水河，进入岷江，两岸人烟稠密，所谓柴桑河，应是文脉相传的眉山人对家乡的一份爱恋呵。

福　道

然而，这条河一度因两岸的工业开发及人口剧增，多种污水直接排放到了河里，水质变得浑浊不堪，从前在河里打鱼摸虾的人们再也不敢问津。发黑的水面上漂浮一层层油腻，隔三差五会翻起一堆堆死鱼，炎热的夏天，臭味将河边的小草都熏蔫了。一个不谙世事的小姑娘却提着一个玻璃缸来到河边，缸里游动着三条小金鱼，小姑娘觉得家里太热，怕把小金鱼热坏了，想提到河边来放生，没承想到河边一看，吓得掉头就往回走。她说河水太脏了，还是让小金鱼在家里养着吧。

两岸的人叫苦不迭。终于有一天，人们意识到，这样的情形再也不能延续下去。"要体现尊重自然、顺应自然、天人合一的理念，依托现有山水脉络等独特风光，让城市融入大自然，让居民望得见山、看得见水、记得住乡愁。"习近平总书记关于生态保护的一次次讲话振聋发聩，催人深省。人与大自然的和谐，关乎人类的命运，幸福在哪里，在人们的意识和创造里。党的十八大以来，眉山人开始迅速地行动。

人们说，故乡的河，母亲河，还你一河清水。

眉山各地先后开展了对河流的治理。他们打破行政区域，建立三级河长制，坚持"谁污染谁治理、不妥协不放过"，有的放矢，直击河水污染要害。

仅柴桑河全域就查出排污口一百多个，在断污的同时，清除河道淤泥、杂草杂物，禁止肥水养鱼，杜绝畜禽养殖；全流域餐厨垃圾收集转运；加速污水处理厂建设和提标升级。河体治理的顶层设计有了新思考、新特征，定位为成都眉山同城绿色发展的梦想之河，要成为"天府公园城、眉山创新谷、开放新高地"。

大自然母亲总是满怀仁慈之心，只要不触犯她的底线，她都会将最大的恩惠施于人。

几年的治理过后，河边人亲眼目睹那条臭水沟又变回了碧波荡漾的清水河，从前一度不见踪影的白鹭也开始频频光临。河道清淤后也得以拓展，原似一条小沟渠，而今风吹杨柳波浪宽，最得意处更是成了波光潋滟的湖面。河岸上栽种了伏地卷柏、翠云草、节节草、团扇蕨……以及数不尽的花儿。开门见绿、推窗见景、出门入园，成为人们生活的一种常态。

柴桑河生态湿地，还有那东坡城市湿地，体现着眉山人的想象力和创造力，在绿茵茵的湿地与散落的小岛之间，自有蜀山风格的亭、台、榭、廊、桥环绕，一直延伸到人们的生活区，逐渐被赋予"公园城市"的独特内涵。

融入现代元素，延续城市历史文脉，让群众生活更舒适的理念，体现在眉山河流治理的每一个细节之中。

让人好生念想的"柴桑"二字。柴桑之河，故乡的河，又何止在眉山，在四川?！无数的乡愁之河，在你我心里，那昨日的

福 道

悠长,今日的浪花,点点滴滴,都让人疼惜不已。

二

次日来到丹棱县。

丹棱,这美妙的名字,古老而大雅。"县北有赤崖山,高耸赤色有棱,如鸟游之状,拱翼县治,丹棱之名,盖取诸此。"(《今县释名》)。始建于隋开皇十三年的丹棱,名字得来已逾千年。

那座如赤鸟飞翔之状的山下,人杰地灵。北宋年间,当地有一位英俊奇伟的名士杨素,有意重振诗圣杜甫宏远雅正的诗风,专程去到黔州——今重庆彭水,请当时被贬谪于此的黄庭坚,手书杜甫于巴蜀的诗作三百余首,并出资让能工巧匠一一刻成石碑,在丹棱城南三里高庙沟修建了一座高屋,将石碑全部陈列其间。竣工之日,黄庭坚欣然为之题名"大雅堂",并作《刻杜子美巴蜀诗序》和《大雅堂记》叙其事。

黄庭坚告诫后人学杜甫不要穿凿于文字工律之间,而要体会其中深意,虽然大雅之堂难登,但他相信,总有年轻人会有所醒悟,得其精髓,"后生可畏,安知无涣然冰释于斯文者乎!"

丹棱当属大雅之地,有大雅之风,不仅来自高雅的庙堂,更来自充满人间烟火的江湖，来自芸芸众生。迈过千年的丹棱古县，恰有一阵阵绿色环保的清风吹遍大地，吹遍每一座村庄及农家，那清风在山间农舍的屋檐下，鱼儿欢跳的溪水边，扛锄走过的小路上，也在合家团圆的灶火前、餐桌旁。

十年前，四川省针对农村生活垃圾的处理，建立了"村收集、乡镇运输、县处理"的机制。丹棱县县委书记一班人专门为此走访了一个个乡村，他们来到了一个叫龙鹄村的偏僻地方，那里的村支部书记罗朝运一听说要解决垃圾问题，马上就来了劲。

不用说，那时只要一走进乡村就会发现，各家各户都是按老习惯，就着河边、桥下、竹林里，哪里方便就把垃圾倒在哪里。随着数量、种类的增加，大自然的自净能力跟不上，曾经是秀气洁净的龙鹄村，走几步就能看见一个七零八落的垃圾堆。下雨天，冲到河里的废塑料、污物将整个水面都盖住了，村民们路过都要捂着鼻子。为了整治河里的垃圾，每年村干部和村民代表，都要租船到河里去打捞，一捞就是好几天。

村支书罗朝运随之跟县委书记结了对子，共同商量垃圾处理的法子。这一干十年过去了，龙鹄村一步步从臭水垃圾的包围之中突围出来，不仅回到了从前的山清水秀，鸟语花香，更重要的是全村人养成了良好的习惯，垃圾处理有了一套行之有效的好办法。

福　道

那天，我们见到了那位长相憨厚，当了16年龙鹄村支书的罗朝运，他开口就说："1元钱也能办大事。"人们都叫他"1元钱书记"，正是因村里的垃圾处理得来的。

"开始修建垃圾池，但是时常溢出散落，住在附近的村民就吵闹。"罗朝运话说当年，"那时候，我们修到哪儿就被赶到哪儿。"村里以每个月600元钱雇的两个保洁员清扫效果也不大，人少地方大，钱少不积极。常是前脚才清理干净，后脚又被人倒得满地都是，清也清不过来。罗朝运苦恼得很，一次在田坎坝上摆"龙门阵"，说起这事，一位村民笑道："书记，你干脆把全村的垃圾承包给我，我负责弄干净，你一年一次性给我钱就行。"

罗朝运一盘算，要得。他请村民每人每月交1元钱卫生费，然后用这钱在全村来一个生活垃圾承包竞标。人们一听好新鲜，事关每家每户，全村402户人家，踊跃地来了398户，7个村民投标，4个村民竞标。罗朝运记忆犹新，"当时，一年承包价是5万元，只能向下浮动。竞标村民要上台去面对全村人讲述自己的垃圾处理方案，一开始，那几位还有点放不开，到后来越说越带劲，停都停不下来了"。最终，一位村民以36400元的最低承包价中标，成为龙鹄村第一个垃圾收运和公共区域常态保洁的责任人。

他又找了两个帮手。报酬由全村每人每月缴纳的1元钱"卫生费"来支付，差额部分由村集体资金补齐。

从此，每天一大早，村里的垃圾池就被清理干净了。还将村民倒在联户池里的杂草、谷皮等能堆肥的挑出来，运到组分类减量池里，再经过一定时间的沤积之后埋到村里的果树下。其他垃圾则汇集到村收集站，再由县里的压缩式垃圾转运车运至眉山市垃圾填埋厂。一年下来，扣去成本，这几位的所得在8000元左右，虽然钱不算多，但这只是他们每天的一个早工。他们干得愉快，还因此受到了村民们的信任，在大家眼里，这是一件很重要的事。

1元钱虽少，但启动了村民的责任心，不再有人随意丢垃圾，还把垃圾处理编成了顺口溜，"上到九十九，下到刚会走"，全村老少都能倒背如流：

政府投资把池修，

垃圾分类往里丢。

菜皮皮、烂果果，

入池（沼气池）产气把饭煮。

建筑垃圾没人要，

找块空地来埋掉。

塑料纸壳分筐投，

福　道

卖点小钱打豆油。

电池药瓶有毒害，

千千万万入黄袋。

……

　　大俗也能变大雅，一旦千家万户的百姓有了自觉，就有了难以估量的力量。农户在家也自设垃圾分类桶，将原来露天的无门无盖简易垃圾池，加门加盖，改造为垃圾分类亭，红桶收集有害垃圾、黑桶收集其他垃圾，既美观又实用。走进依山傍水、竹木成林的龙鹄村，就能感觉到空气清新，草木花香，见到河流清澈，一幢幢农家小楼用的是自来水，安装了宽带网，天然气，村民们衣着整洁，精神焕发。

　　村支书罗朝运当选为十三届全国人大代表，正与外来投资3000万的企业一起打造"橘橙小镇"。他打趣说，这3000万可以说是被1元钱吸引来的。

　　"迟日江山丽，春风花草香"，在诗圣杜甫的眼里，最美的莫过于朴素、天然的山野芬芳。丹棱，不光是龙鹄村，全县乡村都建立了垃圾处理的办法，由此成为丹棱模式，带着大雅之气推广到了全国。2019年，丹棱县获得全国绿化模范单位荣誉称号；2020年，又获得全国村庄清洁行动先进县称号。

在眉山的日子里，耳边常听到四川方言，生动有趣，就如这丹棱的特色小吃，叫来也有滋有味的，如冻粑、三大炮糍粑、曹八娘米豆腐……好些又都被称作地理标志产品。这些小吃的原料都是本地的稻米、黄豆，吃起来香甜可口，而且特别放心，因为丹棱的土地没有污染，没有重金属，没有深埋的有害垃圾。民以食为天，还有什么比安全的食物更重要的呢？

大雅丹棱，是洁净的丹棱。

三

还没走到洪雅，就听同行的老陈介绍，洪雅是国家级生态示范县，森林覆盖率达到了 70.5%，负氧离子平均浓度达国家 6 级标准，被誉为绿海明珠，天府花园。

老陈从前在眉山市环保局工作过，后来又在洪雅当过领导，一说起生态的话题就兴致勃勃，一路给我们讲了不少故事。

说洪雅一名，源于县东北的洪雅川，即今日的安溪河。这河上段名洪川，下段将汇入雅河，故名"洪雅川"。全县河流纵横，青山环抱，九湾十八坳，植被丰茂，中草药种类达 2000 余种，常用的达几百种，其中杜仲、黄连、厚朴、红豆杉、薯蓣等规模甚大。

福　　道

说洪雅有"十雅"，指美女、奇石、嘉树、香茶、藤椒、好纸及苦口良药等。这良药便是《本草纲目》和《现代中医药典》中均有记载的"雅连"，品质优良，畅销东南亚和非洲等地，又以黄连花为原料精制而成的养生茶，近年来也备受人们喜爱。还有一种雅纸，是以龙须草为主要原料，手工抄造而成，其色泽、韧力、吸水、防渗墨都非同一般，早年就曾受到许多著名书画家的夸赞，最善画驴的黄胄在他的一幅《五驴图》上欣然写道："可喜雅纸也！"文化老人黄苗子的赞誉更是洋溢于笔端，曾直接于雅纸上挥毫："落纸生云烟"。

说洪雅的企业为了减少污染，采取"煤改电"，每年利税几千万的青衣江元明粉公司科技创新，两次升级改造，完全实现了"燃烧零使用，污染物零排放"，以前的废气、粉尘、锅炉排气的噪声都不见了。

说"十三五"期间，洪雅县专注绿色发展，着力打造健康养生产业、有机农产品和生态工业，让当地人民及八方来客吃得放心、玩得开心、住得舒心、购得称心。老陈笑称："要想身体好，常往洪雅跑。"

沿途经过柳林古镇，虽略有细雨，却还天气温和，一路似在森林芳草的亲昵之间。但又驱车几十公里，上到远近闻名的瓦屋山顶，却是另一番景象。

那日恰是大雾弥漫，几乎伸手不见五指，影影绰绰的，只见树梢挂着霜雪，似琼枝玉叶，浩然一色。空气极为清冷、利爽，呼吸间不觉将肺腑中的浊气一股脑儿吐尽。

瓦屋山早在唐宋时期就与峨眉山并称"蜀中二绝"，这山除了走势奇美，东西两侧状若瓦屋，还有山顶倾下的瀑布、白练似的溪流，热气蒸腾的温泉，也似万壑争流，千崖竞秀。而最醒目的还是那颜色斑斓的森林，郁郁葱葱地覆盖着山体，杉树、珙桐、杜鹃、桫椤、箭竹，成片接岭，参差交错，花落树犹香。

过去洪雅人靠山吃山、靠水吃水，在瓦屋山一带修了几十座电站，开了多处矿山，可没想到日子却越过越穷，生态环境也变得越来越差，有的河道开始断流，鱼儿也渐渐少了踪影，山林满目疮痍。人们意识到再这样下去，过不了多少年，瓦屋山说不定就会变成光头山了。近年来，瓦屋山开始全面治理，首先清退电站、矿山，退矿还林，退电还水。此后全面停止小水电站新建、改扩建审批。

2017年以来，依法关闭了洗选矿、砂石洗厂、石膏矿厂等多家企业。在这个艰苦的清退过程中，涉及业主资产负债6亿多元，几百名职工面临失业，1267户4000名分散居民电网全新改造……千头万绪，一件件做起。洪雅县委、县政府为此召开千人动员会，领导分片包干，前后一年多时间，工作人员吃住都在山

福　道

上，不管夏日炎炎，还是寒风瑟瑟，硬是将14座矿山52个矿洞关闭之后再逐一清理，拆除电站43座、整改3座，职工实现再就业，负债有序化解。

几年之后，山体得以疗伤，绿色再现。人们说，瓦屋山的大岩窝曾经就是一个大矿区，山体下方曾被挖出两个大矿洞，上百人花了几个月的时间，从别的地方运来土，填进洞里，再栽上草和树。现在可以看到，曾经的矿洞前爬满了藤蔓，扁叶竹、鸢尾、灌木已与四周的植被浑然一体。

瓦屋山成立了自然保护区管理局，核心区和缓冲区纳入生态保护红线，范围扩大至394平方公里，青山巍巍，一望无际。原来国有林场的职工，再也不以砍伐为业，而成为巡山护林，养山富山的守望者。

树是人类最忠实的伴侣。

为了这蜀地间的绿海明珠，一代代林场工人曾在这寂寥的山林里，栽树养树，相守一生。那天在瓦屋山上，见到一位当年的林场工人何勇，他也是二十多岁就上了山，如今两鬓已有了白发，话语里充满对这山这树的深厚情感。他说这山的历史，说生态的恢复，也说这山上的趣事，瓦屋山也有"十八怪"，"暮秋时节杜鹃开、缘木求鱼不奇怪、三个太阳当空晒、懒竿钓鱼人不在、采药打笋把'盔甲'戴、锹犁耕地比锄快……"

在他的讲述中，人们一时欢声笑语，一时又唏嘘不已。

四

下了瓦屋山，再往前行则是青神县。这带有几分神秘的青神，却是由古蜀国第一代国王蚕丛氏而来，他常身着青衣，教民农桑，老百姓则敬他为神，谓之青衣神。

传说蚕丛氏的祖先原为羌族纵目人，散居在岷江与青衣江上游一带的高原，以放牧牛羊和捕鱼狩猎为生，年轻的蚕丛氏后来当上部族的首领，便带领族人走出山地，来到了岷江中游，在这片水草丰茂的地方扎下根来，故而此地称作蚕丛故里。一身青衣的国王蚕丛氏，时常与族人一起耕耘，养殖，创建了农桑文明，直到建立蜀国。

替百姓做了好事总会有人记得，也总会有人流传。

中国传统的记忆存在文字里，也存在那些大大小小的地名和口口相传的故事里。千百年来，为了纪念和缅怀青衣神蚕丛氏，早在西魏废帝二年（553），便初设青城郡，其后二年，又于青城郡内建立青衣县，北周大成元年（579），为青神县至今。

绵延不断的岁月里，青神人从未忘记这位勤勉农桑的蜀王，逢年过节都会敬香祭祀，如今的县城北，又修建了一条宽阔的青

福　　道

衣大道以及青衣神广场，一尊高大的青衣神雕像耸立在那里，凝视和陪伴着来往的人们。而人们投向他的目光里，有自古以来的敬仰，也有新的尊崇，那是因为在他开创的古蜀遗风里，辟新业，重农桑，敬天地，爱江河……，一代代传承下来，此时弥觉珍贵。

以史为鉴，可以知兴替。

青神这地方古来为"南方丝绸之路"必经之道，风物奇丽，山势峻秀，更有"一江五河三十二溪流"，山光水色，令人目不暇接。但同眉山其他地方一样，青神县多年前的生态环境也变得十分脆弱，在眉山近年全力打好污染防治攻坚战中，青神重点开展了小流域污染的生态治理。

那一江是岷江，五河是粤江、沙溪、筒车、思濛、金牛，32条溪则有着数不过来的跳跃的名字，它们来自蜀地的崇山峻岭之中，飞流直下或溪水潺潺，终归汇入岷江。而穿过成都平原，流经青神的岷江，不久之后将到达大佛端坐的乐山，然后自宜宾奔入长江。

这是一道壮丽的历程。

21世纪的青神人，眉山人，不能让岷江在那巍巍大佛的眼下，以劣水污质流过，更不能让大佛安坐之时，只能闻到水的恶臭，却见不到鱼虾的欢跃；不能让岷江带病汇入长江，给中下游的两岸生灵带去无穷后患。他们打了一场艰难的攻坚战，在青神小流域一带进行了全面治理，对不同河流采取了多种防污控污的措施。

其中一条思濛河，即将沿岸原种植蔬菜、油菜的土地，改为种植以海棠、翠竹为主的多层次、多色谱的生态缓冲带，大大降低了农药化肥使用量，氨氮含量下降近50%。经过修复的思濛河，化作曲折环绕的"海棠竹溪"，植被蓊郁，河水得以自由呼吸，自然净化，水质改善十分显著。

海棠竹里，也由此成了四方瞩目的风景。

那海棠花姿潇洒，雅俗共赏，素有"花中神仙"之称，特别愿意亲近自然万物的苏东坡也曾写过一首《海棠》诗：

东风袅袅泛崇光，
香雾空蒙月转廊。
只恐夜深花睡去，
故烧高烛照红妆。

而今那思濛河边，一棵棵海棠树如美人亭亭玉立，想必春来定是花朵烂漫，秋时则金果满树，灿若云霞。苏东坡"只恐夜深花睡去，故烧高烛照红妆"，只是担心黑夜间无法再睹芳容，却

福　道

不知如今的青神河边，海棠树下又添了亮光闪闪的萤火虫。那虫儿十分灵敏，对生活环境素来十分挑剔，但近年来，却悄然出现在青神的思濛河边。

每当黑夜来临，它们就翩翩而至，一群群，一阵阵，飞舞在花草丛中，自带光亮，如一颗颗小星星坠落人间。萤火虫映照那花香海棠，斑斑翠竹，流水欢畅。青神青神，可知否？

这地方又为竹海之乡，有慈竹、水竹、南竹若干，一丛涧数步，森森数十茎，高低相倚，浑然成林。青神人多有竹编好手艺，不仅编织家用器具，还可抽丝如锦，编织出各种人物风景，名贵画作，令人叫绝。

那天，我们来到城西不远的"中国竹艺城"，又为国际竹编培训基地，看过那数以千计的精美竹工艺品，出得门来，却见一群红衣女子在道旁载歌载舞，她们舞动的竹球格外引人好奇。只见每人手捧一个，随着音乐一边舞蹈，一边双手转动出各种造型。我试着拿起，见那球由细细的竹篾穿织而成，精巧玲珑，似乎比那些工艺品更显可爱，且染成了中国红，模样喜气洋洋，难怪这些嫂子大妈拿在手上，一个个也都眉开眼笑。

回首望去，好山好水好地方。

2019年11月，全国绿化委员会、国家林业和草原局授予四川眉山市"国家森林城市"的称号。难得的殊荣，果真是名不虚传。此行走过仁寿、丹棱、洪雅、青神，或所闻或所见，这些古老而又俊雅的地方，从柴桑河到海棠竹里，一处处生态环境的历史性变化，见证了如今的眉山清，眉山蓝，眉山绿。

江山如画，一时多少豪杰，那些为保护生态而辛勤劳作，平凡而又了不起的人们也都一一在那画里。

红月亮

月光下,一条条长龙正在向长江边游走。

早些时候,兴奋的人们已在夕阳映照的新建广场上龙腾凤舞,但那只是这个夜晚的预热,更多的精彩尚在摩拳擦掌的期待之中。越来越多的人乐呵呵地等候在江岸的一排排吊脚楼前,娃儿们奔前跑后,雀跃不已。

这是重庆江津人一年中最重要的日子。"谁家见月能闲坐,何处闻灯不看来?"正月十五闹元宵,在位处长江要道的江津一些小镇上已有两千多年的传统,元宵灯火带给人们的欢腾喜悦,自不待言,而在江津的舞龙玩灯之中,更有一番惊天的豪情。

那或许是高山大川养就的。远古的长江从雪山走来,势不可挡地冲破一道道重峦叠嶂,在江津这片山地间,龙飞凤舞地画出一个"几"字,大江之水变得更为浩荡,却又流连不已地绕着此地的一座鼎山,环抱回旋良久才往东而去。正如出生于江津的明

福　道

代才子江渊所赞："几江形势甲川东，山势崔巍类鼎钟，岚净天空青嶂耸，雨余烟敛翠华重。"

秀美的江津古时周属巴国，历代均为川东重镇，悠悠岁月里千帆汇集，商肆林立，文人骚客、商贾舟车纷纷来往于此。大江奔流，江津一带的龙门滩、朱家滩、小滩子三道险滩，构成川江峡谷间最为凶犷的滩涂，"龙门非禹凿，诡怪乃天功。西南出巴峡，不与众山同"，雄奇的山脉，湍急的江水，造就了一代代大江气派的英雄豪杰。

重庆人爱摆龙门阵，江津人更不例外，爱把自豪的故事说与后人听，逢年过节时更是如此。

话说江津城区的石狮子街有一座江公享堂，四悬山式屋顶，始建于明代，正是历史名人江渊的府邸。江渊少年时便文武双全，中进士后被选为翰林院庶吉士，授编修。1449年，大漠以西的瓦剌军进攻明朝，明英宗率军亲征，在"土木堡之变"中惨败被俘，瓦剌军直逼京师，在万分危急之时，江渊协同兵部尚书于谦等人力主固守京师，捍卫江山，最终取得胜利。

江渊以功劳和才学在朝廷历任太子太师、工部尚书等职，后回归故里兴建梅溪书院，教授乡中子弟，惠泽一方。明宪宗念其功绩，下诏在江津城里为他建筑府邸，并钦书楹联赐予，至今门前仍可见那副石刻楹联："北极勋臣府，西川相国家"。

一代功勋，护国护家，乡风绵延长江两岸。

在那鼎山之侧，屹立着元帅聂荣臻的雕像，他也是江津人民的儿子，自小勤奋好学，追求真理，一生征战无数，却是侠骨柔情。曾有著名作家魏巍当年以诗形容聂荣臻"一生厚道人称赞，千秋风流一元戎"。抗战时期的百团大战烽火之中，有一天，前线战士突然发现了两个日本小姑娘在废墟中悲啼，聂荣臻得知以后，当即下令让战士们好生照看，并亲笔书信给日本军指挥官，称两国交战，孩子无罪，随后将这两个小姑娘辗转送交给了日本人。多年之后，得以幸存的日本孤女专程来到中国拜谢聂元帅救命之恩，两手相握之时，女子涕泪双流，在场众人无不动容。"将军救孤女"的故事感动天下。

前几年，我在撰写长篇报告文学《粲然》一书时，采访关于我国到目前为止最大的科学装置——北京正负电子对撞机的建造始末，便得知这项重大工程正是由聂荣臻元帅主抓。他曾在建国后面临科技发展艰难，内外困境之际拍案而起，大声疾呼："我们被逼上梁山了，自己干吧！"遂受命亲自带领科技大军攻克无数难关，成功研制导弹、原子弹，功彪青史，后又亲自率领队伍成功建造北京正负电子对撞机，这是我国科学家继原子弹、氢弹、导弹、人造卫星、核潜艇等之后的又一巨大科技成就。

时光荏苒，看大江东去，江心砥石傲然，经历了无数冲刷而

福　道

屹立如初，长江母亲河所养育的英雄豪杰也正如这江心砥石屹立中流，是为民族的精神砥柱。

这个夜晚，江津难以入眠。

同车的小吴已经唱了三支歌，都是写给江津的歌。若不是快到白沙镇上，他还将一直唱下去。透过车窗看到路旁摩肩接踵的人流，小吴忍不住想探头打量，看有没有他熟悉的亲友。

二十多岁的小吴在这江边小镇上出生长大，能说一口字正腔圆的普通话，他跟江津街头的青年们一样，穿戴时尚，性格开朗。小吴的父母原来都在白沙镇上过活，一个在建筑队，一个在针织厂，如今全家都在江津城里安居乐业，但每到过年期间父母都要赶回白沙镇，为的是与亲友团聚，正月十五闹元宵。

小吴自豪地说："我妈也在舞龙。"他再次看向窗外，想找到妈妈。"她们那一队全都是女的，耍了好几年了。"他说。

我也很想看看那条由女子高举的龙，长着什么模样。还想看看小吴的妈妈是怎样一位女汉子。照说吴妈妈的年龄起码已过五旬，且能舞龙，那一定是足够身强力壮。但人头攒动，眨眼间街上如洪流汹涌，只见人们三五成群，或扶老携幼，祖孙三代前呼后唤；或情侣相伴，牵手而行。小吴说，从网上得知，小镇上此刻已有数万人走上街头。

一时间人山人海，喜气洋洋。

要说，江津白沙古镇自唐朝以来便是川东、川南一大水路要津，也是川黔滇驿道上的重要集镇，码头扼守着长江要道，人烟稠密。当地人说前些年，赶过河船到对岸坐火车的，上泸州下重庆的，等船的旅客把码头的一层层石阶都站满了。江面上运煤运盐、运木材的货船往来如梭，直到20世纪90年代前后兴修公路，码头才变得安静了些。近年来借助厚重的历史文化资源，江津一带都在加倍保护生态，重现长江自然美景，并迎来了新的红火。

说话间，月亮已升起在大江上空。

舞龙的队伍早就按捺不住，争先恐后地摆开阵势，大鼓大锣敲得震天响。川江一带的灯会节目繁多，踩高跷、划花船、耍莲枪，玩蚌壳……，还有解灯谜、滚铁环、百步穿杨、唐宋投壶等民间游戏，无论老幼，既是观者又是参与者。

灯谜里有人物风光，有趣的想象和吉祥的祝福。猜谜的人兴致盎然，说："拜年，谜底打一作家名。"四下猜了一会儿，有人突然悟道："贺敬之。"又道："一对姐妹花，身穿红褂褂，各把门一端，同说吉祥话。"这个不难，猜了片刻，就有人道："春联。"众人合掌大笑。

江津风气崇尚文化，重视教育，明清时期便建有栖清书院、

福　道

梅溪书院、聚奎书院等多所学堂，培养了不少文人学士，而尤其令人惊讶的是在江津的几所中学就读过的学子中竟然先后出现了12位中国科学院、中国工程院院士和一大批知名专家、学者。

享誉中外的核物理学家、"两弹元勋"邓稼先便是其中一位。抗战时期的1940年夏天，邓稼先遵从父亲嘱咐，来到江津国立九中（今江津二中）插入高三年级学习。当时物资匮乏，邓稼先用一小管靛粉兑上井水做墨水，将一些废统计图表的背面做练习本。没有统一教材，邓稼先在中学老师指导下，找到商务图书馆、中华书局出版的教本反复对照，取长补短。邓稼先在为我国核物理研究立功成名之后，曾多次念念不忘在江津上中学的日子。

另一位著名物理学家周光召，也曾在江津的百年老校聚奎书院、后来的聚奎中学就读。这座校园倚山而建，奇石林立，英气灵动，校训为"志不求易，事不避难"，正是周光召日后在科学道路上执着探求的写照。

我曾在采访高能物理学家时得知，20世纪50年代，年轻的周光召曾被派往莫斯科的杜布纳联合核子研究所工作。在那个弥漫着白桦林清香的国际科学城里汇集了许多世界级的核物理学家，而当时年轻的周光召从众多的科学家之中脱颖而出，两次获得杜布纳研究所的科研奖金。其中最著名的是1958年他在杜布纳首先提出粒子的螺旋态振幅，并建立了相应的数学方法，后来被世界公认为赝矢量流部分守恒定理的奠基人之一。

这应算是一种历史的惊喜，长江之水滋养了邓稼先、周光召等12位院士。这些杰出的人物曾伴随江津的月光，长江的涛声，恰同学少年，风华正茂，卧薪尝胆练就一身学问，保家护国终成大业。

在这阖家团圆的元宵佳节，那曾经俯视过他们的月光美丽如初。

月亮高高地升起来了。

打铁水开始了！灿烂的火花照亮了天际，男女老少的脸上都映照着天上的月光和人间的火花。

春去春又来，白沙古镇上的人都知道，年年闹元宵最让人兴奋的盛宴是绝技"打铁水"。这是江津当地一门非物质文化遗产的传统技艺，源于明末清初，最早来自民间补锅匠的手艺，锅补好后，剩余的铁水在坪院里抛洒戏耍，以此祈福，后演化为逢年过节时补锅匠们聚集在一块儿"打铁水"，寓意日子红红火火。

这时，在准备玩灯的空场上，打铁水的师傅们早就搬来了炉子，木炭烧起大火，熔化铁水……，一切准备就绪，锣鼓也一阵紧似一阵。在人们紧张的期待之中，一位师傅终于举瓢舀起沸腾

福　道

　　的铁水，接着随手一抛，他身旁的几位迅速用一块木板接住，然后转身将那铁水洒向空中——刹那间，但见无数颗流星冲向夜空，划出一道道璀璨的弧线，随之一朵朵盛大的烟花依次绽放。

　　围观的人们发出一阵阵欢呼声。

　　一边惊叹一边好奇，铁的熔点达1000多摄氏度，"打铁水"怎会做到如此自如？但见火红的铁水在那些手艺高超的师傅们手中就像是温柔的锦缎，随手就裁出千万花朵，他们动作不慌不忙，娴熟自然，就像在熟练地舞蹈。小吴在一旁笑道："这些抛铁水的师傅都是白沙附近普通的农民，但打铁水的家传大都已有四五代，从爷爷的爷爷传到如今，他们从小就练习，早就得心应手。"

　　不觉看得痴迷，红彤彤的铁水一次次被掬起抛洒，又恰似天女散花，姹紫嫣红，那火树银花不夜天，或许正是由此而来。正看着，突然鞭炮齐鸣，一只又一只长龙摇头摆尾地冲向了铁花绽放处。

　　长龙在热烈的火花中穿行，舞龙者袖口裤管都扎得紧紧的，头巾将头顶和大半个脸也都遮得严实，放鞭炮的人故意将炮仗朝他们跟前丢放，但一个个舞龙者毫不躲闪，反倒一个劲儿往炸得响亮的地方钻，越舞越带劲。江津人称之为"炸龙"，噼啪声中，果然是冲天的豪情，传世的勇气。大龙小龙，还有女子们舞的龙，群龙相会，一片欢腾。

数万人在这一刻就像铁水似的沸腾起来，他们释放一年的辛劳，燃烧新一年的希望。这漫天火花不是焰火却胜似焰火，它那么明亮，那么滚烫，灼灼辉辉，连天上的月亮都被它灼热了。一抬头，那半空中的月亮果真是红了脸庞，圆圆的，仿佛一伸手就可触摸到它毛茸茸的红晕。我从来没见过那么温暖的月亮，红月亮。

在这个夜晚，人们向往幸福的元宵之夜，大江之上的月亮也播洒着温度，它让人们的心里热热的。"蜀江春涨涌波澜，泛溢龙门两岸宽"古人江渊的诗印证了他的家乡春涨波澜，正滚滚向前。

三峡花雨

三峡多雨，小时候在外婆的木楼里，常伴着淅淅沥沥的雨声和江边的涛声，听外婆讲神农架上野人的故事。外婆的木楼在长江巫峡与西陵峡之间的巴东县城，县城只有一条窄窄的长街，我和表姐摇摇摆摆地从街头走到街尾，只要一杯茶的工夫。早些年，汽车经过时，会有半老的妇人拿起铁皮喇叭叫喊："车子来哒，行人走两旁。"这情景一直被外乡人当作笑话。

小城建得早，千百年来，随着时代的沉浮而变化。宋朝时20岁的寇准因中了进士来到巴东做县令，只见"野水无人渡，孤舟尽日横"，发奋改良农事，开拓南岸，将县城从旧县坪搬到了江南的金字山。抗战时期，武汉一带的学校和难民涌入三峡，巴东人口陡增，日本飞机一连多次轰炸，小城和江边的码头化作废墟。新中国成立以后，小城焕发生机，虽然只有一条被人叫做"扁担街"的独街，但十多条被称为"天梯"的小巷，从江畔一

福　　道

直攀缘到高高的金字山上，吊脚楼层层叠叠，木板房夹杂着水泥高楼，巴东人嗓门大，小街上的吆喝声此起彼伏，从早到晚热热闹闹的。

1997年的夏天，随着三峡工程的修建，一声炮响过后，巴东老城开始拆除，依附于金字山的所有建筑物自下而上的逐渐剥离，凤凰涅槃浴火重生，古老的小城抖落一千多年来披挂的衣衫和佩饰，还本来的纯真秀丽。

宋朝时寇准所主张的不足千人的搬迁曾一直被后人视为了不起的壮举，但相比当代巴东人为三峡大坝所进行的迁移，就简直是微不足道了。巴东作为三峡库区移民的重点县，又因同时境内兴建的清江水布垭工程，搬迁涉及1座县城10多个乡镇100多个村，近5万多人。

新县城先是准备建在离老城很近的黄土坡，可是那里不久就出现了令人惊心动魄的滑坡体，于是又进一步西迁，到大坪、白土坡、营沱，但又都先后发现了同样的问题。陡峭的三峡居之不易，最后经过长委勘测队多次勘测，新县城移至西瀼口。

这一步步西迁的历程好生艰难，有多少好男儿洒下英雄泪。

然而经过多年的建设，昔日"巴东三峡巫峡长，猿鸣三声泪沾裳"的峡江之畔，彩虹飞架，一座座雄奇的高架桥勾连起黄土坡到西瀼坡的十里长街，高楼林立，间插着繁芜的花园草地，

"冬来纯绿松杉树，春到间红桃李花"，杜甫当年从四川沿江而下，在这楚蜀通道的西瀼口留下的诗句，成为今天巴东县城的美丽写照。

巴东老城成为人们永远的记忆。我所认识的亲戚朋友无一不住进了明亮宽敞的新房，他们所享受的温馨舒适足以让许多生活在大都市的人羡慕不已。生育过六个孩子的大舅妈从前住在老城的陈家码头旁一幢小小的木楼里，属于他们一家八口的只有窄窄的一长条房屋，进门的小屋只放得下一张吃饭的桌子，表姐表弟们睡在后面的夹间里，白天也是一团黑。如今他们不仅各有新房，有的还盖起了小楼，窗外江山如画。

过去巴东城下的江边，正如郭沫若的诗中所写：岸头礁石起伏，崎岖难行，所谓"微雨步巴东，江边乱石丛"。但那些乱石丛却是我们童年最好的去处。而更向往的便是到江对岸去走亲戚。

亲戚是我外婆的娘家兄弟，我们叫三舅家公，他家就在长江边上，屋侧另有一条小溪，叫作宝塔河，清澈见底的溪水通过一些巨大的石缝，安静地流入长江。三舅家公的土屋前有一棵绿茵茵的皂角树，像一把撑开的大伞，树下摆设着供路人歇息的凳子和凉茶，当过多年船夫的三舅家公头上包着白帕子，手里提着旱烟袋，笑眯眯地坐在树下跟人摆古。

福　道

后来，他住过的土屋在必须搬迁的水位线之下，他的儿子和宝塔河的乡亲成了巴东县第一批外迁的移民。那年在即将被淹的县城码头，我坐上一条小小的机动船，驾船的是三舅家公的外孙小宋，小宋继承了三舅家公的职业，只是他所驾的船已不同于前辈的木船，而有着"突突"作响的发动机，箭一般顺江而下，不一会儿就到了宝塔河跟前。

在一个叫着"鸡翅膀"的礁石丛旁靠了岸，周围一片寂静，只见太阳明晃晃地照着满山翠绿的柑橘树，绿树丛中笔直地耸立着一块块雄伟的白底红字的水位标识，从江边伸到了半山腰，最高的那一块便写着"175"，也就是三峡大坝完全建成蓄水后所要达到的水位。

沿着那些硕大的水泥墩子爬上去，在高高的山坡上找到了三舅家公的坟茔，他老人家正好安息在了不用迁移的175米之上，面朝大江，可以日夜眺望江上行走的船。我们为三舅家公烧了香，但愿儿孙的搬迁不会使他孤独和担心。

应该告慰老人家的是，三峡两岸自古以来都是很穷的地方，所谓"地僻接穷峡"，坡度几乎超过了四十五度，稀薄的土地上只能种植苞谷红薯，鸡窝大的一块平地都十分稀罕。巴东县志上记载："农人依山为田，刀耕火种，备历艰辛，地不能任旱涝，虽丰岁不能自给，小侵则蕨根为食。"三舅家公一家与宝塔河的村民一直都处于贫困之中，常为温饱问题所困扰，举家搬迁对子孙后代的幸福以及三峡地区的生态保护，都是千载难逢的幸事。

而后，我曾多次去江汉平原探望过巴东的移民。

车行驶在富庶肥沃的田野之间，从武汉到荆门一路行来，过了潜江后湖，不多一会儿便会见到公路两旁一排排整齐的小楼，铺排成了一条小街，白墙红瓦煞是好看。街头立着一块醒目的牌子，上写"三峡村"几个大字。每次走上前去，便会见到一张张朴实的笑脸迎面而来，一声声熟悉的巴东口音让人百感交集。

三峡百万大移民，一部分就地搬迁，即从低处搬到高处，一部分被安置到全国各地及重庆、湖北非库区地带，荆门沙洋县一带便接纳了一批批巴东移民。拆掉了峡江的房屋，砍断自己栽种的柑橘树，抱着世代留下的族谱，携家带口含泪离开故土的山里人，一路风尘地来到沙洋这片陌生的土地，他们之中有我的亲友，也有后来认识的一些乡亲。

那年的春天，雨水下个不停，就像巴东移民难舍故土的眼泪。

最初来到一望无际的平原，长流不息的汉江，星星点点的湖泊，峡江人无不感到迷茫。他们的安置房后就是一大片芦苇地，在他们到来之前，真心欢迎他们的沙洋人用挖土机将那些芦苇连根拔起，而后平地建起了简易的红砖房，但住惯了吊脚楼的峡江

福　道

人一开始很难适应。

平原上风声不断，一旦起风，安置房设在露天的灶台就遭了殃，落在锅里的沙比盐还多；平原上的雨水也大，带有淤泥的沙地一到下雨天就变成一汪汪湖泊，山里人放在门前的拖鞋成了漂泊的小船，不知所往。移民们叫苦不迭：起风是沙，下雨是洋，难怪这地方叫沙洋呢。

从前在山地种的是玉米红薯，平原却是栽种水稻和棉花，跟土地打了几十年交道的峡江人一筹莫展，幸亏当地的农业技术员走进了三峡村，手把手地讲授如何种植水稻、如何培育棉花，村民们从抵触到渐渐入门，甚至着迷。峡江人本来就吃得苦、"盘得皮"，舍得在地里下功夫，很快掌握了技术，有的种田高手亩产还超过了本地人的最高产量。

时间一天天过去，来到沙洋的三峡人过日子的劲头越来越足，有的办起养猪场，有的酿酒，有的弹棉花，八仙过海，各显神通，眼前那平坦的土地，水光闪动的大湖小湖有了说不完的柔情。不知从什么时候开始，三峡村的年轻人和沙洋人谈起了恋爱，热恋中的姑娘小伙用不同的方言使劲走向对方的心灵，他们喜洋洋地结婚、生子，一声声婴儿的啼哭，宣告新一代平原峡江人的诞生。

三舅家公的儿孙移民沙洋，刚来时跟当地人赌狠，打架斗殴的峡江人里，就有我性格剽悍的表兄弟。他们跟三峡村的乡亲们一样，渐渐由迷茫找到了过日子的感觉，逐渐有了安稳的生活。打架赌狠的表弟杰才成为一家航运公司的大副，常年在长江上"跑船"，从南京到重庆，来回乘风破浪。

我去到他家，只见两层小楼房里电器齐整，收拾得很清爽，后院却堆放了一大堆柴火，锯成两头齐的干树枝，码得方方正正的，一看就是三峡人过日子的习惯。

近年来，三峡村的土地部分流转，数百个蔬菜大棚平地而起，人们的生产方式悄然改变，村民渐渐由农民变作工人，在自己的土地上耕种收获。村里办起了土家族"农家乐"，还组建了一个"土家族艺术团"，自编自导的《巴山汉水儿女情》《六口茶》在平原大地上回荡。每当夜幕降临，村民们会来到村头围跳广场舞，他们跳的却是跟当地人不一样的土家摆手舞，那些古老的峡江歌谣被他们带到了平原，很快也成了当地人哼唱的歌儿。

三峡移民好像一棵棵从峡江移到平原上的绿树，经过春夏秋冬，根越扎越深，以各种姿势融入平原。行走在沙洋三峡村的街头，花坛与果树连接起绿色长廊，村庄中心建了一座土家族风格的吊脚楼，漂亮的琉璃吊檐和脊饰让人仿佛又回到了三峡。

而三峡一连多日的春雨，江水渐涨，但那水却是碧绿清澈的。

福　道

　　从前，那一江浑黄的大水每到雨季就像泥浆一般，裹挟着沿江两岸的泥沙一路咆哮，但多年的退耕还林使得长江中上游绿色丰茂，牢牢地抓住了山地，如今随着春天的花儿绽放，纷纷扬扬飘下的雨水，变得多情温润，只是想来亲昵大地河流，并无他意。

　　呵，这三峡花雨。

龙船河

有一条小溪发源于神农架，曲折于巫峡之畔，主要在巴东境内江北地区。这溪玲珑秀丽却又不失湍急险恶，既温顺又刚烈，张弛有度，令我心仪。这溪就是神农溪。

它还有一个名字叫龙船河。

一条小溪因为地段的不同，人们可以将它叫出好些个名字，比如这溪，从前当地人大都叫它沿渡河，而靠近下游的一段，又被叫做龙船河。好比一个孩子有着学名，还有小名和昵称。而我喜欢龙船河，因为一听这名字就立刻感到一种乡土家园的浓烈温暖，喜气洋洋地扑面而来。

多年前我的母亲，一个不满十八周岁的女子，便是背着背包，随着土改工作队乘坐"豌豆角"沿着龙船河去到山里的。那船儿窄窄的如同一只弯弯的豆角，小心坐在船上的人儿也就是豆米了。溪的历程险滩密布，往上走的船必得船工上岸拉纤，三五个全裸身子的男人弓着腰，长长地拉着纤绳，将步子走成无数个之字，才能破开箭一般的急流，过了那滩去。母亲用一把油纸伞挡住自己的眼睛，峡谷里便只有了纤夫回荡的号子，没有了赤裸的晃动。她顺着那小溪来去了好几年，在她后来的讲述中就常常提到龙船河的故事。

母亲是一个爱讲述的人。

我第一次来到龙船河，便兴许是因为那里曾有过母亲的踪迹，奇妙地感觉处处似曾相识，一群山民的歌更使我惊喜亢奋不已。在一片与陡峭的峡谷相连的开阔之地，村舍之间果木成林，鸡鸣狗叫，风景秀丽，上滩还是下河的人都常到这里作短暂的歇息。那日我们一行也上得岸去，好客的主人摆下了热热的包谷酒，三巡过后，鼓声大作，一群汉子跳起了土家人的歌舞"撒忧儿嗬"。

"啊啊，撒忧儿嗬，撒忧儿嗬……"，声调高亢且富有强烈的穿透力，直抵人心。久居山野的土家人古来便信奉"天人合一"，他们与大自然的关系十分亲近，对于生命的来去达观从容，把死亡看做是生命的另一种方式，认为不过是踏进了生的另一道门槛。因此亲友离去之后，活着的人们不是以悲伤告别，而是载歌载舞欢送亡人的远行。歌者酣畅淋漓地吟唱亡人生前的事迹，还有古往今来的传说，通宵达旦，多者可达三天三夜。

福　　道

龙船河那位打鼓领唱的歌者不过二十来岁，长着一张很平常的瘦脸，但只要他手中的鼓槌一声敲响，他的两眼顿时会炯炯放光，满脸自在得意，一下子变得潇洒自如，极为生动起来。随着他敲动的不紧不慢却又动感极强的节奏，他晃动着身子，并不时随性地将音调翻上高八度，将人的情绪一下子提到极致，令人热血沸腾。

我后来多次写到了"龙船河"，它是一个真实的世界，也是我文字里一个亲切熟悉的家园。有一位导演将我的中篇小说《撒忧的龙船河》拍成了电影，他和制片人都坚持将片名叫做《男人河》，而我对龙船河多有不舍，一直心存遗憾。电影就是在龙船河拍的，恰是在冬天，河里的水浅浅的，不似小说中描写的那样水流湍急。导演在险滩处的一块大石头上刻了"朝我来"几个大字，后来乘船从那里经过的人们，都会指点着看，多了一分谈资。

龙船河却在不断地变化。

由于三峡工程的推进，大坝蓄水的时候，回水将进入这条小溪，旅游特色项目乘坐"豌豆角"漂流将不可能在下游进行，沿途的峡谷景点也会相应消失或者变矮，悬棺、栈道将会没入水底，觅食的猴子也将会爬到更高的山上……，这些令人怅惘的担心一直挂在许多人的嘴边。那年夏初，我特地去到了巴东，想在龙船河涨水之前，再一次看看它秀丽而又险峻的模样，想把那一切刻在记忆里。

我从母亲的讲述里早已得知,当年她经过龙船河去到上游不远的罗坪,在那里丈量土地,然后将它们一亩亩分到欢天喜地的穷人手里,那是一块大山里少见的平阳大坝,足有上千亩良田。而人们告诉我,三峡大坝的回水最终会淹没罗坪。

我站在龙船河旁的山坡上久久地俯视那大田。

经过千百年的经营,它就像一张精心打造的棋盘,横竖有序平平整整,绿茵茵的,可知它年年岁岁,养育了多少龙船河畔的山里人。又可知世世代代在这片土地上演绎过多少爱恨情仇。人们还说,那块即将淹没的河滩曾是过去的杀人场,到了夜间,小孩子绝不敢单独走过,河滩上的阴风会让人生出恶病。但无论是肥沃的土地还是杀人的河滩,几年之后都变成了一片平静的湖泊。

那年六月的一个个日子是那样的令人难忘,在人们心痛地注视下,水一寸寸一圈圈地涨起来了,绿水淹没了旧日故事留下的痕迹,慵懒自在地伸展着,风平浪静,好像它从古至今一直就是那样。

可当我随后再一次来到龙船河时,面对陌生的大湖,不由得想到这里的人会不会也有一种惊慌,熟悉的"周围"都到哪儿去了。事实上,水的上涨是无声无息的,它丝毫没有惊天动地的喧哗，面对它的无声，所有的伤感和惆怅都似乎感觉欲哭无泪。

河里那块刻着"朝我来"的大石头也被淹没了，而且为了不影响小船的航道，还将它炸了一回，我从绿水荡漾的水面上经过的时候，人们指给我看炸药飘过的黄色痕迹，淡淡地残留在岩壁上。

只有龙船河畔的歌声让人寻找到从前。

就在罗坪附近那个酷似鸭子嘴的小山坡上，盖起了一幢幢具有土家风格的亭台楼阁，随着咚咚敲响的鼓声，耳边响起高亢的"撒忧儿嗬"，不由得让人怦然心动。循声看去，正是当年领唱的歌者，沧海桑田，"撒忧儿嗬"仍然继续，而歌者显得越加游刃有余，炉火纯青。

我特地找到这位歌者，由衷地说非常喜欢他的鼓和歌，他高兴地笑了。原来歌者姓谭，父母都会唱山歌，他从前辈那里继承了500多首，可以唱上几天几夜不重复，而这一带学唱的人又有了好大一帮，他成了歌师傅。于是我知道，一代又一代，会重新唱熟那山和水，唱熟那动人的龙船河。

仙女出没的九畹溪

秭归九畹溪是仙女出没的地方，因它是由饱含长江三峡灵气的苍翠山泉一缕缕汇聚而成，又因它的周围徘徊着屈原的足迹。

"余既滋兰之九畹兮，又树蕙之百亩；畦留夷与揭车兮，杂杜衡与芳芷。"诗人长发跣足，展开宽大的衣袖，弯腰抚兰，昂首问天，溪旁兰花开处，引来一群群美丽而好奇的仙女。

溪水先是细小着，穿过怪石林立的山沟，或淡淡地汇成无言的一窝又一窝，或匆匆地轻手轻脚滑去，因了自己的年轻，便有垂手敛足的姿态，又或者有些许的羞涩，并不想有太大的响动。

那时仙女从溪边走过，怜爱地蹲下身子，用一只纤纤素手撩起水来送到唇边，她并不干渴，因此只是呷了一口，在红唇玉齿间，感受到泉的清冽，泉的甜美，顷刻间便沁入了心底。于是她微笑着站起来，脚儿随着溪水轻盈地走去。

那溪水便明显地欢快起来。

仙女的裙裾一路抚弄着两岸的香草，将溪水流动的峡谷香成了一片，而她的手也没有闲着，随意采来的山花经她的遐想编织成绚丽的花环，套在了自己白皙的脖子上，于是微笑变得天真而去了矜持。

而溪水逐渐地雄壮了，且越流越疾，并有了清脆的声响，叮叮咚咚，大有张扬之势。本来无路可走的地方，溪水也不管不顾地冲了上去，然而石头却不愿意让路，溪水就在它身上撞出个玉碎，然后漫天飞扬地落下来，又迅速地聚合到一起，继续向前。

那石头凭着固执站了千年万年，尽管身上伤痕累累，但还是逐渐习惯将溪水的碰撞当作一种亲近。石和水用各自不同的方式体味着彼此的存在，也体会着自己。只是溪水不可能像石头那样成日里哲人一样思考，它已经远远嗅到了大江的气息，那雄浑苍茫的大江气息，让它兴奋而又惶惑。它显然还不知道江的模样和性情，它不由得揣度着，并跳跃着，试图询问身旁的仙女，但那些女子只是笑而不答。

然而距离就在身心的躁动不安之中一步步接近。从雪山走来的大江，东去的大江，已经与溪水近在咫尺，江的轰鸣巨大而又沉稳，溪水隐约感到那是一种父亲的召唤，神秘而不可抗拒。

于是对于未来，油然生起不可知的渺茫和恐惧。溪水一次次回顾，最初从大山母腹中脱胎而出的自由和亲昵，让它留恋彷

福　道

徨。而这时它已经不能无言地歇息，只能身不由己地磕碰着向前，很累很心浮气躁。

于是它想方设法折回身去，哪怕仙女在一旁轻轻叹息。

九滩十八弯，溪水画出或大或小的曲折，有时极力想停下来，但只是缓缓的一段，峡谷便以一种母亲的力量将它用力地推动，它稍有松懈便会紧接着急流直下，这样的歇息不仅没有放慢前去的步伐，反倒一滩滩地越来越急。

仙女这时放慢了脚步，静静地注视着溪水，一双明眸里始终含着怜爱，溪水的一切闪避在她看来，不过就是小孩儿的顽皮而已。而大江无时不在的召唤越来越充满了磁性的吸引。虽然，溪水在走向大江的最后时刻步履蹒跚，可是一旦大江真的就那样宽阔坦荡地呈现在眼前，小溪的胸襟也一下子豁然开朗了。

它突然意识到，自己就是大江的一部分，大江是它的父亲，而它的未来也就是大江。于是九畹溪一头扑进了父亲长江的怀抱。

仙女不再送它远行，屈子留下的兰草，还有杜衡和芳芷，还得殷殷地照看着，于是在看得见入江口的地方，她停了下来，挑选了一处最高的山峰，那样无疑会看得更远。她以一种最美丽的姿态定定地目送着小溪，见那清澈的溪水义无反顾地汇入了长江，并很快与浩荡的江流融会贯通，好心的女子释怀一笑，将手

大 海

福　　道

里的花瓣抛向了山间，顷刻间便有了一片又一片丛林和鲜花，也有了女子站立的仙女岩。

人们顺着湍急的九畹溪水，一直到仙女站立的山岩下，体味具有灵性的溪水流淌的心路，惊喜生命的从小到大，从稚嫩走向成熟的百般滋味。

九畹溪畔则是另一种滋味。沿着与溪水若即若离的公路，蜿蜒向西，会来到山峦嵯峨的绿荫之下，四周静静的，空气似滤过一般的清甜。天气是那样的晴好，明黄的阳光映在淙淙作响的溪水上，仿佛是那金灿灿的颜色带给小溪金属般的声响。

天是轻柔的蓝，淡淡的，不忍抢了绿色的夺目，青山绿树，一层层深了去，到远处，便是如墨的黛绿了。在绿色的包裹之中，路便成了一匹洁净的白纱，从山顶上飘下来，又长长地伸向前方的峡谷里。

站在路上，很久碰不到一个路人，只偶尔有汽车匆匆掠过。正在那时，前面的路上出现了两把移动的花伞，一把深蓝底子起白花，一把红底咖啡色格子，一个背着背篓的男人和一个挎着包袱的女人稳稳当当地走来。

走到跟前打过招呼，才知道这是一对年过七旬的夫妇。他们的矫健和透着红晕的肤色，让人惊讶。我问他们从哪里来，到哪里去。

老人指了指身后层层叠叠的高山，说是一大早从那山顶走下来的，背着自产的芝麻，到前面的榨房里换些香油。顺着老人的手，那最远最高的山顶云遮雾绕，离此少说也有三四十里山路。

老人说确实是山高坡陡，到山下打工的幺儿请都请不回去，就是过中秋也不愿意回家吃团圆饭，说是吃饱了走累了。老人无可奈何地笑，又说山上的人其实住得不多了，政府号召退耕还林，动员高山的人投亲靠友搬到低山去，他们那个村的人户已搬得差不多了。

于是山上的树也长起来了，原来几乎绝迹的野牲口，比如野猪野麂野兔子开始成群结队，弄得庄稼也不好种了。可他们还是一直舍不得走，家里喂了牛羊，一年杀两头肥猪，熏好的腊肉四季都吃不完，还有十几只鸡，下的鸡蛋没人吃。如果搬到别处，一年半载怎么搞得惯。

他们抱怨着，但却是一派快乐的口气。

说终归还是要搬的，他们有四儿一女，投靠谁都行。老夫妇毫不生分地跟我拉着家常，如果不是怕误了他们的行程，催着他们赶路，他们还会你一言我一语地说下去。

九畹溪的人自古以来好客热情，家家如此。据说过去沿溪是一条通商的大道，过往的行者走得乏了，就近找一户人家，主人

福　　道

会管吃管住，分文不取。太阳升得高些的时候，我们感觉到了口渴，随意走进路旁一家院坝，叫一声主人家，讨口水喝哟！正在吃中饭的主人便忙迎出门来，一边拖椅子让座，一边连声叫泡茶泡茶。片刻工夫，女主人便将香酽的茶水送到了我们手里，主客围坐一堂，谈天说地，歇够了说声告辞，主人笑脸相送，照礼还作些客气的挽留，但最终也并没问过我们这些陌生人的来去。

仙女岩下有一座临河的酒楼，那些日子，河水随着三峡大坝的蓄水而日渐上涨，没有客人的时候，酒楼的老板娘就手撑下颏对着九畹溪发呆。她长得珠圆玉润，扎一把黑油油的马尾辫，额前别着一个小星星发卡，看不出是两个孩子的母亲。她的酒楼居高临下，看得满眼好风景，又有一排可躺可坐的南竹凉椅，坐上去任九畹溪的风悠悠拂过，周身通泰。

不时有人来找老板娘说话，多半都是同她一样开小酒店的女子。即使用挑剔的目光，这些女子也实在找不出相貌丑陋者，全是苗条的身材，白里透红的皮肤，水汪汪的眼睛，虽然远离都市，却是个个打扮不俗，想来她们无论走到哪里也都毫不逊色。这一带的年轻人其实见多识广，许多人都到外面打过工，北京、深圳、青岛、大连，近处的武汉、宜昌就更不用说，常来常往。

老板娘嫁了一个外来的男人，原是重庆丰都的，家里世代打鱼为生，驾一条机动船在川江上来往，也常到九畹溪来打鱼，一来二去便与这女子相识并结成了夫妻,丈夫入乡随俗在九畹溪"上门"落户。老板娘说丈夫是打鱼的高手,在她家吃的鱼敢保证是最新鲜的,丈夫把捕来的鱼就养在河里,来了客人,骑上摩托两分钟下河就把活鱼提回来了。

那天下午,我们就在她的酒楼吃了晚饭,鱼是鲇鱼,在城里的餐馆价格不菲。厨子手快,片刻做成一锅火锅,川江上的口味,放了重重的麻辣,经火一煮,又烫又鲜,吃得满桌人龇牙咧嘴,却是舍不得放下筷子。

我半真半假地同老板娘商量,说如果往她家引来一批长期的客人,比如写书的人,她是否欢迎?漂亮的老板娘认真地思忖着,说那当然,不过得跟我那一个商量商量。但那一个——她的丈夫迟迟没有回来,他总是一天到晚在忙,河上河下的,除了打鱼,还到秭归县城里联系些生意,把打来的鱼销出去。我说那好,等你们商量好了,给我打个电话。

她抿了抿嘴,憨憨地点头。那样子让人更觉喜欢。

我有些羡慕这女子,还有那对年过七旬的老人,以及沏给我们香茶的农家。人生有很多种活法,如果可能,在这九畹溪边有一间小屋,日出而作,日落而息,沐浴清风雨露,品尝自然瓜果,寄情于山水之间,做一个普通而又散淡的人,何尝不是人生的乐事!

清江夜话

有一次在长阳清江边,听到一曲《渔家乐》:"清风不用银钱买,月在江中夜半游。闲来简板敲明月,醉后渔歌云春秋。"顿时让人醉了。那是流行于明清之时的南曲,为土家人所喜爱。

听这南曲,不禁会思古怀远,浮想联翩。

清江古称夷水,又名盐水,从湖北利川发源,流经武陵山与大巴山余脉的高山深谷,一河碧水自宜都汇入长江。魏晋时期的郦道元在为《水经》作注中称"夷水,即山清江也,水色清照十丈,分沙石。蜀人见其清澄,因名清江也"。

这江全长八百里,流域山明水秀,号称八百里清江画廊,沿途为土家、汉、苗三族混居之地。"夷水"其名始见于《禹贡》,《汉书·地理志》《水经注》亦皆有记载,缘于土家族先民——巴人(白虎夷),故而被称为土家人的母亲河。盐水的得名则与它流经的地域产盐有关,如长阳渔峡口之盐池温泉、巴山峡的盐

福　道

泉，椰坪咸池河，白咸池等。

自发源以来的流动，清江处处奇趣。

它经过利川这座鄂西高原的城市之后，又纳忠孝河之水，突然潜入地下，转为伏流，不知所向。它像一个顽皮的孩子，跟明亮的太阳之神捉着迷藏，通过喀斯特地貌形成的十数个溶洞的天窗，可以听见它在地下的轰鸣，并隐隐可见它倏忽闪过的清流。这神气活现的清江啊，在幽秘的地底下造出好些个明镜似的平湖，以及大起大落的陡水，时隐时现，经鲇鱼洞、响水洞。观彩峡，至黑洞复出，那时它的小名叫雪照河。

重新跳出地面的清江，两岸高山夹峙，河水湍急，总落差近500米，因此有了一处"跳鱼坊"，岩石横江，急流汹涌，鱼儿数度飞跃，此起彼伏，那天然的龙门高不可攀，但终有鱼儿跳过，虽然是气尽力乏，但总算是修成正果。

清江对这一切不再回顾，只管向前，接下来更遇蛮石阻塞，水自顽强地从石隙中屈曲流出，不惜将自己化作千股细流，甚至粉碎成点滴飞溅，但只求挣脱石的阻碍，自由奔腾。

上善若水。"水善利万物而不争，处众人之所恶，故几于道"，清江何不如此。

过了"天楼地枕"——这是古来就有的名称，清江流入恩施河谷，河水渐缓渐平，儿时的我们常在清江边戏水玩耍，岂知它出得恩施南门10里便是惊险的"伏三跳"。那河岸狭窄，且岩脚受江水冲刷，不时崩塌，演化成乱石堆叠的险滩，流水在乱岩缝中奔突，礁岩傲然凸现，虎伏三跳即能过江。"伏三跳"故而得名。

好名字呵。

由伏三跳而下至眠羊口，百十里高山险岩，激流险滩，但到景阳河，清江一路连奔带跳过来，此时脚步不觉放慢，变为深呼吸，举手间装扮得石崖深峭，潭水澄碧。两岸山坡或为水田，或为旱地，村寨炊烟四起，农人耕种繁忙，素有"金建始"之称，产得金黄玉米，颗粒饱满，味道香甜，农家富足。

但清江并不迟疑，由巴东水布垭而下，进入长阳境内，此时清江已汇集上游千百条支流，水量大增，俨然是一条气象万千的大河，它依次洗刷出半峡、巴山峡、平洛峡这"清江三峡"。

但见群山嵯峨，崖壁陡峭，像是天地为这河造就的卫士，排列两侧，注视着清江从崖间酣畅流过。那巴山峡自古即咽喉要津，兵家必争之地，历史上曾有"古捍关"之称，为巴人的前方要塞，助巴人首领廪君"踞捍关而王巴"，也曾作为"楚肃王拒蜀（巴）"的一道关门，是楚巴相争的重要关隘。延及六朝，曾设巴山县。

由巴山而下，经长滩之后数十里即著名的武落钟离山。此山

福　　道

相传是土家族开山鼻祖廪君（向王）的发祥地。土家族是武陵山区的世居民族之一，分布于湘、鄂、黔、渝毗连的崇山峻岭之中，秦汉时，称为"廪君种""板蛮""赛人"等，此后多以地域命族，被称为"武陵蛮"或"五溪蛮"等。宋代以后随着汉族居民大量迁入，"土家"开始作为族称出现。土家族的来源说法不一，甚至武落钟离山的准确位置也在争论之中，专家们的考证仍在不断的探究，从古到今的传说如一条长河源源不断，它们醇厚温暖，包藏着无数隐秘的信息。

有一个故事说的是很早以前，在武落钟离山，也就是清江淌过三峡之后的一座奇山之上，突然山岩崩塌，现出了两个石坑，一坑红如朱砂，叫作赤穴；一坑黑如生漆，叫作黑穴。

一个男人从红坑中跳了出来，名叫巴务相，又有另外四姓从黑坑中跳出来，大家争做首领。祭司说谁能把矛扎在坑壁上的，就做廪君，结果只有巴务相一下子把矛扎进了坑壁上的岩石，动也不动，矛上还能再挂一把剑。接着，祭司又让他们用土做船，在船身上雕刻绘画，看谁做的船能浮在水面上，最后唯有巴务相的船能浮游前行。

众人心服口服，诚推巴务相为首领，称他为廪君。

一年年过去，部落人口逐渐增加，显出地少人多的势头，廪君与大家商议之后，决定带领部族向外迁徙，去寻找更加广阔富饶的土地。

他们乘上雕花木船,沿着夷水先是向东,继而又辗转往北,与盐水部落女神相遇。年轻英俊的廪君一出现,美丽的盐水女神便不由得心生爱慕,殷勤接待廪君和他的族人。

盐阳山川富饶,盛产鱼和盐,女神请廪君留居此地,两人永远生活在一起。但廪君为了部落将来更大的繁荣,最终舍弃了一时的温柔之乡,毅然带着部落的人继续披荆斩棘,后来于夷城一带建立了声威显赫的"巴子国"。

廪君死后化为白虎,后代加以奉祀,白虎成为土家人的图腾。

这个故事说来有英雄的壮烈,也有忧伤。人们总会为美丽多情的盐水女神生出许多怜惜,土家人尊称她为"德济娘娘"。

爱一个人没有错,但不是所有的真情都能得到及时的回报,也许需要一生,也许更长。女神以自己的牺牲成就了廪君,廪君日后站在巴国城墙上,在人们敲着震耳欲聋的虎钮錞于——巴人的军乐器时,他的心里有多少欢欣也有多少悲凉,女神对他的爱恋,那最后的深情一瞥,他怎么能忘。

他化为白虎,回到曾经的盐阳清江,徘徊在女神为他献茶的风雨桥头,将一腔英雄泪化作一声声嘶吼,想唤回那女子的魂魄。

福　道

　　继而他跃上山顶，永久地凝视着山下的盐水。之后的人们只要经过此地，就能远远看见那雄踞山头，躬腰低首的白虎。

　　好男儿，也有百转柔肠。

　　再说一个故事，是在廪君之后的若干年里，天下已分春秋，秦国那年攻占巴子国，烽火战乱四起，巴国腹背受敌，将军巴蔓子出使楚国借兵，情急之中允诺战乱平息之后，割让三城给楚国作为谢礼。

　　但知巴蔓子怎舍得先人留下的大好河山，三城断然不能让给楚国，但他又是一个极重信义之人，又怎能对楚王出尔反尔。

　　于是战乱平息之后，将军巴蔓子亲自前往楚国宫中答谢，当说及三城之时，将军双泪长流，慨然道："今日无城可奉楚王，只有将在下的性命留在楚国，请楚王恕罪。"一语落地，将军挥剑砍去自己头颅，身躯昂然而立而不肯倒。

　　楚王大惊，忙道："将军忠肝义胆，这三城之事，寡人永不再提及。"

　　将军身躯这才轰然倒下。

　　楚王叹道："寡人麾下若得此人，何需三城也。"即吩咐将巴蔓子的头颅装金镶玉，以上卿之礼厚葬于楚国之地。

　　三城之事果不再提。

　　巴蔓子将军的故事则世代流传。

古来的风尚漫延于民间，土家人性情憨直，过客投宿寻饭，无不应允；仁侠仗义，知恩图报，一语相投，倾心相交，偶犯忌讳，反言若不相识；彼此有仇衅，经世不能解，有明察者一语剖解，便贴首而服。

土家族不是一个多愁善感的民族，然而却有着自己独特的情感方式，他们对生死的态度庄重又泰然，男孩从会走路就学"跳丧"，女孩从会说话就开始学唱"哭嫁歌"。"跳丧"是一种惊世骇俗的歌舞，悼念亡灵，送别亡者时，土家人不以大悲大恸而是载歌载舞，女儿出嫁本当喜庆，却如泣如诉，长歌当哭。

逢到县剧团来演戏，一群女孩儿会站在戏台前你推我搡地笑："你也去唱一回，你也去唱一回。"或是都到清江河边洗衣服，那就尽情地用歌声逗趣。这个唱："正月百花开，幺妹生得乖，高不高来矮不矮，活像祝英台。"

那边就俏皮地对唱："妹妹生得好，长得多乖巧，弯弯眉毛一脸笑，活像八哥叫。"哭嫁，通常在女孩儿出嫁前半月甚至一个月就开始了，亲人们夜晚围在一堂，还有山寨里同龄的女孩儿们陪坐，叫作"陪十姊妹"。哭嫁歌的歌词包罗万象，神话传说、历史故事、亲人事迹，以及女儿的喜悦和伤悲全在其中。长歌当哭，以哭伴歌，或长短句，或五言七言，聪明的妹子也可即兴创作。

土家女儿刚烈果敢，又柔情似水，或许便是在那一个个吟唱的日子里练就的。

八百里清江，八百里画廊，冬去春来，下里巴人，也合着阳春白雪，从古流到今。廪君、巴蔓子的传说，土家人的悲欢，传递着祖先的温度，将子孙滋养，就在那一片多情的山水之间，云蒸霞蔚，繁衍生息。

神农架的秘密

1

神农溪,一听就是从高高的神农架流淌下来的,是那位伟大的祖先洒下的生动甘甜的水,又仿佛是他的孩子,从他宽阔的胸前一跃而下,欢快地蹦跳着,一下子就好远好远。炎帝神农巍然慈祥地站立在云端,胡须化作茂密的丛林及藤蔓,想挽住溪流的脚步,但只是一把搂住了,小溪转瞬间又调皮地挣脱开来,一直往前奔跑,直到流入长江。

所以,在长江边上就闻到了神农架的气息,清凉、洁净的,带着万千树木和药草的芳香,只需片刻就让人的心静了下来。从喧哗的都市奔波而来的一行人,本来好生疲惫,好多头绪,见人就说话,但其实自己也觉得大多是废话,却又像刹不住的车,乏力却又停不下。城里人就这么一天天活着。而走进这山里，不知不觉地轻松了，即便不说话，也能从各自的目光里读懂彼此，就像一块裹在尘土里的布，哗地被洗掉了尘埃。

住在神农架的第一夜，好几次冷不丁地醒了过来，久违的安静已让人陌生，竟有些不适应。北京家里的楼下是一条车水马龙的大街，昼夜车流不断，人的神经早就被那嗡嗡的嘈杂声所麻木，到这寂静的山林里竟苏醒活跃起来，居然难以入睡。

不禁索性披衣起床，面窗而立。呵，人说神秘、神奇的神农架，可知这里的夜才是最为神奇的。朝窗外一眼望去，尽是墨汁一样的黑，天地之间万籁俱寂，只有穿行在山林里的风，将树的琴弦轻轻拨响。站在窗前好一阵，依稀从夜色中辨认出远方群山的影子，它们就像一个个挽着手的巨人，以亿万年不变的姿态憨厚地屹立在那里。

这里曾经是汪洋大海，而后才成为高山。

屈原在他的《天问》里首先问道："遂古之初，谁传道之，上下未形，何由考之？"两千多年前，诗人诞生于大巴山神农架下的秭归，他昂首问天的高度，或许正对着云朵之上的这些神秘山峦，因此而引发他无穷的奇思妙想，试问远古最初的情形，究竟是谁传播下来的？那时天地尚未形成，从何处得以成形？

一部楚辞成为世界经典，而民间话语就如深山的灵芝自顾自

福　　道

生长，在这个不想入眠的夜晚，我打开了神农架的主人相送的一部蓝色封皮的线装书《黑暗传》。早些年便听说过此书，是一部讲述天地和人的起源的民间歌谣唱本，这次到神农架，一开始的惊喜除了空气和水，就是这本书了。迫不及待地打开来，见是一位名叫胡崇峻的民间文艺家搜集整理，曾在神农架当过修路工而后成为书法家的袁学林近年用行书撰写而成的，温厚的纸张，稳健灵秀的书法，35000字的歌谣，字字句句散发着墨香：

天地合德日月合明，盘古辨混沌苦难救众生，

夜有雨露昼为晴，千秋万代转金轮。

盘古老祖来分水，手拿一个葫芦瓶。

分开葫芦瓢与把，连忙舀水忙不停。

一瓢水叫天上水，化作天河雨淋淋；

二瓢水作江河水，向东流去永不停；

三瓢化为湖中水，湖水不干水族生；

四瓢化作大海水，大海鱼龙好藏身；

五瓢化作无根水，在山为雾在天云。

万物为它养性命。

这部被专家们称为汉族首部创世史诗的《黑暗传》，于明清

时期就开始流行，但在之后的许多年里悄无声息，藏匿于民间，混同于人间一些永久的秘密，几乎就要重新归于大自然，所幸当代人的有心挖掘而得以重现。《黑暗传》融会了混沌、盘古、女娲、伏羲、炎帝神农氏、黄帝轩辕氏等许多历史神话人物事件，可谓远古时期的"活化石"。有趣的是，书中充满了口语化、生活化的叙述，诸多神仙圣人在这里都成了有血有肉的人，他们吃喝拉撒、交媾生子，扯皮打架、赌狠斗法，跟常人一样的喜怒哀乐，凝聚着芸芸众生对世界的解释与想象。

捧书夜读，窗外的黑暗中似现出点点星火，人说比风还要快的是思想，最能覆盖大地的是黑暗，在这一片黑暗之中才会越加感觉光明带给人的鼓舞。《黑暗传》正是光明之物，那些了不起的民间歌者忠实传递着遥远的过去，人类从天地不明的混沌中走出，那些隐语似的神话世代相守，让后人从中获得种种启迪和暗示，而得以坚韧向前。

"民生各有所乐兮，余独好修以为常""路漫漫其修远兮，吾将上下而求索"，由长江与汉江相拥的大巴山一带沟壑纵横、层峦叠嶂，是浪漫主义的生长之地，也是必须艰辛求索才会有所收获的险峻山地，炎帝神农氏架木为梯、尝遍百草，屈原上下求索，《黑暗传》代代相传……

这一切，都在我眼前的天地之间。

福　道

2

　　虽然我只是一个行者,但神农架在我心里已相知多年。

　　小时候住在巴东县城嘎嘎的木楼里,三峡一带的人都将外婆叫做嘎嘎,她时常指着长江对面远处的神农架,说那山里有"野人嘎嘎",娃娃要是不听话,野人嘎嘎就会来抓娃娃。她说的故事跟格林童话的"小红帽"有些相似,但装作外婆的不是大灰狼而是野人,野人一直躲在房前屋后的杉树林里,等娃娃的亲嘎嘎一出门,就包上头巾捂住脸去敲门,瓮着声说:"嘎嘎回来了,快开门。"娃娃还只是把门打开一条缝,野人嘎嘎一伸手就把娃娃给抱走了。

　　抱到哪里去了呢?

　　娃娃最怕听又最想知道的是:后来呢?

　　嘎嘎说,野人嘎嘎把娃娃抱到山洞里去了,娃娃饿了,野人嘎嘎就给娃娃喂奶,娃娃吃了之后变成了小野人,浑身长满了黑毛。

　　娃娃不甘心,他知道故事还有一种结果,真正的嘎嘎回到屋里一看娃娃不见了,就知道是野人嘎嘎干的坏事,赶忙就敲起了锣,"抓野人嘎嘎哟!"大山里喊话传不远,有了急事就敲锣,

"抓野人嘎嘎哟！"

锣声一响，四面八方的人都赶来抓野人嘎嘎，但它跑了，跑得飞快，谁都追不上。好在娃娃被救了回来，好险啊。嘎嘎每次说到这里，都会紧紧地抱住娃娃，说，嘎嘎不在家的时候，别人敲门不能开啊！一开野人嘎嘎就来了。娃娃会听话地连连点头。

听这故事的时候，我才几岁。神农架发现野人的说法后来轰动良久，但其实大山里早就有过关于野人的传说，只是到后来，随着人类活动日益频繁，越想弄明白反倒越难用事实来证明，"野人"到目前还只是一个传说。

1983年的秋天，我第一次走进神农架，只见山路弯弯，路侧的河沟里躺满了被砍伐的树料，等着春季山洪来时冲到长江边，然后再由那里的人扎成木排，顺水放到长江下游一带的大小城市。山上不时可见穿蓝色工作服的林业工人在紧张劳动，他们拉动电锯，放倒一棵又一棵松柏冷杉，一片又一片山头成了秃头。那些没了树的山坡种着些玉米，长得有气无力的，瘦小的秆子，一阵风便吹倒了。那一行使我对原始森林的向往大打折扣，打那以后，我一直怀疑神农架的森林是否还能在工业化到来之时得以存在。

历史上，神农架因为沟谷深切，高低落差，既有3000多米高的"华中屋脊"，也有100多米的低谷平地，气温悬殊四季花

猛 兽

开，早在19世纪就因为极其丰富的植物而在世界上为中国赢得了"园林之母"的称号。

一位爱尔兰籍的英国人奥古斯丁·亨利很早就注意到神农架的植物，他1881年来华，在好些年里担任英国驻宜昌海关的医务官。他显然是一位兴趣广泛的人，不仅学会了汉语，还在三峡、神农架一带采集了大量的植物，之后将500多种样本带回英国，送给了大英帝国有名的基尤花园。其中的许多珍稀物种经过培育，后来成为世界著名的园林植物。

这位医务官一生的辉煌不是在医术上，而是因为在中国的惊人发现而名声大噪。他在英国《皇家亚洲社会》期刊上发表了一份关于中国植物物种名单的论文，宣称自己在遥远的中国内地发现了一个"惊人的地方"，那是人类梦想中的"伊甸园"。他所指的惊人的地方就是神农架。

医务官的论文很快吸引了科学家们的注意，英国当时最为著名的自然学家、植物学家、探险家亨利·威尔逊便于1899年开始了他的中国西部之行。

当时大巴山的崇山峻岭里根本无法行车走马，人的攀爬都极为艰难，但这位执着的科学家吃尽苦头，先后四次深入到神农架的茫茫原始森林里，冒着随时都可能受到野兽虫蛇伤害的危险，前后收集了4700多种植物，65000多份植物标本，其中有人们最为喜爱的"鸽子花"——珙桐,以及中华猕猴桃的种子。威尔逊雇用了二十多个当地人,用三峡人的大背篓将这些数不清的植物背出了神农架,又运到了英国。

后来,中华猕猴桃在这位英国植物学家的改良培育下,成为苏格兰最重要的出口水果,且是后话。在当时的1913年,他很快发表了《威尔逊植物志》,其中有四个新属,382个新种,323个变型的木本种。这些大多来自中国西部的植种立刻在世界上声名远播。神农架再一次造就了一位科学家的辉煌,威尔逊不久应聘担任了美国哈佛大学植物研究所所长,并于1926年在美国出版了激动人心的著作《中国——园林之母》。

神农架,世界为你骄傲。

而毋庸讳言,"园林之母"在其后的岁月里曾经遭受过几次大的重创,但中国人对生态环境的危机感终于苏醒,神农架人在20世纪80年代中期彻底意识到该说"不"了,他们放下电锯和猎枪,林业工人由伐木人变为守林人,狩猎者变成了动物保护者。

眼前的事实是,由木鱼镇到大九湖、华中第一峰……当年所有那些光秃秃的山头已然是绿树葱葱,放眼望去,满山遍野是那十分醒目的清雅挺拔的冷杉林,还有倔强蓬勃的乔木映山红、粉白杜鹃,灯笼花,以及无数叫不出名字的藤萝野草。而人们能走进的这些地方只是神农架的一小部分，在我们的视野之外，还有大部分山峦和森林都在被封闭的保护之中，被科学家们认定为当今世界中纬度地区唯一保存完好的亚热带森林生态系统。

面对那些未曾开发，难以逾越的，由森林覆盖的山峦，我想除了科学家，我们宁可多一些敬畏以及无尽的猜测和想象，而少一些进入。

或许，野人嘎嘎就藏在那些人迹罕至的林子里。

3

当地朋友提示：想到神农架可以乘车来，可以坐飞机来，可以先乘高铁再坐车来，还可以坐着游船来。

汉代的绝世美女王昭君，当年从她的家乡——神农架流下的香溪河去到京城长安，从春走到了夏，回眸一望，桃花水已成满溪清荷，山高路远，昭君从此再也不能够回家。而如今的千里之遥只在几个小时之间。现代化给这个被联合国授予世界地质公园的地方带来无穷变化。

从宜昌进山的高速路穿过一个又一个长长的隧道，车灯映着洞壁上的蓝底白字：3500米、2800米……，风驰电掣，过去翻山越岭大半天的路程，如今只是一眨眼的工夫。神农架顶上建着卫星接收台，穿红披绿的游客们用手机拍着美景，瞬间就用微信将所拍的图片发到了朋友圈，苍茫的大山与世界的联系只在分秒之间。

万千变化，但科学用另一种语言，证明大自然的变与不变。1983年，出席国际地质学会的法国、英国、联邦德国、加拿大、澳大利亚、苏联和中国的23位学者对神农架地质进行了考察，认为此地完好保存着前寒武纪的地质结构。也就是说，神农架的顶天立地浩然之气，有着自亘古而来的巍然不变，它俯瞰华中大地、长江东去，养育着万千生物。

神农架的大龙潭周围，愉快地生活着伴随人类从远古走来的金丝猴群，目前全世界的金丝猴所存不多，但神农架的猴儿却有增无减，与善待它们的人相处甚欢。这些聪明的猴子善解人意，当并无恶意的人走近时，它们会毫不戒备，成群结伙地或蹲或跳。养猴人站在它们中间，一把把抛撒玉米，猴儿们也不争抢，绅士般地捡起来不慌不忙地塞到嘴里。身材高大的猴王面目威严又颇为自得地蹲在高处，小猴儿在母猴身上拱着吃奶，一些调皮的猴子在树上"嗖嗖"地跳来跳去，一片太平景象。

那天我们来到大龙潭经过猴群时，一只皮毛光滑的大猴突然就跳到了散文家丹增身边的木栏上，并一手按住了他的肩膀。丹增曾在西藏和云南工作多年，对动物和植物都自有一番热情，他马上笑着说:"你好哇!"

猴点头,似已会意。丹增再开口,用了藏语,我们听不懂,猴却听得入神。我走过去为他们照相,猴也不怯生,只是与丹增对视着,像是有万语千言。好一阵,猴都将手搭在丹增身上,不愿意放下。人们催促再三,丹增对猴儿说:"我走了,有机会再来看你。"

猴嚅动嘴唇,再次点头。

丹增与大家走出老远,那猴还一直动也不动地蹲在原处相望。人们无不称奇。

二日晚在与当地朋友座谈时,丹增感慨道:"那猴子或许是我的祖先,又或许是我前世的恋人。"一语惊四座,但了解藏族历史的人却知道,是话出有因。藏文史书《西藏王统记》中,有一段"猕猴变人"的传说记载,相传普陀山上的观世音菩萨命其猕猴徒弟,由南海到雪域的西藏来修行,为了度化西藏,猕猴与当地的女子结合,生下六只小猴。小猴长大后,又生下了五百只小猴,如此愈生愈多,眼看树林间的果子也渐渐稀少,观世音菩萨便命老猴到须弥山中取来天生五谷种子,撒向西藏大地,这才长出了各种谷物。猴子改吃五谷,尾巴渐渐缩短,逐渐进化成人形,成为藏族的祖先。

在西藏有一处名为"泽当"的地方,"泽当"在藏语里即是

福　道

"猴子玩耍之地",靠近泽当东方的贡布山上,传说还留有当年猴子们栖息的"猴子洞",而离泽当不远的撒拉林,正是传说中老猴在那里撒过谷,有"藏族第一块田地"之称,至今每逢春耕时节,藏人们仍要到这里抓一把"神土",以保佑丰收。

金丝猴与丹增的亲密相处,使大家增添了对猴儿们的珍惜怜爱之情,也增添了对那些曾精心呵护猴儿的神农架人的敬意。从过去一些老照片里,我们看到一位工程师身背一只金丝猴,那猴儿趴着的样子就像一个撒娇的孩儿;还有一位中学校长拿着奶瓶给小金丝猴喂奶,他盯着猴儿的目光则慈祥得像一位老爸爸。这位名叫廖明尧的校长,后来又做了多年的宣传文化工作,几番接触下来,廖先生山里人的性格毕现,他每当说起那些猴儿,还有神农架的一草一木都如数家珍,语言鲜活,带足了感情,他爱它们。

我们为神农架的猴群庆幸。

那些珍贵的猴群在神农架的山林里逐渐增多,且自由自在温饱无忧,相比之下,世界上还有不少动物因为人类的捕杀和虐待濒临灭绝,21世纪的生态问题日趋严重,早已到了刻不容缓的地步。我们来到神农架的日程里,有一个重要的话题就是建立"全国多民族作家生态写作营",朋友们从美国作家梭罗的《瓦尔登湖》说到神农架,在这片净土之上,我们有更多的理由呼唤人类对植物、动物的保护，对天空河流山川的敬畏，对生态的了解、研究和书写。

当我写下这些文字时，北京正面临着这个冬季最为严重的雾霾，窗外是一片几乎伸手不见五指的灰蒙蒙，楼群瑟缩在雾霾的包裹之中，所有的人走上街头都戴上了白色的口罩，网络上关于雾霾的段子令人哭笑不得："半城白雾半城灰，汽车慢得像乌龟，三米之外不见人，任你鸟儿也难飞。"还有某医院感染控制科主任建议："这两天必须要出门的话，进入室内后就要将附着在我们身体上的霾及时清理掉，以防止 PM2.5 对人体的危害。清理的方法是一进门就做三件事：洗脸、漱口、清理鼻腔。"

我整整一天没有出门，我庆幸通过手中的笔，让自己又回到了空气无比清新的神农架，并在阳光下看到那些快乐的猴儿，与它们共舞。

4

神农架的大九湖，在传说中是天神撒下的九颗珍珠。高山顶上，这些水色幽暗的湖泊真的就像蓝色的宝石，不时可以看到它们神秘闪动的光芒。这时已临秋季，湖里还可见到一些秋荷的残叶，更多的是金色的芦苇，迷茫的花絮招摇着人眼；湖的上空布

福　道

满了火烧云，大团大团地飘浮着烈焰似的云朵，映得湖水半是碧蓝半是红晕。

入夜，一幢民居旁边搭起了戏台，一家网络公司与神农旅游集团宣布共建平台的消息，一位西装革履的年轻人在台上讲话，描述了此番事业的前景。台下的场坝里聚集了好些来看戏的村民，似懂非懂地听着，不时打听戏啥时候开演。戏台两侧早已有穿了彩服的演员走动，几个道具箱堆放在民居的土墙旁，一个套在脖子上的围鼓让人看了新奇，有朋友忍不住拿起试了试，旁边一位老人说："你拿倒了。"

大家都笑起来。

演出的节目有流行鄂西一带的山歌《妹妹你来看我》，皮影戏《穆柯寨》，堂戏《七仙女和董永》，最为拿手的是神农架的梆鼓，四个穿着白底黄边对襟褂子的中年男子上得台来，一边敲起手中的锣鼓，一边唱道："锣儿本是黄铜打，暗合太阴与太阳，锣槌一个鼓槌一双，让我四人进歌场。"接下来唱的正是大书《黑暗传》中的片段，"神农出世生得丑，头上长角牛首形，父母一见心不喜，把他丢在深山里，山中遇着一白虎，衔着神农回家门"。

夜里的大九湖寒气上升，温度与白天相比至少低了10摄氏度，我们一行人坐在露天的长板凳上，听着梆鼓子，却不觉夜色已浓。与丹增同坐在一条板凳上的是另一位散文家王巨才,他俩一个西藏人,一个陕西人,都不太听得懂台上的唱词,但也都坐得稳稳的,显然是浓郁的民间气息让他们如鱼得水。同行人中只有我与这片土地最为熟悉,乡音让我解得其中的好些妙处,梆鼓唱到白虎救了神农,便是一件大事,须知土家人将白虎奉为图腾,神农氏在这一带也被土家人认为是自己的祖先。

这里面有许多学问,只能留着慢慢咀嚼。

但见一轮明月渐渐升起,斜挂在这民居房顶后的树梢上。房顶已有些破烂,一蓬野草冒出房檐,但屋后的天边,那冉冉升起的月亮,将这幢茅屋勾勒如一幅奇美的古画,让人不禁想起明代著名画家沈周的一些传世之作,如《夜坐图轴》,画的正是松林之下一茅舍,于奇峭山色,小桥流水之间。那古画的清雅天然,恰似这眼前的情景,让人叹息,究竟是那画的高妙,还是眼前的山水高妙呢?

茅舍旁却是这户人家修的新楼,一位头上裹着白帕子的农妇倚在门前多时,一边看台上演戏,一边照看着房前屋后。见她转身进屋的当儿,我也跟了进去,只见屋里火坑烧得正旺,土墙上挂着一排腊肉,吊锅里热气腾腾。她招呼我们坐下,问喝茶不喝茶?神农架的人见客进门都是要筛茶的,于是围着火坑坐下,跟她聊起来,问她为什么不住在新屋,她说新屋让给儿子一家住

福　道

了，她觉得还是旧屋好，旧屋里住得舒服。

说着话，门外的戏台上一阵锣鼓铿锵，不由得又跟了出去，一抬头，屋顶上的月亮已升得老高了。月亮周围浮动着白白的棉花般的云朵，湛蓝的夜空，云朵那细密的绒毛竟然也是一清二楚，仿佛一伸手，就全都能揽在了怀里。人在神农架，果然与天地近了好多啊！

长江西流簰洲湾

在这里,在古来被称作云梦泽的南方,长江滚滚而来,气势磅礴地扑向东方,但穹庐之上像是有一支神来之笔,在这片大地上画出一个巨大的几字,江水便突然温顺地回过头来,竟然西流而去。或许也是因为对这片土地的喜爱和依恋,它一直浩荡但平缓地流动,几乎与大地平行,漫延了三十余里才开阔而又拓展地绕过身来,朝向它应当去往的东方。

这里叫作嘉鱼簰洲湾。

天下人来到此处,没有不为这罕见的大湾而惊叹的。儿时的我生活在长江三峡,后来随父母去往武汉念书,常从巴东小城的码头上船,经过激流湍急、险滩密布的巫峡、西陵峡,轮船一路摇晃着冲出峡口,滑入平阔的江水,继而便可见两岸一望无际的江汉大平原了。在水天一色的风景中,轮船的行走变得不疾不徐,平静笃定,直到一天一夜之后,突然会听到有人在舱外兴奋地叫喊：到嘉鱼了——！

那正是轮船经过这道大湾的时刻，人们大都不知晓湾的名字，只知道这是在嘉鱼县境内，而此地离武汉已是很近，只要过了这湾，便似乎进入了武汉的门户，几十公里外的武汉关转瞬即到。俗话说："簰洲湾，弯一弯，武汉水落三尺三。"千百年来，簰洲湾既是武汉防洪的天然屏障，这"几"字形的大湾，形状又天生就像是中国古时的一把大锁，在长江要道上，为九省通衢的华中重镇把住了最为临近的一道关口。

记得轮船"呼哧呼哧"地绕湾而行，正是黄昏时分，西去的太阳原本挂在船尾，却在不知不觉间出现在了船头，船上的人们都仰视前方，似乎近在咫尺，转眼就会与那夕阳并行，可轮船行驶了好一阵，那金黄的夕阳却是离人的目光越来越远，兀自抖擞着，遥不可及地悬挂在江面上，只染得一江水波金灿灿的，荡出亿万条金线，看花了人的眼睛。正当人们恍惚之时，轮船已渐渐走出了西流的江面，绕过几十里的大湾，但见那夕阳终究又回到了船尾。

一时间，圆圆的火球跳动了几下，被大江无限的吸引所牵扯，拉长，又弹回去，再拉长，最终恋恋不舍地融入大江之中。那一江波涛顿时拥抱了它的热烈，行走在江上的轮船也感觉到了，船尾激起丈余高的白浪，如一条条蛟龙上下翻腾。少年的我

福　　道

痴迷地追随着太阳，从船头到船尾，站在白浪之上，一直盯着那大湾以及岸上的房屋、江边一片片芦苇渐渐远去，渐渐消失。

多年以后，我听说这道大湾更多的故事，知道了它的名字叫簰洲湾。"惟楚有材"，楚人对地名的讲究由来已久，如嘉鱼，县名竟取自《诗经》，"南有嘉鱼，烝然罩罩，君子有酒，嘉宾式燕以乐"，古老的诗经，赋予嘉鱼高雅的美名，而簰洲湾一名则出自民间创造，与那片土地与江河之上的生计相关。

从前，簰洲湾江边大小码头林立，江上船帆来往如梭，连接周边的洪湖、岳阳、洞庭湖、武汉以至长江流向更远的城市、乡村。

江流环绕的大湾沙洲，成就良田沃土，相传于唐代便逐渐开垦，明代初期已成为邻近各县及川、湘几省的贸易市场与集散地，又因岸陡水深，北风难袭，造就难得的避风良港，到了清末民初，簰洲已俨然成为相当繁华的商埠，车载船运，更有无数竹簰在江上游走，灵活俏劲，增添了一道道风光，难怪被人称作"小汉口"。

今年秋天的一个日子，我和几位朋友乘车专程去到了簰洲湾，少年时只从江上眺望过它，曾经在脑海里多次想象，那岸上人家的光景，是如何桃红柳绿，稻米飘香。而眼下更想知道的是，这道湾曾经在 1998 年经历了一场惊涛骇浪的劫难，二十多年过去，如今什么模样？

浩荡的长江恩泽众生，但大自然的脾性也有恼怒和伤悲，甚至狂躁到毫不留情，1998年的长江就是那样一副狰狞的面孔，它似乎是将积攒了百年的眼泪一股脑儿倾泻，化作滔天洪水呼啸而来，奔出三峡，在这临近武汉的簰洲湾，撕破了一处江堤。

那是一个漆黑的夜晚，狂风暴雨之中，簰洲湾沙洲上居住的几万人还来不及惊恐，四周便已成一片汪洋，眼看咆哮的洪水就要危及不远处的武汉城，在武警官兵舍生忘死的支援下，人们展开了与洪水的殊死搏斗，堵住了江堤缺口，长江下游城市和乡村得以平安。

那一场壮烈的抗洪救灾，让世界知道了簰洲湾，也让簰洲人撕心裂肺地领略了生死的熬炼和大自然的残酷威严，在之后的岁月里，痛感要珍惜家园，保护江河。

洪水过后，簰洲湾40多公里大堤很快全面整险加固，堤高由原来的31米增加到33.6米，堤宽也由原来的5米增到8米，堤身采用了最为先进的技术，从内部灌注水泥，使其坚固如铁。

每到春天，在当年溃口的沙地上，簰洲人都会和他们最崇敬的子弟兵一起，栽种下一棵棵绿油油的杨树。那杨树扎根大地，长得快立得直，当年曾挺立于洪水之中，救过许多人的性命，如

福　　道

今江畔几万棵大树郁郁葱葱，就像一排排刚劲挺拔的卫兵，日夜守护着大堤。

村民们大都搬进了政府为他们盖的新居，一幢幢两层高的小楼周围也都栽满了杨树，还有香气芬芳的茉莉花。

四十年前，"簰洲一条堤，家家打芦席"，生产力低下，湾内没有电，夜间照明、汛期巡堤全靠一种乡间烧制的"夜壶灯"，灌满油，壶嘴上塞坨旧布，点燃之后有一点微弱的光亮。后来大家凑钱建起了第一座变电站，将就一台旧变压器，电线由村民自行绕接在树枝上，总算为每家农户点亮了一盏灯。而眼下的簰洲湾已经历过三次电网改造，每户人家的均配变容量已达2000多瓦，较之从前增加了近200倍。这看似简单的数字如跳动的音符，弹奏着簰洲人的生活奏鸣曲。

古老的沙洲夜晚从"夜壶灯"到灯火通明，火树银花，人们借助科技的力量，一步步从传统农业走向现代农业、生态农业，万亩水田从育苗到种植、收割、烘干、脱粒一条龙发展，蔬菜、水果种植无污染，专业合作社源源不断地将各种鲜活的农副产品送往远方。

南方有嘉鱼。

长江流经这道大湾，水势明显变得平缓，芦苇丛生，鱼儿跳跃，在此久久徘徊逗留。

名贵的刀鱼、鲥鱼、鲴鱼出没其间，青鱼、草鱼、武昌鱼等数十种鱼儿更是常见，还有一种从未听说过的，叫"子午鱼"的鱼，当地渔民说它平时在水底，只在子时和午时出现，又叫白鲔鱼，肉柔嫩美，为它编织了美妙的传说，流传于民间。

而特别令人向往的是，被称作"水中大熊猫"的白鳍豚也曾偶尔在这道大湾的水中显露，这一极为珍贵的物种对水质和生态要求非常高，据多次勘察早已濒临灭绝，不知是否还能再现？

走进新时代，经历过劫难的簰洲人为了保护长江，将湾内的大小码头一举拆除，大大减少了污染，江水更显祥和，鱼儿们与簰洲人一样，与大江相伴，绵延不断，给这一方水土带来无穷的生机。

站在簰洲湾的西流处，举目望去，平静的江面上几乎见不到浪涛起伏，只有一道道美丽的波纹在霞光中颤动，江边的芦苇黄叶灼然，一派秋色。沿江的漫道上行人三三两两，自得其乐，似随性而为，或走或停。远处，在当年轮船经过的江上，一座新建的大桥连接起嘉鱼及簰洲湾，使这沙洲直接进入了武汉城市圈。

眺望中，不由得想起来到嘉鱼之后读到的明代诗人韩阳为簰洲所写的一首诗，其中道："年去年来不少休，才过京口又簰洲，明蟾东上团团夕，大水西流耿耿秋。"岁月如舟，但有如此西流，得以再看少年景象，添了欣喜，也添了乡愁。

有道是，千古长江第一湾也。

一半青山一半云

一

头一次到昆明,惊讶,天这么蓝?树叶这么绿?

一切都像刚刚洗过的,天上之水,玉露般地滑过,然后有孔雀飞来,用它的羽毛轻抚,收住了那一滴滴滚动的水珠,于是,花儿草儿还有树,都清清爽爽的,空气清甜。踩在小道上,大地带着饱满泥土的力量注入脚心,越走越有弹性,大地在给人输送养分呢。

昆明作为城市的名字由来已久,但从前却是一个民族的称谓,在司马迁的《史记·西南夷列传》中出现:"西自同师(今保山)以东,北至叶榆,名为嶲、昆明、皆编发,随畜迁徙,毋常处,毋君长,地方可数千里。"正是说一个民族。作为地名则

福　道

是在唐代。

元代忽必烈派人在滇池北岸设立云南府，在盘龙江上游筑建松华坝水库，并修筑金汁河、宝象河等十余条河流为盘龙江分流，将那万顷沼泽荒滩变成了"四围香稻，万顷晴沙"的鱼米之乡，昆明一下子成为红土高原上的繁华之都。

这城市十分灵性。原来的昆明城是一个活生生的灵龟图形，相传为明朝洪武年间建造而成。当时镇守云南的大将打算重建府城之时，夜间在梦中见到一条大蟒，只见头不见尾，张开大口对着昆明城一顿猛吸，将城中的金银财宝都吞进了肚里。大将喝问："何处妖蟒，竟敢吸我城中财宝？"大蟒嗖地跃起，言道："我住城北山间，头在云南，尾在四川，关你何事？"

大将拔箭斩蟒，那蟒就地一滚，化作一个黑脸大汉，与之大战了一百回合，难分胜负。转瞬间又摇身变回大蟒，张开血盆大口就要将人吞下，正在危急之时，空中突然现出九位骑着神龟的英俊少年，齐声对大蟒喝道："孽畜，还不快快受降。"原来却是翠湖九龙池中的九个龙子，骑着神龟前来助阵。大蟒见势不妙，只好乖乖受降。大将从梦中惊醒，二日起便将要建的城池仿照神龟，大南门成龟头，北门是龟尾，大东门、小东门、大西门、小西门分别是龟的四只灵脚。遥对城北弯曲的长虫山，形成龟蛇相对之势，给这座城池带来天地之灵气。相传昆明城建好之后，汪湛海站在五华山上眺望全城,说:"昆明城池龙气益发,风生水起,定能造福于云南人,相信五百年之后,云南胜江南。"

此话倒也不假。

二

昆明城东有座凤鸣山,山上建有一座金殿,百姓又叫铜房子。

从山下迎仙桥起步,过一天门、二天门、三天门,登到高高的平台之上,便可见这座金殿。金殿实为明代修建的道观太和宫,宫门上嵌着棂星门三个金字,门扉上写着一副楹联,饶有兴味:"上谷龙飞,无双玉宇无双门;东林竹舞,一半青山一半云"。

行走于此,不能光看风景,咀嚼这些古人的智慧,似乎也正感受古人的目光,看那随风舞动的竹枝青叶,伴随不老青山,始终不离不弃,即使云朵飞过,也只是添加风姿,并不为之所动。云朵来去自由,但哪有这青山竹林的紧紧相偎更让人留恋。

从前的故事流传至今,是因为一代代人总能从中感受出味道,满足了许多想要抒发的情感。这山上的金殿也有一故事,话说明朝万历年间有一个叫陈用宾的人,年青时很穷,到处流浪,

福　道

　　他对那些云游四方，来去无踪的仙人羡慕不已，听说鸣凤山上有座道观是块风水宝地，八仙之一的吕洞宾就住在那里，于是他也在那山上找了个洞读书修道，盼望有朝一日能见到吕洞宾。

　　但几年过去，却连仙人吕洞宾的影子都没见到，他心中好不耐烦，只想发火。山上道观的道长提醒他说："火气大的人是遇不到仙人的，即使遇到了也认不出来。"陈用宾一听大悟，便在自己的洞门两边写下了两行大字："了却心头火，要见吕洞宾。"

　　过了些天，他突然在洞门前遇到一位鹤发童颜的老人，他心想，老人这么大年纪到这深山老林，莫非是位仙人？于是连忙行礼，请老人到他的山洞里饮茶。进到洞里，陈用宾恭敬地用他的玉龙酒杯斟上香茶，双手捧给老人，口中问道："请问您老是哪方神仙？"老人作耳聋状，手中一滑，失手将玉龙杯掉在地上，摔成了碎片。陈用宾忍不住火冒三丈："这是我的传家之宝，你为何这般不加小心？"说着袍袖一挥，意为逐客。老人笑笑，转身离去。

　　但老人走后，他回身一看，那玉龙酒杯却好端端地在石桌上。他不禁大惊，猛然悟到老人即是仙人。

　　慌忙追出洞口，哪里还有人影。却见他在洞口写的两行字旁又加上了两行，变为"了却心头火，要见吕洞宾。见了吕洞宾，心头火又生"。

陈用宾悔恨交加，求仙不能过于急切，做人不能火气太盛，凡事都需有所节制。他从此灭了心头之火，静下心来刻苦读书，几年之后状元及第，被派任云南巡抚。他来到鸣凤山上遥拜吕洞宾教诲之恩，并在山顶建起了一座金殿。殿台前立有旗杆，旗子由铜铸，旗面上雕有"天下太平，风调雨顺，国泰民安"12个大字。

这座金殿传给后人的启示岂止一二。

三

在人们心目中，昆明是浪漫的，滇池的水是爱情水。

恋爱中的人没有不想到滇池旁边走一走的，天南海北的人都想去看滇池，黄皮肤、白皮肤、黑皮肤的人都想去。

这里很早有过一条龙的爱情。

传说从前昆明一带没有湖泊，也没有河流小溪，只有一片贫瘠荒凉的土地，好几年老天也没下过一滴雨，田野干裂荒芜，人们都纷纷逃离这个地方。

有一个年轻猎手刚刚新婚不久，新娘子从远方嫁到这里，奇怪为什么这里没有河也没有水，得走到老远的深山里，从那边的井里打水挑回家来。有时候半道上走着走着，就忍不住将桶里的水全喝光了。

福　　道

眼看新娘子和乡亲们饥渴难耐，猎手决心出门去寻找水源，他告别新婚的妻子，走了不知多少天，终于来到了东海边。他在海边看到一只鹰叼起一条小红鱼，从他身边掠过，那小红鱼挣扎的样子好生可怜，猎手取下身后背的弓箭，一箭射下了老鹰，救了小红鱼。当他把小红鱼送回大海时，小红鱼朝他不停地摆尾，嘴一张一合，像是有万语千言。

这条小红鱼竟然是东海龙王的三公主，龙王得知女儿被人相救之事，又见这青年猎手英武过人，就想把女儿嫁给他。猎手却说自己已有妻子，执意不肯，龙王一怒之下，将猎手变成了一条小黄龙，关押在龙宫里。三公主见此情形十分难过，她虽然对猎手心怀爱慕，但不能因为自己反倒害了救命恩人，便私下里放了小黄龙。

三公主没有龙王的法力，不能将小黄龙变回人。小黄龙知道自己再也无法与妻子相聚，只有把水带回去才算了结心愿，于是他张开龙嘴吸足东海水，然后朝家乡腾云而去。三公主见猎手决然离去，心中难抑悲痛，也化作一条小红龙，吸了海水跟随而去。

小黄龙飞到家乡上空，朝着干涸的土地吐出水来，顿时倾盆大雨从天而降，小红龙也随之而来照样效法，大地上眼见生出一块翡翠似的湖泊，越来越大，越来越深。碧水荡漾开来，四周干枯的树木花草渐渐伸展枝叶，由焦黄变绿，蓬蓬勃勃，孔雀蝴蝶也飞来了，小动物们在草地上欢快地奔跑。小黄龙见到这一切，高兴极了，但身边的小红龙却突然软软地倒向大地，原来三公主已精疲力尽，为了心爱的人，用尽了所有的力气。

三公主倒在地上化作了睡美人山，也就是滇池边的西山。小黄龙吐完腹中的海水跳进了滇池，永远守护着他的家乡，久别的妻子，还有多情的三公主。从此，有了滇池水的昆明变得富饶而美丽。

我从昆明西山上眺望滇池，不知小黄龙是否安在？风记得，滇池的水记得，那位年轻的猎手为了水，献出了生命，后人怎能不珍惜！在人间的无穷纷扰之中，那位年轻的猎手，还有含泪而卧的睡美人，是以何样的心情感受滇池一度的污染，环境的恶化呢？

21世纪的中国，人们对生态的认识逐渐清醒，对生态的伤害最终则是对人类自身的伤害，滇池的治理逐渐升温。2013年起启动"滇池治理三年行动计划"共实施100个项目，对滇池进行彻底截污，水体置换，打通清水通道，修复生态。如今的滇池，又唤回了孔雀蝴蝶和水鸥，但愿美人相伴，风和日丽，水清天蓝。

昆明还有一个关于水的传说，说的是一位为民求水，不惜生命的小黑哥。

话说很久以前，昆明经常闹旱灾，又有一次连着好几个月都没有下雨。一个叫小黑哥的小伙子，一气之下作了一首打油诗，

福　　道

骂龙王："挨刀死龙王，遍地闹灾荒，老子遇到你，把你鳞拔光！"

小黑哥这边骂，那边五老山上的龙王就听见了。龙王变成一个满脸麻子的白发老头，坐在山口等着来找水的小黑哥。小黑哥从村里出发，走了很远的路才到这山下，一眼见到这麻脸老头，就向他打听哪里有水源。

麻脸老头说，你跟我来。

他领着小黑哥走进了一个不见天日的山里，竹林深处藏着一潭泉水，看上去深不见底。小黑哥还没来得及高兴，突然哗啦啦一阵响，一条又粗又长的铁链绑住了他的身子。麻脸老头随之现出原形，原来是一条恶龙，他张大嘴说道："黑小子，我是掌管昆明雨水的龙王，你竟敢骂我，我要把你扔进这深潭淹死！"

小黑哥毫不惧怕，大声说道："我骂的就是你！你为何半年都不下雨，坑害一方老百姓？"龙王道："我管不了那么多，雨多雨少在所难免。"小黑哥理直气壮地说："你既然管不了那么多，那就让我来管。"龙王见他十分勇敢，便也不由得说："哼！你要管雨，得答应两件事。"

小黑哥问是什么事，龙王说："要行雨就得先变成龙，这是头一件。第二件，你要被锁在这个龙潭中，六个月才准行一次雨，如果不照此行雨，你身上的铁链就要加一千斤。"

小黑哥爽快地答应了。他想只要能给干渴的老百姓带来雨水，别说加一千斤铁链，就是在他身上压一座大山，他也情愿。说话间龙王用手一指，小黑哥转眼化作了一条大黑龙，他直冲云霄，然后行起了大雨。

龙王狂叫道："今天可不是行雨的日子！"

可小黑哥听也不听，一直下了三天三夜，等干渴的乡亲们得了救，地里的庄稼也都活过来了，他才收住云头落到潭水之中。果然一条沉重的大铁链等着他，而且将他锁住之后，又立马加了一千斤。

小黑哥从此被锁在了龙潭底下，可是每逢人世间遇到旱灾，小黑哥就会奋不顾身地擅自行雨，铁链一次次加重，每回为挣断铁链，小黑哥都要在龙潭里挣扎好半天。人们说，因为他是条黑龙，冒出的汗是黑色的，所以把龙潭的水也都染黑了。人们心疼小黑龙，在这龙潭旁建了黑龙宫和龙泉观，为的是让小黑哥有个上岸歇息的地方。

每当昆明遇到干旱，黑龙潭里的水就会变得不平静起来，总有飓风吹过的声音，那是小黑哥粗重的喘息，或许他正在奋力挣脱沉重的铁链，想跃出龙潭，为人们带来清凉的雨水。不得不说，有多少悲壮，才会带来世界美好。哪里有天下太平，哪里有风调雨顺，衣食无忧？只是因为有人负重而行，才换得小康岁月，一半青山一半云。

澜沧江边的一天

一

那年刚三月,云南昌宁一带的油菜花已经开了,虽然还说不上怒放,但一小片一小片在澜沧江边翠绿的山间格外耀眼。

途经昆明时感到空气干燥,云南有好几年连续遭遇干旱,昆明大街上尘土飞扬。这座城市本来以水多著称,地下有九条河,地面有两个大湖,但却因遭遇严重的旱情而多处缺水。传说中困在经幢下的小黑龙一定在剧烈地挣扎,想挣脱锁链去行雨,但或许是他常常未经许可就布雨,那铁链已比大山还要沉重,他如何挣得开呢?

当地朋友说好些地方要翻山越岭去十几里外弄水,有个小女孩儿带着她四五岁的小妹妹也去找水,只拿得动几个矿泉水瓶,

福　　道

前去几十里，回来的又全喝光了。听到这些真让人揪心，不免想到，一旦大自然变得不留情面，不再轻易给予阳光、空气和水，这些平时心安理得享受的大自然的馈赠，才会显得格外珍贵。

这是大自然给我们的警示吗？我们做错了什么，要不要及时反思？

老天有眼，从火辣辣的昆明飞往保山市昌宁的那天清早，天空一片阴霾，下了飞机，惊喜地看到淅淅沥沥的雨点在不断飘洒，顿时满心感激。总算下雨了。虽然因为天气不稳定，我们在机场滞留了多时，但春雨带来的喜悦让人并不觉得等待漫长。

雨中到得昌宁，只见满山尚且稚嫩的油菜花在细雨纷飞下轻轻摇摆，犹如面容羞涩的少女，十分惹人怜爱。昌宁位于澜沧江边，县名由原先两座古老的小城永昌、顺宁而来。第二日去看澜沧江，上得一艘能载上百人的船去，烟雨蒙蒙中，船走得十分平稳，没有想象中的惊涛骇浪。

主人介绍说，因为小王水电站的修建，澜沧江的水位上升了300米，以至过去的激流险滩，怪石峡谷均已变为平湖。眼前水色碧绿，宛如绸缎，与岸边的绿树融为一体。景色秀丽，但心中却有遗憾，以为的澜沧江似乎并不是这等模样。船行了十多公里，停泊在一处山脚下，当地朋友说在此下船，这里的小地名叫蒸塘河，以温泉著名，到处都有滚烫的温泉从石缝里嘟嘟往外冒，水温最高可达七十多摄氏度，能煮熟鸡蛋。

同行的几位急不可待地就往岸上爬，山势颇为险峻，也摸不清路，连问往何处去？一当地小伙抬起胳膊一指，说车在上面等着，爬上去就是。问爬多久，他说，一个多小时吧。

开弓没有回头箭，一个个朝着荒草荆棘的山坡往上爬。当地的一位乡干部浅平头，皮肤黝黑，穿一身松垮垮的旧西装，在前面带路，一位诗人跟他聊天，说你像个农民。这位哈哈一笑说，你在表扬我哟。

从河滩开始往上爬时，草丛中还能见到一些被人踩过的倒伏痕迹，也算是路，但爬着爬着，这样的路也没了，坡度越来越陡，爬在前面的鞋后跟几乎要对着后面人的鼻尖。一蓬蓬率性生长的野草和灌木，拦住人的去路，眼前满是长着红绒花球的朱缨花，叶片硬实的女贞，结着红果的火棘。澜沧江边适宜的温度以及饱满的湿润，让这些植物长势凶猛，这里原本是它们的自由世界，但被我们硬着头皮闯入，只能是披荆斩棘，人与它们，双方都有些伤害。

不由得想起鲁迅先生的话，"其实世上本没有路，走的人多了，便成了路"，算是安慰。天本是一直阴着，一会儿下起了雨，久旱的云南人为雨的到来而兴高采烈，但脚底下越来越滑溜，像抹了油，头上湿淋淋的，开始顺着脖子往下淌。我走几步，把头发往旁边顺一下，怕遮住了眼睛，又得小心脚下哧溜，连呼带喘地手忙脚乱。

那位乡干部将他的西装脱下来，要让我顶在头上遮雨，我谢了他的好意，且说不用顶，顶在头上我还得两手捏着，更没法爬了。这时全凭手拽着一根树枝或是一蔸草，选择好某一个角度，然后一步步往上蹬，跟攀岩有得一比。

只听前后不时有人气喘吁吁地问，快到了吗？那位当地的小伙说，快到了，快到了。这样的问话一直在进行，但就是一直没有到。后来就没有人再问了。

知道问也是白问。因为抬头拼命往上看去，只见云雾缭绕，根本不知路在何方。我想，还是使劲往上爬吧，此刻只有这才是硬道理。

二

不知爬了多久，两个小时，还是三个小时？

就在心无旁骛地爬着，再也不想到与不到之时，突然一条小道出现在头顶上方，使出力气几步登上去，眼前的情景让人大喜过望，大山依然高耸入云，但厚道地显出一个缓坡，顺着山势是一道道灌满了水的梯田，在雨点的敲打下，闪着妩媚的波光。

弯曲的小道通往一间小小的土房，就在梯田的田埂上，土墙茅草顶的小吊脚楼，楼下拴着一头黄牛，甩着尾巴正在嚼草，一个干瘦的中年男人从楼上的小门里走出来，很惊讶地看着我们，疑惑这么多人怎么一下子从他家田埂下冒了出来。

当地的小伙上前跟他搭话，男人将我们让进他小小的屋子，屋里堆放着农具和种子，中间烧了一个火盆，男人见我们一个个身上都湿淋淋的，赶紧又朝火盆里放了几捧干玉米芯子，红红的火苗让这小屋里温暖可人，大家坐的坐，站的站，围着火吸吸溜溜地搓手跺脚。虽然又冷又饿，但还是忍不住好奇，问主人为什么会把房子建在这里，三面都是稻田。

男人有些拘谨，在人们七嘴八舌的问话中，说这是田房。

原来澜沧江畔地势险要，从家里到田里往返是很费劲的事，因此大多数人家都会在自家田头建一座小房子，农闲时备好种子肥料，农忙时可以在此歇宿，这样可以省去很多功夫。眼下快要插秧了，要把水田整治好，男人和牛已经在田房里好些天了。他一家四口，妻子守着家，两个儿子在上学，他说他们夫妻再怎么辛苦，两个儿子的学是要供下去的，他这辈子吃了没有文化的亏，挣不出钱来，不能让儿子也这样。我们都赞同他的话，说是啊是啊，一定要让孩子上学。

男人受了鼓励，脸上有些不好意思，他左看右看想找出些什

倾听

么吃食来，眼睛朝向墙角的一个蛇皮口袋，那是半袋子大米，他说要给我们煮饭吃。虽然很饿，但显然一时半会儿大米也熟不了，大家都客气地表示不必了。有人问有没有鸡蛋，男人歉疚地摇头。靠门的墙上挂着一件蓑衣，还挂着一串小芭蕉，细小得跟人的手指头差不多，看上去挂的时间不短，青皮沤出了土黄色，带着黑点，有人就问老板，那芭蕉能吃吗？

男人被叫了一声老板，有些吃惊，急忙回答说能吃能吃，只是不大好，准备喂牛的。说着取了芭蕉递过来，大家也顾不得许多，撕扯开分而食之。

雨不紧不慢地下着，对于即将开始插秧农忙的男人和牛来说，正是养精蓄锐的好时候，不速之客的到来，让这小小的田房平添了许多热闹，他和牛都很高兴。牛一直在楼下"哞哞"地叫，似乎也想参与楼上的说话。

再上路时，雨小了些，沿着拱起的田埂走到尽头，却又没有了路，只好循着雨水冲过的小溪往上爬。溪沟里裸露出一块块黄石头，人称黄龙玉，说这几年在市场上火了，因为翡翠的矿脉越来越少，过去不值钱的黄石头也被人当成了宝贝，并取了这好听的名字。

走着走着，山顶上隐隐现出几幢白色的建筑，当地小伙说真的快到了，你们看就在那里。但俗话说"看到屋，走得哭"，看

福　　道

似很近，却顺着山势又是几上几下。来到蒸塘河上的小高桥，那小桥已有一百多年，又名永盛桥，桥头立有石碑，刻着修桥的时间和捐款人的姓名。桥的两端悬崖峭壁，古藤交错，河水从石壁间喷涌而过，响声如雷。

过了这桥，又经过苏家澡堂，说是澡堂，实际上只是一处荒无人烟、藤萝缠绕的温泉，泉眼中心雾气蒸腾，周围不时响起鸟儿的鸣叫，和着泉水的流淌和雨打树叶的"嗒嗒"声，白雾在泉边飘动，与泉心的热气交织在一起，恍如仙境。曾经的苏家澡堂是云南茶马古道上的驿站，来往的马帮结队而来，赶马的汉子到了此地便长吐一口气，取下汗巾跳进热乎乎的泉水，骨头架子就都放松了，那一路的疲乏自然随水而去。如今人烟稀少，只有石缝里的泉水在日夜流淌。

我们一路同行的队伍也都走散了，走在前面的人不时留下指路的标记，或是用树枝摆放，或是在沙地上画出箭头。最令人遐想的是在一棵树上绑了红布条，迎风招展，仿佛身临山间铃响马帮来，或者当年活跃于山林之间的游击队。

尽管有人指路，但走来走去，好几个时辰也未能走近那些白色的建筑，带路的当地小伙也有些心焦起来，大步流星地往前冲，最后把我们带到了无路可走的稻田里，大家踮着脚尖走过好几条细得像筷子似的田埂，终究困在了一片泥沼之中。

三

终于,几位当地的主人接了电话赶来,将我们带出了稻田。

其实一转弯,就是一条大道,顺道走去,很快就到了山顶的漭水镇,那一片白色建筑是一幢幢白墙红瓦的民居,它们在雨后的阳光下,朝我们微笑。

回首看那爬过的山下,半截在云里,半截像一幅画,山坡上星星点点的田房,就像一棵棵小蘑菇。大概在入雨的时节,田房的主人们都乐得不归家去,一缕缕炊烟从那些房顶上升起,又飘散开,山野沉浸在一片安宁之中。

这个昌宁。

爬了这山,才知道昌宁人的实在,他们想让远方来的客人领略原生态的山水,如果只是在平稳的澜沧江上乘船而过,怎会懂得屹立江边的那些高山,它们的性情,它们的峥嵘、峭拔,它们繁育的人及万千生物。

站在漭水镇的街口,看见一块乡镇立的牌子,为的是表彰各村的种植能手,上面排列着一串串村民的姓名,有一些十分少见的姓氏,如姓辉、姓普等,我很想弄明白这些姓氏的来源。后来得知,云南民族多样,千百年生活在此的汉族与多个其他民族在

福　道

同一片蓝天下,他们有的是历朝历代戍边将士的后人,有的是经历了漫长的迁徙之后定居于此的少数民族,每一个姓氏都可以追溯到久远的历史,甚至可以说每个姓氏的源流都称得上是一部民族史。

辉姓渊源深厚,有几种来源:一说源于姜姓,出自古代东夷族首领少昊之后伯益之裔孙许辉,属于以先祖名字为氏。

伯益可是名留《史记》、虞夏之际的一位重要历史人物。舜时,伯益与大禹同朝为官,因善于狩猎与畜牧,被推为九官之一的虞官,负责治理山泽,管理草木鸟兽。伯益懂得鸟兽的习性和语言,被舜赐姓嬴氏,并赐给其封土。大禹继承舜的王位之后,伯益又辅佐大禹治理水土、开垦荒地、种植水稻、凿挖水井。

伯益还将跟随大禹治水时所经历的地理山川、草木鸟兽、奇风异俗、轶闻趣事记录下来,成为之后《山海经》的素材。

许辉的庶支子孙中,有以先祖名字为姓氏者,称辉氏、许氏,世代相传至今。可以得知辉氏是一个多民族、多源流的古老姓氏群体。

在漭水的普姓人数虽不多,但来源也有不同说法,一说是源于鲜卑族,出自古代鲜卑族拓跋氏,属于以先祖名字汉化为氏;另一说是源于彝族普除普氏族,后取其首音的谐音"普"为汉字单姓,据史籍《史记·西南夷列传》的记载,先秦至两汉时期,彝族被称作"嶲""昆明","随畜迁徙,毋常处,毋君长",自两汉以后,内地汉人因各种原因陆续迁入云南,与当地的土著彝族先民来往密切,世代繁衍,形成了后来的彝族同胞。

在这个山高水远的漭水镇上,那名单中一串串罕见的姓氏,竟连接起了古今多少事。民族与民族之间,就是你中有我,我中有你,古来如此。

澜沧江边的这一天,让我对那水那山,还有那些不相识的人添了深深的敬畏。

万物生长

老罗说,西双版纳要看的地方太多了。最值得看的是勐仑葫芦岛上的植物园,规范的名字是"中国科学院西双版纳热带植物园"。

老罗是西双版纳当地人,他说勐仑是傣语,意思指"柔软的地方"。传说当年佛祖走累了,就地坐在一块石头上休息,坐着坐着感到那石头软软的,非常舒适,就欣慰地将这个歇息过的地方叫作了"勐仑"。

能让佛祖身心柔软的地方,万物生长。

本来,西双版纳的每一处地方都活跃着蓬勃的生命,从人到大自然的万千动物、植物。就比如说独木难成林,而在西双版纳,独木成林的景观却并非天方夜谭。位于省级口岸打洛镇及中缅边境附近,就有一棵高达 28 米,树龄 200 多年的大叶榕树,腰间生出密密的气生根,顺着树干而下,相互交缠,盘根错节。

福　　道

又于左右两侧的主枝上，吊了几十条气生根，垂直扎入泥土，又再次钻出大地，生发新芽，造就成一树多干。那由母树长出的树根像列队的骑士，一排排守望着母亲，经年累月。

西双版纳生长着各种榕树，有高榕、薄叶、歪叶榕、小果榕、平叶榕、聚里榕、气达榕、枕果榕、金毛榕、黄葛榕等几十种，这些榕树不择土壤，不怕干旱湿热，既可在雨林中、沟谷内茁壮成长，也能在寨边道旁干山梁上枝繁叶茂。而且，在众多的榕树中有 20 多种善长所谓"气生根"，就是它们，长成在热带常见的茂密树帘，还有成片的树林。

气势旺盛的榕树生出的细根，有的还会飘浮在空中，初生时细如麻线，飘飘悠悠，宛若拂尘，渐渐找到根基扎稳，然后就像一道帘幕挂在了树上，粗细不等的树根曲曲卷卷，犹如一道飞瀑从高处跌落，被称作"树帘"或"树瀑"。

大地母亲给了万物生长的乳汁，无限慈悲地让它们依照自己的天性，在这片土地上尽力成长，尽情绽放。常年气温热烈、雨量充沛的西双版纳本来就是一个天然大植物园，著名的植物学家蔡希陶于 20 世纪 50 年代领头创建的"中国科学院西双版纳热带植物园"，更是汇集了天下的奇花异草。在这座我国目前面积最大，植物最丰富的绿色王国里有 12000 种热带植物，保存了大片的热带雨林，共有棕榈园、榕树园、龙血树园、苏铁园、野生蔬菜园、稀有濒危植物迁地保护区等38个专类园区，许多珍稀物种为世人罕见。

走进这绿色的王国，让人目不暇接。

千年的"铁树王"堪称稀世珍宝，植物园中的三株千年铁树，一雄二雌，是从野外引种而来的，在这里依然青春不老。植物园中还有老茎生花、树干结果，神秘果、跳舞草、红豆树，这些不同的生命奇迹，既是大自然的禅杖所指，也有科技人员的辛勤培育。

许多人围观那绿生生的捕蝇草，一瞬间合拢叶片，将不幸停留的蝇虫牢牢捕获。还有开着白色或红色小花的茅蒿菜，看去十分漂亮，但叶片不可以触碰，那些误以为可随意停歇的昆虫，飞上去即刻就会被粘住，再也飞不起来。

还有一种瓶子草，瓶形的叶子就像一个个陷阱，昆虫一旦掉落，立刻就成了它的猎物。类似的食虫植物还有猪笼草、捕虫莲，一群群好奇的游客一边看一边谈论，感叹大自然的奇妙。

植物园还引进一些叫洋名的植物，海伦福拉、达林顿尼亚等，它们来自异国他乡，但跟西双版纳土生的食虫植物有着相同的习性，这些植物本身有叶绿素，可以进行光合作用，但根系极不发达，因此靠捕食昆虫来弥补氮素养分的不足。神奇的大自然隐藏着无穷的奥秘，植物与动物之间，谁比谁的智慧更多，由此看来很难比较。

万物生长，相互依存，又相克相生，或许这是宇宙之初就有的法则吧。

植物园的创始人蔡希陶是浙江东阳人，早年毕业于北平静生生物调查所，精通英语、德文、拉丁文，在植物分类等专业领域研究精深，他扎根勐仑五十年，打磨出这块巨大的绿色翡翠。作家徐迟曾在刚写完那篇脍炙人口的报告文学《哥德巴赫猜想》之后，即刻专程赶往云南采访蔡希陶。陪同他的周明先生现在还清晰地记得当年的情景，他们的行程抓得非常紧，因为蔡希陶已经得了重病住进医院。徐迟和周明先是在昆明医院里采访了蔡先生，接着又奔赴西双版纳，在植物园里住了好些天。徐迟采访了一批曾与蔡希陶并肩工作和劳动的技术员、工人、农民，最后写出报告文学《生命之树常青》。

徐迟先生长期生活在武汉，20世纪90年代，我有幸亲身感受到他对年轻一代作家的提携，还曾得到过他的赠书，其中就有报告文学《生命之树常青》。后来我几次搬家，好多书都搬得不见了踪影，但所幸这本书一直完好保存。走进西双版纳植物园，便不由得想起徐迟先生的音容笑貌和他笔下描绘过的绿色浓郁。

果然万千植物繁茂鲜活，而他描写过的科学家蔡希陶则在这片浓绿的背景下，静静屹立。那是人们为蔡先生所立的雕像，他像一位老农，手抚摸着树木。人们说，这位科学家一生的研究不是写在纸上，而是写在了祖国大地上。

他在仅 20 岁时，便一人徒步金沙江，进入小凉山采集植物标本 1 万多号，并发现油瓜引种成功；接着又引进名贵烤烟大金元，红花大金元，育成云南一号得到普及种植，后来的云烟便是由此而来；1955 年他在瑞丽的深山里找到了两棵橡胶树，经过嫁接育苗成功，在西双版纳大规模种植橡胶林，使中国跻身世界橡胶国的前列。

他带人乘坐独龙舟，横渡罗梭江进入葫芦岛，用大砍刀在林海中披荆斩棘，将一片片蛮荒之地建成植物的乐园。蔡先生写得一手好文章和诗，曾豪情奔放地面对罗梭江在勐仑坝子勾出的葫芦形半岛，写下"群峦重重一霍平，万木森森树海行"的诗句。一把锄头、一把带有长柄的芟刀、一顶遮阳避雨的竹帽、一件用白帆布做成的围腰，便是他 20 世纪 50 年代的拓荒装备。

"科学研究最基本的条件是自然界的对象，我们决不能离开这个条件去奢谈其他辅助条件。"他后来在回顾往昔时这样写道。在葫芦岛上，蔡希陶带着一群人拓荒种植，从三间茅草屋，到苗圃和菜园，再到试验地、标本馆、药物区，几年之后，勐仑坝子葫芦岛上魔术似的建成了我国第一个热带植物研究基地。

福　　道

"在西双版纳，一屁股坐下就能压倒三棵药草，一打开窗户就可以找到研究课题。"当年，蔡希陶就是用这些最实在的话激励年轻科技人员的。事实如他所言，植物园不光栽种了几千种植物，还进行了一系列科学研究，在大地上书写了一篇篇"立体文章"：云南烤烟，云南茶花，国家急需的天然橡胶，用于石油开采的重要原料"瓜胶豆"，国产血竭，抗癌植物"美登木"等。

1981年，蔡希陶离开人世，按照他的愿望，亲人们将他送回到植物园，从此他安睡于自己亲手栽种的那棵龙血树下。

龙血树生长缓慢，几百年才能长成一棵树，几十年才开一次花，产生的红色树脂就是中药里的一味重要南药"血竭"，而今经过50多年的培育，已成为城市多用途的绿化林木。蔡先生创建的植物园早已成为国家重要的科普基地和旅游景区，目前正在研究的国家重大项目就有900多个，并与世界上多个国家有着广泛的交流合作。

当年，蔡希陶与徐迟两位智者的相逢和交谈，共同倾注着对绿色及生命的深切关爱，如今两位智者虽已离去，但徐迟先生以他的作品依然活在人间，而蔡先生亲手栽种下的那一株株琼棕、贝叶棕、木荷、珙桐、龙血树……，更是青枝绿叶，繁茂旺盛。它们延续着智者的生命，朝着无尽的时空不断地伸展。

植物园犹如一块绿宝石，镶嵌在罗梭江边，它们相互依偎，见证着人间的悲欢离合。往前只有几公里便是老挝，人们在口岸边穿梭往来，生生不息。

这一天，又逢欢乐的泼水节，道路上赶集的人络绎不绝，傣家人的愉悦就像热带迅速生长的植物，浓密而又昂扬。穿着筒裙的姑娘，傣语叫"哨哆哩"的妙龄少女，扭动着细腰，高耸的发髻旁插着一朵芍药花，或是一根长长吊坠的银簪子，三三两两地穿过树林。她们担着水，那水桶也仿佛是为少女的婀娜特做的佩饰，一前一后随着行走而俏皮地晃动，步子稍快时，桶沿便溅出一点点细碎的银色水滴，就像盛开在少女脚下的小花。

人称"猫哆哩"的小伙子，早早藏在路旁的绿树后边，大叫一声跳出来，吓唬一下姑娘们，在这幸运的泼水节，欢庆的村寨里漂亮傣家姑娘和小伙集聚在一起，跳起各种盛大的节庆舞蹈，然后开始泼水。

起初，我也兴奋地参与到他们的行列里，但不一会儿就招架不住了。一个个如花似玉的"哨哆哩"举起小盆，用力将水朝人的头顶泼去，三两下便把人浇得透湿。姑娘们兴奋地嬉闹，在小伙们的围攻下毫不示弱，她们站在水塘里，排成两个对峙的阵营，用盆、用手，甚至用脚，将水泼将起来，激荡起来，满天都是水花，到处都是欢笑。小伙子大多手下留情，乐意被姑娘们泼成落汤鸡，假装溃不成军，嗷嗷直叫，姑娘们则越发使劲地将一

福　道

盆盆清水劈头盖脸地泼去。

　　到处都是青春的召唤，旺盛的活力，在这片神性的土地上，万物生长，生命之树常青。

三朵及禁忌

一

从云南回到京城,在雾霾的天气里想念三朵。

三朵是那座雪山的名字,确切地说,三朵是纳西人的保护神,为了守望丽江,他将自己化作了玉龙雪山。

在三朵的目光周围,天总是蓝的,阳光明亮热烈,他可以看得很远,一棵青稞的拔节都很清晰,美丽的山坡上生长着云杉、红豆杉和翠柏,远一些的田野里便是成片的青稞了,庄稼长得十分卖力,拔节的声响细听起来,就像是放着小小的鞭炮。

大自然有着自己的节日。这往往是在它心情舒畅的时候。

可在这个北方的冬天,大自然显然是一副恼怒的面孔,它一次次发动雾霾,铺天盖地而来,北京的楼群突然变得矮小,行走的车就更小了,像一只只蠕动的蚂蚁,全然没有了平日的高傲和狂躁。人们都躲在家里,万不得已上街,也都小心翼翼地戴了口罩,白色,绿色,像鸟嘴一样拱起来,甚至连鼻头也尖尖的,猛一看,就像一只只鸟挪动在街上。人们意识到某种恐惧,行为会变得谨慎,就连讲话的声音也变细了,仿佛一大声,就会更加惹怒了雾霾。

谁知道呢?

那些日子,我一边写一些文字,一边不得不说到雾霾,是因为它们就在我的窗外,挤压着我,恨不得要钻进屋里来似的。好在文章写完之后,天空突然放晴了,就像那些科幻片里的外星人撒下的变形军队,雾霾瞬间就撤走了。二日清晨,久违的阳光竟然是那般明亮,让人忍不住眯了眯眼睛,那些在冬天里还留有一抹绿色的小草,也显得绿油油的,再次碰面的人们感慨不已,彼此都有些恍如隔世的感觉。

可是,雾霾不久又来了。

这次似乎比上次更为凶猛,已经不是雾,而是一团团破烂的旧絮,灰蒙蒙的,沾裹着无数尘埃,预警的信号由橙色升为红色。不少单位、企业放假三天,街上行驶的车辆明显减少,人们又都藏起来了。仍然显得忙碌的只有快递员,人们疯抢的空气清新器、口罩、防护外衣等等,要靠他们挨家挨户地送,他们无法也躲起来。

这时候,我又想到了遥远的三朵,多么亲切的名字。

三朵和他的兄弟是保护人的神啊。

二

三朵是天与地高大的儿子。他是整个地球北半球最南端的雪山,因此他的性格丰富多情,有着雪域的冷峻、草甸的静谧,森林的广博,湖泊的深邃,他披挂着亚热带、温带、寒带各种不同的花草植物,有白雪之上的苍松,也有四季不断的鲜花,那是上天赐予骄子的衣衫。

每次来丽江,最大的心愿就是远远地看上他一眼。拜谒他需要仰视,虽然在丽江城,无论哪个角度——只要不是碰巧被一座新修的楼房所遮挡,就都能看见三朵的身影,他巍然庄严,有着帝王气象,清峻峭然,有美少年之风貌。

很早以前,三朵和哈巴是一对孪生兄弟,他们相依为命,在金沙江畔耕田度日。一天,突然来了一个凶恶的魔王,他霸占了金沙江,要把生活在此的人们统统赶走。三朵和哈巴兄弟俩不甘忍受,挥动宝剑与魔王拼杀,哈巴弟弟力气不支,不幸被恶魔砍断了头,三朵则与魔王大战三天两夜,一连砍折了十三把宝剑,终于把魔王赶走。哈巴弟弟化作了无头的哈巴雪山，三朵也化作了玉龙雪山，守护在弟弟身旁，并将自己手中的十三把宝剑化作了十三座雪峰，永远保护着善良的人们。

他得到过许多封号，唐朝南诏国时期，国主异牟寻曾封岳拜山，尊封玉龙雪山——也就是三朵为北岳；元代初年，元世祖忽必烈率军来到丽江，剽悍的蒙古人也立刻为他所震撼，不禁下马叩拜，并封玉龙雪山为"大圣雪石北岳安邦景帝"。但在这所有的尊奉中，让纳西人更为尊重和认可的名字还是三朵。

三朵的双眸始终凝视着山下的人们，他将从天而降的雪花凝固成冰，又化为清澈甘甜的黑水、白水，终年不断地汨汨流向无边的土地，浇灌树木庄稼，养育了纳西族、藏族等好些个民族，他给人们勇气，引导人们向往幸福的生活。我一次次来到丽江，也不觉为三朵倾倒，他静默着，昂首对着寂寥的天空，是最让人心疼的样子。云雾像一位妩媚多情又有些狂放的女郎，挑逗着他，在他的身边飘来飘去，一会儿紧紧缠绕，一会又忽地跑开，留下一片轻纱，三朵的身姿配合着她的舞蹈，却是以一种从未放弃的守望。

在丽江每次会遇见一些相熟的朋友，聊起曾经说过的一些话题，或者什么也不用多说，只是相逢一笑，就有许多默契在里面。而三朵——玉龙雪山也仿佛是那样一位熟识的，令人尊敬的

福　道

朋友，他默默地站立在那里，一动不动，仿佛就是为了等你来，面对雪山的峻峭仙姿，心里会莫名的感动，为他做了什么呢？值得他如此坚定，如此长久地等待？

但实际上，无论你来与不来，他都在那里。

人有的时候，常常放大了自己的多愁善感。那天在雪山下的一处地方，见识一场颇为浩大的歌舞，人们高声呐喊："玉龙雪山，我来了！"我抬头见那雪山绝顶，果然是已经离得很近，就连雪峰岩石的皱褶都能看得一清二楚，那些细致的刀刻一般的纹路，是三朵年轮的沧桑，他本是不愿示人的。他已经给了人们太多太多，那么你来了，又该怎样呢？

显然，三朵并不喜欢被过度打扰，迄今为止，从来没有人能登上他的主峰，就是最好的证明。三朵的主峰叫扇子陡，可以想见一把立起的玉扇，支棱的扇骨就是那些陡峭的绝壁，海拔最高处5596米，是世界上北半球纬度最低、海拔最高的山峰。虽然与珠穆朗玛峰相比，他只是一个小兄弟，但已有无数登山队攀上了珠穆朗玛峰，三朵却执拗得一次也不肯接纳。

那些无功而返的登山队，领教了三朵的无比冷峻和严酷，他们终于意识到，三朵是不可冒犯的。他是雪山中最有性格的男子，他的心思，或许只有与他相伴的哈巴兄弟知道，而他们之间的话语，只有汹涌澎湃的金沙江和随风飘动的云彩，还有纳西的智者东巴长老明白一二。三朵毕竟是神。

虽然我没能生活在丽江,但三朵也早已成为我心中的神,就如在我的家乡三峡,那些高耸入云的山峰,神农架、巫山,也是一座座接天地之灵气的山。

除了敬畏,我还能做什么呢?

三

如果我是一个诗人,我一定要为三朵写一首诗。

那些生活在雪山脚下,日夜陪伴着三朵的人是幸福的人,而我从远方来,只能远远地看上他一眼。这是我的选择,不想登上雪山,不想惊扰三朵,能为你做的,就是减少踏在你身上的脚印,我离你之远,正是心中之痛啊!

如果想念三朵,最好的去处是古城流淌的小河旁,那冰冷的雪水透着刚直的气息,那都是三朵带来的。早先,就是因为有了这些小河,人们才择水而居,才有了木府风云,以及四方街上的锅庄。

走在小街上,身旁的流水时时带来欢欣,尤其是在夜晚,水面上流光溢彩,一对对情侣携手而行,是谁将一盏盏莲花灯放到了河里,粉红的花瓣映着烛光,摇呵摇呵,随水远去。

福　　道

　　这古城早已是闻名天下，来开酒吧茶座的，大多是外地游子，有江南口音吴侬软语，也有川贵高原康巴汉子，还有西北女子，北京哥们，几乎全国各地的都有，他们欢喜地过活在丽江，这从他们的愉悦轻松的神情中可以看出，眉眼顾盼，双肩松弛，想唱就唱，想跳就跳，满街风情如此，何处的浪漫可以与之相比呢？

　　接连几个夜晚，在北京我所住的小区一片安静，没有了往日赶集似的散步、遛狗的人，也见不着平日雷都打不动跳广场舞的女同胞。我大胆下楼走了一遭，雾霾笼罩着的小区一片昏暗，只有一位清洁工在弯腰清理垃圾。一连三天，好不容易从新闻里得知，二日中午天气会有好转，严重污染将会转为优良。心中期盼着，但愿如此。

　　可是以后呢？雾霾怎么会说来就来？它不来的时候躲在哪里？突然消失之后又去了何方？在我的三峡，屈子有过《天问》，如今我想问屈子和三朵，可知否？

　　因为三朵，我明明感觉到你是心存忧虑的，你逐年消瘦的面容将你的忧虑袒露殆尽。

　　全世界几乎所有雪山的雪线都在逐年上升，有说因为全球气候变暖，有说因为污染造成的臭氧空洞，有说因为过度开发……，还有什么比这更让人担忧的呢？它们比雾霾更为严重，意味着生态底线在受到威胁。三朵，如果将来有一天没有了雪山，河流就会干涸，土地上的庄稼树木就会干枯，人呢？该往何处去？我们如何才能走向未来？

三朵，你已经给予人类种种暗示，现在到了我们该好好理会的时候了。

敬畏和爱惜三朵，是对我们自己的拯救。三朵，请你一直注视着，不要闭上你的眼睛。

四

少数民族有很多令人尊重的习俗，也有很多禁忌，在今天看来，大多并未过时，尤其关于人与自然如何相处，值得当代人反思和借鉴。

主要聚居于云南丽江和香格里拉一带的纳西族，就有很多禁忌。在民族习俗中，他们重信用讲义气，热情好客，一般民居白天待客多喜欢在檐廊下，晚间待客多在正房堂屋，如在木楞房火塘边。纳西人讲究老幼尊卑，其正位称"上八位"或"格故鲁"，是给老人的位子。如果有老人进门，屋里的年轻人要起身让座，主动问候。有老人在座的场合，其他人不可高跷二郎腿，会客和吃饭时要坐姿端正，忌高声喧哗、猜拳行令，不要踩踏饭桌横

悬 崖

挡。当主人敬烟酒、盛饭时，客人宜用双手相接，并表示谢意。

这些风俗与土家人十分相近。比如吃饭时忌把筷子竖插在饭里，忌敲碗筷，忌在菜碗里翻菜、接连不断地夹菜。一般需要礼貌招呼同桌的人一起动筷子，碗底不留剩饭，这是长期节俭养成的好习惯，对小孩子从小就这样要求。反手给人添饭、倒水，视为不尊。在武陵山区、长江三峡一带，我母亲的家乡也是如此，记得小时候，外婆总在我们吃饭时不时提醒，站要有站相，坐要有坐相，吃也要有吃相，以上习俗遵守如何，可以看出一个人的品性。

现在想起来，都是至理名言。

在云南泸沽湖地区，还有一些必须注意的习俗：不得随意进入姑娘的"花楼"；不要询问"阿夏"，也就是女子情人的情况。用现在的话说，不得随便打听别人的隐私，做一个心底洁净的人。

还有一些有意思的习俗：

参加"祭天"或"三朵节"的人，事前要净手，并要跨过由杜鹃枝等燃起的烟火堆，以示除秽。祭天、祭祖先、祭战神时，忌外人观看。在火塘边烤火的时候听见"火笑"要添柴，为添财发财之意。忌坐在门槛上和在房檐灶头边上吃饭，忌用刀斧在门槛上砍东西。小孩子不得拿着一头未熄的棍子或炭头玩耍，一是

福　道

危险，二是会做噩梦。

太阳落山后不能扫地，客人在座不能扫地；不得在客人离去时马上关门，应送客人至大门外。不在大庭广众下晾晒女性内衣裤，不可将裤子、裙子晾晒在主人进出的通道上方。过去的种田人还忌戴斗笠进屋，忌扛着锄头进厨房。晚上点火回家，忌把火点进屋内。这些习俗现在看来会不以为然，但在那个刀耕火种的时代，有着生存的道理。

纳西族信奉东巴教，这是一种以自然崇拜为主要内容的原始宗教。东巴教对于自然的尊崇成为人们生产和生活中遵守的习俗：禁止污染水源、不准向水源吐痰、大小便、倾倒垃圾，不准在河里洗涤污秽物品。不得砍伐水源林，不准在树木生长期进山砍伐，不准猎杀怀孕的母兽和幼兽。每年1月至7月这段时间，不准打鸟、不准狩猎，不准捕鱼。

这些禁忌正是当今人们特别要尊崇的，还有，忌猎杀进入家宅的小动物，蛙蛇进屋，应恭送出门。不能伤害绕人飞行的蜜蜂，不得伤害燕子和捣毁燕子窝，不准在厨房锅灶里煮猫或其他野生动物。不许杀耕牛、驮马和报晓的雄鸡；忌吃狗肉、马肉、猫肉和水牛肉，传说它们都为纳西族祖先立下过功劳。

从这些习俗里，我们可以领会到，古人比我们要谦卑得多，他们意识到人也是动物，不过是更为智慧，掌握了其他动物没有的知识和技能，但不能以此来欺负其他生灵。按理说，人类应该是最懂得感恩的动物，但如果没有了忌讳和约束，人也会兽性大发，变成恶魔。

纳西族将灾难和悲哀来临之时所得到的帮助，看作真正可靠的友情，可以因此消除平时的积怨。反之，如果一个人只知道在喜庆时给人道喜，却不知在人悲痛时给予帮助和问候，将被视作不耻，为人很差。这也说明一个道理，帮人要锦上添花，更要雪中送炭；做人不要趋炎附势，要从善如流。

纳西人的婚姻从前比较自由，但自清朝雍正年间实行"改土归流"之后，受到汉文化影响，儿女婚事逐渐由父母做主，媒人撮合，以牛羊猪酒聘娶，遵行门当户对，三从四德，夫唱妇随等传统伦理。纳西人与汉族、藏族联姻很平常，在本民族内部，同姓不同宗的人可以通婚，但禁止同家族的人结亲。过去，男女青年通过媒人撮合，双方父母合完八字，男方就请媒人送给女方茶两筒，糖四盒或六盒、米二升，有的地方还要加上砣盐两个，以表示山盟海誓，算是订婚，订婚时要摆定婚宴，婚礼要进行三至五天。

婚礼酒席分上八位，下八位，新郎恭敬地请客人入座，然后奏乐上菜，上至第三道菜时，主婚人敬酒；第五道菜时，新郎新娘向客人敬双杯酒。宴毕主人及亲属要站在门外送客。有的地方

福　　道

还时兴"抢婚"这一古老的婚俗，女子婚后住在娘家，男子就用抢婚来把妻子领回夫家。后来的抢婚成为一种娱乐喜庆的形式，婚礼带给众人狂欢。

他们重视生育，对"头客"礼仪有加。所谓头客，指的是某家婴儿出世之后，第一个踏入家门的人，亦称"扯生"，无论这人是男女老少、远近亲疏、富人还是乞丐，都会被当作贵客接待。主人家先要舀一瓢洁净的水请头客饮下，以此祝福母子平安，然后再煮好香喷喷的米酒鸡蛋来款待头客。

三朵节是纳西族最大的传统节日，农历二月初八举行。节日期间，纳西族男女老少踏春赏花，小伙子骑上骏马，进行拨旗、拾银圆赛马活动，胜者备受姑娘们的青睐。晚饭后，人们围坐在篝火旁，能歌善舞的纳西姑娘跳起欢快的"阿哩哩"。

人生的许多欢乐都在民间。

丽江的山地广种洋芋、蔓菁、瓜豆和各种蔬菜，纳西人将当地的土特产做成各种风味名菜，如"酿松茸"，用松茸菌帽，酿入肉泥，蒸熟后作为祭祀，特别是祭祖的一道专用菜肴。外出劳作时常携带麦面粑粑或糌粑，就餐时围桌而坐，冬天喜移至向阳地方就餐。那样的情景就像一幅幅怡然可人的画卷。

高原的阳光照晒着一个个纳西人生动的面容，他们朴实，欢快，脸上常带有一种特别的专注和执拗。他们守候着大地，从人与自然的长期磨砺中创造了信仰,包括他们所信奉的禁忌,懂得什么可为,什么不可为,使得他们的民族经年累月地生活在丽江雪山的怀抱里,保持着一份难得的纯粹。

清新的山野

一

从地图上看蒙自，是在与越南相近的边界，便模糊地以为一定是荒僻冷清，甚至青草杂芜、神出鬼没的地方。但从昆明出发之后，一条高速路迅捷地往前延伸，说话之间就进了蒙自城。呈现于眼前的却是一派玲珑秀美的景象，猛地一看，倒仿佛是到了江南的某一处城镇，比那边又多了好些天然。

小城格外的明亮。亚热带的阳光，一早起来便热烈着，虽然已是金秋，但仍然灼灼的，丝毫不减热情。那份热却又只是灿烂，并不酷烈，人说即使在盛夏，当地气温也不会超过35摄氏度。用流行的话说，是最适宜人居的地方。

充足的阳光之下，伴着干爽的凉风，让人不由得生起一份饱

福　　道

满的心情。那明亮，显然给所有的景物都增添了颜色，满目的碧绿之中透出层次分明的金黄、浅黄，或者光晕，闪烁着若有若无的光泽。倚着绿树而建的房屋楼舍也都仿佛带上了金顶，像一座座童话中的殿堂和小屋。

无疑，小城的明亮除了阳光，还因为空气的洁净。当地人很骄傲地说蒙自是氧吧，你要不信，使劲吸一吸就会有感觉。果然，丝丝的清甜沁人肺腑，完全没有大都市里的浑浊和憋闷。

天是蓝的，无论什么时候，只要不下雨，不阴天，只要阳光照射，在蒙自这地方，天就会是蓝的，蓝得毫不吝啬。

近些年里，在一些大都市里生活的人们见了蓝天都感觉好珍贵，恨不得抱住不让走。明知是抱不动的。雾霾时不时地涌来，蓝天成了奢侈品，某一天出了太阳，也只是昏昏然，像裹了些灰尘，抖落不干净。

而蒙自的天空蓝得纯清，衬得大朵小朵的云儿也格外雪白，悠然飘浮着，极为自在。眼前所有的景物都因为空气的透明而清晰如画，一幅幅清秀的、热闹的、变换着的画卷。

可以很清楚地看见远远的群山，哈尼人和彝人世代聚居的目则山，灵性十足地蜿蜒伸展，亲切地环抱着小城。那山似乎带着一种含蓄的母亲般的微笑，与城融为一体，却又是俯瞰着，凝视着怀里的孩子。是的，这里的人儿都是她的子孙，从古至今，度过的每一段时光都在她的注视之中。

蒙自的水也是洁净的，犹如母亲的乳汁，从河流到湖泊，清清的水，但愿能千年万年如此清甜。小城的南湖清波荡漾，鱼儿游得自在，即使岸边人来人往，鱼儿也只管游来游去，甚至跳跃起来，将一些水花溅在游人的脸上。不会有人去捕捞它们，人们对于湖水怀有感恩之心，对生活在水里的鱼儿也多有怜爱，只管让它们游去好了。

有人说，蒙自是滇南的心，而南湖则是蒙自的心。

这湖本可以更张扬一些，因为蒙自历史上所有的繁荣都似乎与她有关。

一个多世纪以前，云南第一座海关和邮政局就建在湖畔，浪漫的法国人面朝湖水开起了洋行和歌厅，商人们一边数着金钱，一边喝着上等的咖啡，他们带来的异国情调至今仍残留在湖边。小小的咖啡馆前盛开着紫色的丁香花，不用走近，便会闻到浓浓的香味，如果坐下来，那香味会飘到唇边，不用喝咖啡，人也醉了。

中国现代的著名文人闻一多、朱自清等，也曾随着西南联大文学院和法商学院一道，辗转来到蒙自，在南湖边无数次徜徉流连，将他们的诗文化作湖中的涟漪之水。

朱自清先生在此住了五个月，写下一篇文笔细腻清雅的《蒙

福　道

自杂记》，"蒙自小得好，人少得好。看惯了大城的人，见了蒙自的城圈儿会觉得像玩具似的，正像坐惯了普通火车的人，乍踏上个碧石小火车，会觉得像玩具一样。但是住下来，就渐渐觉得有意思。城里只有一条大街，不消几趟就走熟了。书店，文具店，点心店，电筒店，差不多闭了眼都可以找到门儿。城外的名胜去处，南湖，湖里的蒿岛，军山，三山公园，一下午便可走遍，怪省力的。不论城里城外，在路上走，有时候会看不见一个人。整个儿天地仿佛是自己的；自我扩展到无穷远，无穷大"。

想来，朱先生在那五个月中，每一个清晨或是黄昏，都会顺着这南湖走上一遭，湖堤上种了一行行尤加利树，高而直的枝干，细而长的叶子，像惯于拂水的垂杨。朱先生站在堤上，就会想起北平的什刹海，南湖也有荷花，让朱先生觉得更像什刹海了。

我在北京什刹海边行走多年，也见过那满湖碧绿的荷叶，亭亭玉立的荷花，粉嫩娇艳如含羞的美人，南湖的荷花却未曾得见，我们去的时辰还不到荷花开放，但读了朱先生的文章，蒙自南湖的荷花也就开在心里了。

白驹过隙，南湖水难得的清澈依旧，朱先生走过的湖堤已成大道，那会儿见不着一个人，现在却是车水马龙，但依然存有一份静谧。朱先生在《蒙自杂记》中也曾说这小城有一种"静味"，而今的蒙自虽是比过去大了许多倍，夜晚华灯闪烁，但静味犹存。我们去的日子，正逢蒙自一年一度的石榴节，小城的广场上，南湖边，公园里，到处都有人翩翩起舞，绿树红果下的歌声曼妙地旋绕着，随风飘去，却并不显嘈杂。

在朱自清的杂记里，小街上的店铺少之又少，过了这么些年，变化的事物太多，电筒店是没有了，点心店也变成了面包坊、鲜花饼，满大街天南地北的吃食都有，但过桥米线仍然是蒙自街上最诱人的味道。洁净的街面上，没有丢弃物，没有刺鼻的烧烤，也没有嗡嗡的车流和铺天盖地的广告，迎面走来的陌生男人和女人，有漂亮的也有丑陋的，但他们的眼神大多闲适而专注，显然他们都有着各自平静的生活。

在这小城里，几乎所有的窗户都没有装防盗网，无论是朝着大街的窗户，还是僻静的小街，都没有见到大多数城市安装的铁笼子。南湖水上的亭台楼阁即使到了半夜，也都开放着，敞着门，任人随意进出。

湖边，有一座大清朝邮差的雕塑。这是一位长相纯朴的边民，头戴宽檐帽，双膝裹着绑腿，肩挑两个邮包，一副将要长途跋涉的样子。这形象来自老邮政局早年唯一留存的人像照片，神情朴素透着坚毅，让人觉得似曾相识。

后来突然悟道，原来就在蒙自街头，那些普通人的脸上都像是流露出这种神情，或许那就是蒙自人的性格特征，即使山再高，路再险，跟那邮差一样，也都要一步步抵达目的地。

心下不由对蒙自多了敬惜，但愿小城的明亮和通透能天长地久，即使世事再多的变更，城市再大的扩建，也终归不要失了本色。

二

佤山时常敲起木鼓，与天神和牛对话。

传说天神平日是不管人间事的，人类说话的声音太小，根本引不起天神的注意。要想让天神听见人所说的话，只有使劲敲响木鼓，天神才会凝神倾听，才会知道人世间的疾苦，从而来解救灾难。木鼓是"通神之器"。佤族人说："生命靠水，兴旺靠木鼓"，所以在敲响木鼓时，恨不得甩开膀子用尽全身气力。

在临沧有名的翁丁寨，我见到了佤族人的木鼓舞。

"翁丁"，佤语是指云雾缭绕的地方，翁丁寨已有400年寨史，全寨100多户都是佤族人，至今保留了完整的佤族生活形态。从牛头寨门走进寨子，可以见到一幢幢干栏式楼房、公房、古老的水碓，还有重建的佤王府。遇到重大的节庆，全寨人不分男女老幼齐聚一起，先进行祭祀，然后跳起木鼓舞。

那是一个盛大的场面，从七十多岁的长者到两三岁的孩童，全寨人先是去到附近的祭祀神林里，那里长着一棵棵几百年的大榕树，在长者的带领下先祭拜树神，然后从树下拉动长长的木鼓，往寨子里而去。

巨大的木鼓绑着藤条，再系上长长的红绸绳，几十个人一边拉一边齐而舞之，从布满苔藓的山林到寨子中央的坝子上，拉木鼓的人们一直沉浸在一种对山林感恩，天人合一的崇高激情里，口中唱出纯粹的不加修饰的歌声，且边走边舞。

我也忍不住跟随他们拉起了木鼓，前后的妇女都穿着鲜艳的衣裙，男人则大都是蓝色或白色的上衣，黑裤子，扎着彩色绣花的腰带。拉动木鼓前行的歌舞很能将人们的心神凝聚在一起，很快，我就以自己也是这个队伍的一员而兴奋起来。

到了坝子中央，人们将那只木鼓放到早已摆好的木架上，然后一个壮实的汉子走上前去高举起鼓槌，"咚——咚咚"开始敲打。

真正的舞蹈开始了。

三位胡须花白的长者神情严肃地举着亮晃晃的佤刀，踏着舞步走在最前面，全寨的男男女女跟随其后，刹那间，坝子里的几百人一会儿成了山冈，一会儿成了海洋，咚咚咚，通天的木鼓响个不停，人们脸上呈现出一种无法模拟的神韵。那些跳跃，旋

福　　道

转，抬手，跺脚，并不是刻意的舞蹈，而是他们从生存的渴望，对天地的敬仰中迸发出来的激情，是祖先留存的密码和召唤，他们只是在那一刻尽情地宣泄而已。

相比舞台上一些造作的舞蹈，不动情感的表演，翁丁寨的村民们才是真正的艺术家。就如同也生在云南的白族姑娘杨丽萍，打小就没受过任何舞蹈训练，但她就像天地间的精灵，通晓了孔雀的语言，懂得了那些美丽生灵的心情，因此不时地将自己也化作了雀儿，与其说她是在舞蹈，不如说她是在将那些生灵的语言传递给人们。

最美的舞蹈一定是在民间，在生活之中。从舞蹈中可以解读佤族人的心灵。

夜晚，我们一步三回头地离开了这个古老的村寨。

那时，我不知道那回望竟是最后的图影，那一片延伸于山脊上的寨子，在三面梯田的围拱之上，随山而行，高高低低，忽隐忽现，在满天月光之下神秘默然。谁也不会料到，几年之后的2021年2月14日，辛丑年正月初三，所有的中国人都在欢度春节之时，一场大火会降临于这片云雾缭绕之地，六级大风催着火势，席卷着寨门、打歌场，那错落相连的茅草顶木板房，翁丁寨，中国最后一个原始部落化作了一片灰烬。

在新华社配发的图片中，清晰地看到火灾后瑟缩成一片黑黄的废墟，它一定在烈火中疼痛难忍，它哭泣了吗？通天的神鼓呢？何时再敲响？

我们总在获得，又总在失去。在获得与失去之间，谁是胜者？

三

虽然隐隐也有汽车经过的声音，可是周遭的空气如水洗过，窗外的事物一派安宁。玻璃窗很大，从天花板一直落地，占了整面墙。我从那里看画——云南小城沧源就像一幅变幻着的画。

早起的时候，窗外是朦胧的，因为很浓的白雾，小城像是灰秃秃的，看不清眉眼。可是到了上午 11 点半——当地人都这么说，冬日的太阳要到那时才能出来，果然几乎一分都不差，阳光就在那一瞬间"刷"地洒满了大地，所有的景象顿时鲜活起来。与此同时，真的听见了阳光洒下的声音，就像细碎的金子在摩擦碰击，随着像箭似的射开，有长如彩虹的箭，也有针一样细小的箭，命中所有的花朵。

花儿们就绽放了。

窗外是一个院子，对着一幢还没有完工的小楼，两层的脚手架尚未拆去，似乎正在油漆粉刷中，红的栏杆、白的墙。小楼前的废料堆里，躺着"蒙牛代理"的招牌，这牛奶——草原母牛的

福　　道

奶汁流淌得很远呢。从呼和浩特到云南沧源，曾经的道路非常漫长，骑马走过的蒙古人连通了北方与南方，有多少往事在路上呢？

越过院墙的目光，能看见"中国海关"的字样，白楼金字，很洁净也很漂亮，在它的衬托下，一面鲜艳的国旗迎风招展，阳光下分外夺目。小城离边境很近，近得能听见缅甸那边的狗叫鸡鸣，有的地方甚至共用一口水井，井旁生长的曼陀罗花，一串开在这边，一串开在那边的界碑上。

植物不知道人类对土地的划分，它们只知道大地就是母亲。

再看过去，海关旁边是一排排土黄色的小楼，颜色鲜亮，那是开发了好几年的商贸街，现在很安静，闲散地走着几个人。边城的人习惯几天才来赶一趟街，这是一位在新疆当过兵的司机告诉我的，他见多识广，但还是喜欢自己出生的云南，喜欢这边城的小街。

我在那小街上买了一条佤族的筒裙，手工纺织，紫色的布面上嵌着一条条银线，还买了一件红色绣花缀着铜片的上衣。但除了佤族筒裙，小城的街道与其他城市一样，各家门店里也都有西装夹克T恤牛仔裤、烟和酒，还有音像网吧，此外显眼的是佤族的民歌光碟。竹子做的烟筒，像一根根小烟囱，在一些小店的墙边上靠着，像站立的汉子。这里男人都爱抽这种竹烟筒，沿街走去，会看到一个个坐在门前的男人捧着它，抽一口，然后朝街上看一眼，不急不慌的表情。

沿街摆放的地摊上，好些稀奇古怪的植物，包头帕的妇人说是拌着吃的香料，我问是什么味道，好比葱蒜？她说："是啦。"其实味道的复杂远不止葱蒜，只有亲口尝过了，才会懂得云南菜肴，就如那里的色彩一样斑斓，有的香，有的苦，但留在舌根的苦味又会变甜，长久的余味。还有涩，不管不顾的满嘴涩，像一个穿堂而过的妇人，阔大的裙边毫不文明地捎带着就将全场人都扫到了，但过一会儿会满口生津，顿时让人心生感激，觉得她有着豪爽的好意，只是不带做作而已。

到了正午，玻璃窗外最触目的是前方的楼群顶上，一大片亮光闪闪，一看就感觉工业化的气势咄咄逼人，再细看原来是太阳能热水器的主机，整齐地摆放着，几十个，或几百个，这楼顶上就像开着一家厂房。

小城的时尚，正对了热烈的阳光。

再往远处看，地势渐渐地高起来，有一些树，郁郁葱葱，就像浓密的灌木，但走进去就会知道那些树其实很高大很老，比你我的生命都要长，一百年两百年三百年，它们年复一年地守护着小城。

在沧源的山头，三千多年前的古人留下了一幅幅崖画，那是用动物的血调和的赤铁矿粉，在灰色的岩壁上，用手指或羽毛蘸

福　道

抹着绘成的。崖画没有声音，但却有动静，古人的狩猎，生产，与诸神的欢娱，每时每刻都在山崖上进行着，刀光剑影，人神与狮子、老虎原始的亲密，来自于彼此的敬畏，表达的方式则是力量和智慧。人比动物的智慧胜过一筹，因此将凶猛的动物渐渐置于死地，但有没有想过，除了动物，人要面对的还有神呀。无论力量还是智慧，人又怎么能与神相比呢？

而神在哪里呢？

其实就在人与动物之间，人与自然之间，人与宇宙之间。

神是无处不在的，甚至在人的心里。你要相信这一点。

陪伴着崖画的是那些古老而又粗壮的小叶榕树，它们的树梢系着飘拂的红带，是树之神。一头蹒跚学步的小牛犊紧随在母牛身后，从树下走过，东倒西歪的，幼稚至极。放牛的老汉披着雨衣，背着手，也慢慢地走来，有人问他，"小牛生下来几天了？"老汉瓮着鼻子说："明天。"

没有听懂。又问一遍，老汉大了声音，说："明天啦。"

好生奇怪，眼前的小牛怎么会是明天生的呢？

来了一位当地的朋友，说老汉其实是指昨天，小牛是昨天出生的。但这一带有这种说法，将昨天说成明天。这样说小牛会比较好活。

过去的，成了未来，那么未来是否意味着过去？有些说不清的意味，在老汉远去的背影里。

　　而眼下的窗外，远远的那些树，还有一些更小的，毛茸茸的像一块展开的绿毯，那一定是些茶树，虽然早已不是它们最繁茂的时节，但依然保持着姣好的容貌，圆润而又碧绿着。

　　茶树是云南人的最爱，制出的普洱这些年声名大噪，就连我，也舍了老家三峡的绿茶，每日沏一壶普洱，从早喝到晚。边喝边翻些闲书，一不小心读到《红楼梦》第六十三回里林之孝家的说话，贾宝玉等人准备夜里私自开宴庆祝生日，正好碰上来查夜的林之孝家的，宝玉谎称自己没睡是"因吃了面怕停住食"，于是林之孝家的说道："该沏些普洱茶吃"，读到此不由得会心一笑，对壶中的普洱更是添了喜爱。

　　喝茶的境界自有千百种，但对于文人，老舍有一句话倒是贴切，他在《多鼠斋杂谈》中写道："有一杯好茶，我便能万物静观皆自得"。

　　这样想着，身边正有一杯好茶，再看那沧源的茶树，便带着缕缕亲切，仿佛会着一位老友，有着心神的交流。在所有的树木中，唯有茶树与人最为相近，倾情付出任人采摘，却不卑不亢，风貌从来不减，转年又是一轮青芽。一个人，若做成一棵茶树，不仅有品格，且自带清香，将是何等的精彩。

　　那边山坡茶园往上，再往上，山势变得峭然。朝南的一面沐

福　　道

浴着阳光，像母亲袒露着胸膛，山间还种植着成片的谷物，它们像孩子，吸吮着母亲的乳汁，从地里冒出来，遂长成飘香的粮食。生活在这里的人们，从祖先到现在，就靠着这些山地，从昨天来，又走入昨天。他们欢乐，也悲伤，还有争斗，而大地母亲却只是辛勤付出，从来一声不吭，宽容到了极限。

山顶之上还有山尖，山尖紧挨着蓝天。

这天蓝得香气十足，显然是受了大地的熏染，将一片片怒放的三角梅都吸纳了去。几朵变化着的白云，小朵的像一座笔架，大朵的则像一座雪山，旁边还有一只尖嘴的狐狸，正在雪山一角拱动。另外一些散淡的云朵，如同村寨最平常的炊烟，桃花浅浅，把酒春风。

天色渐渐暗了，一些小鸟在空中飞来飞去，那么小，一个个芝麻点儿似的。隔着玻璃窗，起初以为是蜻蜓，但这样的季节，即使南方也不会有池塘边的蜻蜓了吧？后来小鸟飞到了跟前，就隔着一层玻璃，便看见它们小小的翅膀，稚嫩地用力扇动着，仿佛这就是它们的事业，得尽了全力，一下又一下连连不断。鸟儿和鸟儿成群结队，变换着队形，一会儿向东，一会儿向西，随后优美地滑翔开去。

一眼望不到边，我只想跟随鸟儿的翅膀，到更高更远的地方看一看，看这鸟儿飞翔的小城，诗画一般的山野。一抬头，几颗星星跳了出来，明光锃亮的，转眼间又是闪闪烁烁的一大片，缀挂在了玻璃窗上。于是那夜，没舍得拉上窗帘，与星星相伴的梦一直到天明。

根河之恋

6月，与大兴安岭的公路同行的，是那条流动的根河，它像一个信心满满的情人，紧紧相依，时而弯曲，时而浩荡，时而又隐入葱茏的绿树丛中，豪迈、率真、娇羞，兼而有之。

让人诧异的是，河水看去竟是黑的，醇厚地放着光，就如皮肤黝黑的青春透着光泽。为什么会是黑色的河呢？当地朋友笑言之，是河两旁茂密的草丛和树林染成的，它们簇拥亲昵着这河，将自己曼妙的身影投入河的怀抱，于是便成了河的一部分。一起涌动在河水里的，还有天上的白云，它们从高高的蓝天俯瞰着大地，根河成为它们美妙的镜子，它们为河水带去流动的光波，还有无比高远的气息。我一度恍惚，这是天在河里，还是河在天上？

不由得，我也很想成为一棵树，或是一朵云，长久的，就这样依偎着，或是不断亲近着这条河，这条名叫根河的河。

福　道

　　如果是春天，根河会从厚厚的冰层中泛起春潮，河的生命力会巨大地迸发开来，它退去坚冰，欢快地伸展腰肢，向远方而去。这破冰时节的河水才是它真正的本色，纯真清洌，水晶一般透明。河岸上，那些被严冬萧条了枝干的桦树林和灌木丛刚刚发青，它们与河的亲密还有待时日。它们互相邀约并相守着，等待不久之后的相拥。这条源自大兴安岭的河，原本的名字就是"葛根高勒"，正是清澈透明的意思。在一个个春天的日子里，根河回到童年，回到本真，然后再一次次丰满成熟，将涓涓乳汁流送给两岸的万千生物。

　　地球上如果没有河流，也就没有人类，人的踪迹总是跟河有关，又总爱把河水比作乳汁，将家乡的河称之为母亲河，给大河小河赋予了生命源泉的意味。在根河境内，有1500多条汩汩流动的河流与深浅不一的湖泊，构成了中国北方的大河之源。因为这河，人们寻觅而来。在东北的山岭草原湖泊河水之间，历史上无数北方族群部落逐河而居，使鹿的鄂温克人便是其中之一。他们跟森林河流贴得最近，西到额尔古纳河岸，北到恩和哈达和西林吉，东到卡玛兰河口和呼玛尔河上游，南到根河，他们与这些河流相依为命。在千百年的相处之中，萨满与神的对话，留给人们一首歌：

蓝天蓝天你好吗？

还好吗？

我们是天上飞翔的鸟儿啊！

河水河水你好吗？

还好吗？

我们是水里游动的鱼儿啊！

鄂温克人就这样世代生活在大自然的怀抱里，根河目睹了这一切。

鄂温克人像家人一般与驯鹿为伴，生活起居、狩猎劳动，都离不开看上去"四不像"的驯鹿，它长着马头、鹿角、驴身和牛蹄，毛色淡灰或纯白，体态高贵，温顺优雅，唐朝诗人李白曾赋诗："别君去兮何时还，且放白鹿青崖间"，乾隆皇帝则大为惊叹："我闻方蓬海中央，仙人来往骑白鹿。然疑未审今见之，驯良迥异麋麝族"。如今的小孩子会觉得驯鹿眼熟，圣诞老人从天边所至时，就是它昂着漂亮的犄角拉着雪橇奔腾而来的。驯鹿属于童话，它活蹦乱跳时就会有神奇的童话如金豆般诞生。

眼下，这些令诗人和皇帝惊讶不已的温顺的驯鹿在全世界已所剩不多，中国也唯独在大兴安岭根河一带幸留着几个饲养点。相比从前，古老的大兴安岭消瘦了许多，为了对生态及动物进行

福　道

保护，鄂温克人结束了最后的狩猎，放下了猎枪。但驯鹿人的生活仍在继续，所有的人都有理由选择离开森林，进入城市或远走他乡，但敖鲁古雅部落受人尊重的长辈、94岁的玛丽亚·索一步也不想离开她的驯鹿。

一踏进根河，我们就听说了她美丽的名字。先是在一些画册里见过这位老奶奶的影像，她神色坚毅平静，紧闭着嘴唇，嘴角两旁的皱纹宛如桦树皮上的纹路，仿佛她的脸上就印刻着她相守了一生的森林，即使沉默着，也能看出她和鹿群的故事。

她或许就是根河的化身，充满了母性，慈祥温暖，柔和坚强，又有着丰富的传奇。年轻时她漂亮能干，是大兴安岭远近闻名的女猎手，与丈夫在密林里行走，打下的猎物无论多远，总是她领着驯鹿运回部落。常有人在茫茫林海中迷路，遭遇不测，玛丽亚·索会刻下"树号"——用短斧或猎刀在树干上砍下小小的印迹，举家搬迁或是远足狩猎，以此为指示；或者在大树上砍一个缺口，绑上横木杆，然后扎上柳条小圈，柳条小圈会告诉人们搬家的方向，圆圈到树干的长度预示搬家的距离。这样，无论林海多么神秘遥远，都在她的方寸之中。玛丽亚·索豪气十足，聪明过人，还是一个能生养的母亲，一口气为她的民族养下了7个孩子。鄂温克族对人丁的繁衍几近崇拜，历史上因为气候严寒、多种疾病，还有饮酒过度，使得人口本来就极少的鄂温克族发展

雪原

福　道

　　缓慢，玛丽亚·索的7个孩子个个活泼健壮，她果真就是一条生命之河。丈夫在她生下第一个孩子之后就酗酒，不理家事，玛丽亚·索用丰沛的乳汁养大了孩子。她的部落人丁兴旺，鹿群生气勃勃，她的名字就是守护森林的敖鲁古雅的象征。

　　那天，本来准备到玛丽亚·索的部落去参观，但我却犹豫再三，终究未去。在我心里，其实已经见过她了，她的脸庞是那样熟悉，她的气息似乎就吹拂在耳边；虽然没有听见过她说话，但她如森林微风、根河波涛一般的声音似乎就流淌在我的心底。作家乌热尔图为玛丽亚·索拍的一张图片不止一次吸引住我的目光：白桦林里，老人穿着长袍，扎着头巾，侧身站在一头七叉犄角的驯鹿前，她微微佝偻着身子，皱巴巴的手抚过鹿柔细的皮毛、湿润的嘴角，鹿很欢喜地舔食着老人伸过来的苔藓，依偎在她的袍子下，那儿一定有着母亲的气息。这图片如诗如画，是那样的朴素自然，这位伟大的母亲恬然生活在她的鹿群之中，我们这些陌生的外来人，怎敢轻易去打扰她的平静。

　　其实我也很想为玛丽亚·索拍一张照片，以我的角度和理解。这些年，涌到玛丽亚·索猎民点参观游览的人络绎不绝，来自全世界，带着各式各样的目光。我想，每个人心中都有自己的根河，自己的玛丽亚·索，但我们这样匆匆地来去，怎么能有乌热尔图目光里的深沉呢！

因为乌热尔图就是根河的儿子。当年，这位从小生活在大兴安岭的鄂温克青年捧着他的《琥珀色的篝火》走上了文坛，霎时让人眼前一亮。人们从他的小说里，认识了这个寂寞又热烈的民族。出乎意料的是，乌热尔图带给文坛的除了他的小说，还有他后来辞去京官重返故乡的惊人之举。时隔多年，当我行走在呼伦贝尔草原上，那些将天边画出蜿蜒起伏线条的山丘，那些怒放成海洋或孤零零独自开放的花儿，那些低头吃草或昂头沉思的马群，还有袒露在草原上、始终默默流淌的河，都让人忍不住心潮涌动。我不禁联想起这位鄂温克作家的返乡，或许有诸多原因，但那或许都并不重要，只有一个理由就足够了，就是这片草原这些河流这些民族啊！她们无时无刻不在召唤啊，生活在山林里的祖先留在他身体里的血脉在涌动啊！我这样以为，不知对不对。在根河的一个夜晚，我问乌热尔图，他用他那鹿一般的眼神看了看我，用力点点头，说是的，是这样的。

他和玛丽亚·索有着同样的眼神。乌热尔图在回到草原以后的日子里，完成了《呼伦贝尔笔记》一系列著作和摄影，那是他数十载的文化寻根，是他作为一个鄂温克的儿子，对母亲的深情眷念和报答。

记得来到根河的头一天，一切都是新鲜的。晚餐之后，热情

福　道

的根河人为我们备好了第二天进入森林的行装，那是一双齐小腿的帆布靴子，还有一个养蜂人戴的帽子，说是为了防止一种叫"草爬子"的飞虫叮咬。在北京时，根河的朋友就再三发来短信，叮嘱备足衣物，来后又给了一条友情提示，说到草爬子的危害和防范措施。比如它类似蚂蟥，叮住就不松口，情愿没了性命也不撤退，会将半截身子扎进人肉里，只能拿烟熏，如果硬扯会断在肉里发炎，导致血液感染，过去就曾有一位因此而得了脑炎等等。大家都颇当回事，但走过几处山林，除了飞来飞去的瞎蠓围着人乱转，并没有遇到令人恐惧的草爬子。从小生活在海拉尔的艾平一路陪同我们，说小时候并没有这么多虫子啊，在她的印象中，她和小伙伴们常常在林子里玩耍，一玩就好半天，也从没被叮成什么样儿。是人类退化了，还是环境变化了呢？或许原本这世界就是所有生物共同拥有的，人类占有太多，才引发虫的攻击？人一下车，蠓虫就围上来了，上车时也跟着，在车厢里狂舞，大家一阵乱扑，但艾平说不要紧，只要车一开它们就不见了。虽然车门紧闭，它们并没飞出去，但奇怪的是一会儿工夫就都不知躲到哪儿去了。

人说，大兴安岭里的蝴蝶真多啊！那天因为《民族文学》的图片要定稿下厂印刷，我留在根河的住处看图样未跟队伍同行，从山里回来的各位就是这样惊叹的。他们说公路旁，车前人后，白蝴蝶层层叠叠飞舞，就像盛开的花朵，好长好长一片啊！

山外的人远道去看山，原本住在山上的人却搬下了山。

人类到了21世纪，越来越意识到人与自然必须平等相处，生活在根河的大多数鄂温克人恋恋不舍地告别了山林，将更多的空间留给了无边的草木以及黑熊、狼、灰鼠和蝴蝶昆虫，在离城市不远的一个地方，新建了童话般的村落。

我们去到那里时，从山林里搬出的鄂温克人正三三两两地在自家门前，干着一些零碎的活儿。男人穿着时尚的T恤和牛仔裤，女孩们烫了发，也有的挑染成黄的深红的，在阳光下格外惹眼，她们的裙子仍然长长的，跟老去的玛丽亚·索一样，但却是城市里流行的花色，胸口有波浪似的蕾丝花边，眉毛精心描画过，越发显出鄂温克人有些突出的额头和凹下去的眼睛。

这里的房屋都是政府投资兴建的，咖啡色外墙，小尖顶，搬进来的一家家鄂温克人按照自己的想法装扮屋子，并盘算生计。我从那些敞开的门前慢慢走过，看窗户里垂下的花帘，摆放在门前的摩托车，挂在墙上的红辣椒，主人倚在门前，微笑点头。

鄂温克人热情好客，每当客人从远方来，全家都会出迎并行执手礼，老人们留给年轻人这样的教诲："外来的人不会背着自己的房子，你出去也不会带着家。如果不热情招待客人，你出门也就没有人照顾你。有火的屋才有人进来，有枝的树才有鸟落。"

福　　道

鄂温克祖祖辈辈形成了独特的生产生活方式以及宗教，待人接物的传统习惯，他们称之为"敖敖尔"，是族人自觉遵循的行为规范。

一处宽大的屋檐下，一辆童车里坐着个戴花帽的小女孩儿，粉团团的脸儿，对着人咯咯发笑。我张开双臂，她一点儿也不认生，两只胖乎乎的小手举得高高的，我一把将她抱在了怀里。她母亲走过来，那是一个体态丰满的鄂温克少妇，她嫁给了一个山东汉族青年，一家三口住在这童话般的小屋里。门前的桦树皮牌子上写着"布丽娜鹿产品专卖店"，屋子上下两层，楼下的玻璃柜里摆着鹿茸鹿酒、桦树皮做的小盒子小杯子什么的。山东青年看样子对这里的生活很满意，递过妻子的名片，说这里的鹿产品都是最纯正的，是直接从敖鲁古雅部落运来的。妻子在一旁颔首微笑，她就是布丽娜。鄂温克人与外族人通婚是常见的事情，近些年显然更为普遍，他们的孩子取的是鄂温克名字，成为这新部落的新一代。

这座小城就叫根河，在中国极冷之地，大兴安岭的腹地之中。6月的阳光将这个北国小城照耀得如火如荼，让人丝毫也无法与冬季零下50多摄氏度联系起来。而一年之中的12个月中，根河确实有9个月需要取暖。过去的岁月烧去的柴火来自一片片消失的森林，而今烧煤，并有不少人迁往了外地。除了驯鹿的鄂温克人，在这里生活的根河人大都是几十年前从山东、辽宁、吉林等地迁徙而来。

这里有过多年的繁忙，大兴安岭的木材源源不断从根河运往大江南北，贮木厂是小城最重要的企业，林业局林场可以说是小城的另一个名称。过往的一切留在了画册里，留在了几代人难以磨灭的记忆中。眼下，伐木工变作了看林人，大家挂在口边的是"天保工程"——天然林资源保护工程。自1998年以来，兴安岭木材砍伐逐年减量，现已减产到位，大批工人需要谋求新的职业和技能，他们制造压缩板材、可以装卸的小木屋，所有的努力在与以往告别，与未来接轨。根河人守着富饶的大兴安岭，但再不能轻易动它一下，这需要足够的定力。

根河天亮得很早。刚来的那天，半夜里就醒了，窗外明晃晃的，以为至少到了7点，一看表不过才3点多，反复几次，只得早早起床。走到窗前一看，根河就在眼前，河对面的广场上已经有许多人翩翩起舞，那么多的人，男女老少，似乎这个小城的人都聚集在此了。舞在前面的高手穿戴耀眼，红衫白裤、白手套白帽子，仪仗队似的整齐好看，跟在后面的大队伍五颜六色，却也是招式分明。

清晨和夜晚，我在窗前看了好几回，根河水伴着音乐，伴着舞蹈，让人跃跃欲试。那天黄昏之后我忍不住踱过根河桥，进入到舞者的欢乐之中。用不着有任何忐忑，谁也不会在意一个人的加入，大家都是这样笑着来又笑着去。在我身边这些或高大丰满，或皮肤白皙的女人，有蒙古族、满族、达斡尔族、鄂伦春族、俄罗斯族，这从她们的穿戴和不时的言语中能觉察出来。我模仿着她们举手投足，扭动腰肢，想象着生活在此的种种愉悦。那是我度过的最为愉快的一天。

只有一个女子的舞蹈与众不同，我注意到她时，暮色已经降临，大批的人已在酣畅的运动之后纷纷散去，意犹未尽的还有一群人，她们伴随着一组民歌风的乐曲再次起舞。这女子却独自在一旁，仿佛只有音乐与她牵着一条线，她单薄的身体像一张弓，时而弯曲时而挺直，她随心所欲，两只手臂狂放不羁，在越来越浓的夜色中千变万化，就像6月根河那些黑色的带着神秘色彩的波涛，时而柔情时而迅猛。我从没在舞台之外的场合见到如此专注的独舞，或者她并不是为了舞蹈而只是一种宣泄。她在诉说什么呢，这个让我看不清模样的女人？

乐曲从"草原上的卓玛"到"哥哥门前一条弯弯的河"，再到土家人的龙船调，我在中国最北端的小城里，听到了来自三峡的"妹妹要过河，哪个来推我？"这女人，用力划动着手臂，似乎她就要过河，她伏下肩膀又昂起头，跺着脚，用尽了全身气力。她是妻子，是母亲，她心中的大河一定交织着千般的喜悦与苦痛，还有希冀啊。这个根河的女人，让我忍不住热泪盈眶。

我转身离去，根河就在身边。大桥上的灯光将河水映照得流光溢彩，我知道我来过了但却远远抵达不了这河的深奥，我只能记住这些人和这些时光。

这些缓缓流淌的让人眷念的时光。

白音陈巴尔虎

在辽阔的呼伦贝尔草原上，居住着古老的蒙古族"巴尔虎人"。

巴尔虎是蒙古族历史最为悠久的一支，如果从"拔野古"部落联盟算起，已有了2300多年的历史。一个民族的语言翻译成另一种语言时，很难表现出原有的全部精妙，可《巴尔虎名称考》将巴尔虎一词解释为"居住在富有的江边平川的人们"，却十分的诗意。

白音陈巴尔虎便是富饶古老的巴尔虎的意思，它对我的吸引从很多年前就开始了。1990年代初，我在鲁院文学院上了一年学，有时候到了夜里，思家的同学会不由自主聊到自己的家乡，一位来自呼伦贝尔的女同学口齿伶俐，人也长得俊，说起话来有感染力，说到陈巴尔虎那草原哎呀绿的，那河里的鱼哎呀跳的，一捞就是一大网，根本吃不完。到了冬天你看吧，什么叫千里冰

福　道

封万里雪飘……，而到了夏天，草原上万紫千红的花都开了，那个香啊……。她深深地吸着鼻子，仿佛香气就环绕在我们身边。

多年过去，有了一个走进陈巴尔虎的机会。先是来到呼伦贝尔的首府海拉尔，那是一座美丽而高贵的城市，海拉尔河从她的身边流过，而从城中穿过的大河叫伊敏河，这些水流开阔的大河都发源于大兴安岭的不同山麓，给流经的大草原带来了富裕安康，也给海拉尔这座城市带来了区别于那些干旱的北方城市的秀丽风光。海拉尔城虽然是绿树依依，波光粼粼，但却又有着南方小街小巷无法比拟的豪爽敞亮，这里聚居着汉族、蒙古族、达斡尔、鄂温克、鄂伦春等多个民族，城市建筑显出不同民族的风情，洁净而和谐。

陈巴尔虎旗与海拉尔只有一箭之地，被人们称为"天堂草原"。说是一箭之地，那是坐车的感觉，要在过去骑马，会更加感到草原的辽阔，走过几十里地，前方仍是那样的绿色小丘，到了那期待的地方，发现前方仍然有着一模一样的草地，又出现了那样蜿蜒的绿色，它们沉静地等待着你的走近和远去。

所有来自喧嚣都市的人都会情不自禁地心醉神迷，对着眼前的草原惊喜呼叫，那些画面只是在电影里，传说中，但眼下却就在跟前，壮阔安详。俊美的马儿通人性，可它们在草原上的身影越来越少了，看上去形单影只的，更显得一身孤傲。

羊群散放在青草茂盛的原野上，放羊的人不知哪儿去了，只有一辆红色的摩托架立在草丛中，骑着摩托车放羊，已是草原年轻一代的选择。

身边吹过清风，夹杂着草香，还有河水的气息。

放眼看去，草原的颜色由浅而深，渐次由淡绿变为深沉的幽绿，而跟蓝天交织在一起时，间或又有了阳光抚摸的金黄，它一副宁静慈祥又略带忧郁的神态。在这片土地上，历史上曾有过无数次激烈浩大的争杀，如今灰飞烟灭，只有草原母亲的包容。

眼下的草原已不似往日苍凉。著名蒙古族作家玛拉沁夫曾经在这片草原上纵马驰骋，他说，过去的草原一片苍茫少有人烟，常常会走失了方向，迷路后好不容易碰到一个牧羊人，向他问路，牧羊人用羊鞭一指，有经验的行路人会从他答话音调的长短，羊鞭举的高低，得知路程的大致远近。

通常，羊鞭一抬所指的下一座毡房，就是大半天的路程。

朝着起伏的地平线走着走着，像是走近了，等到再抬头一看，人似乎又被抛回了原处，在无垠的天地之间，人的匆忙行走总像是在原地徘徊，但不时出现的高压线，还有来回奔驰的汽车，草原上星星点点的砖房，都在告诉人们，巴尔虎已经告别了"行则车为室，止则毡为庐"的游牧时代。

走进陈巴尔虎牧人的宅院，他们早已用上了彩电冰箱和煤气炉、计算机，桌面上摆放着主人烧煮的滚烫奶茶，还有从超市里买回的饼干糖果，一切生活痕迹都表明着草原与世界的沟通。甚至，草原上的许多牧民都在海拉尔市里买了房子，他们白天开车或骑着摩托去到牧场放牛和羊群，晚上则回到海拉尔，在城市广场上散步、跳舞。

但是，人们在欣喜现代化给生活带来的轻松和便捷的同时，也在为草原的现状深怀忧虑。

玛拉沁夫站在草原上百感交集，几十年前，他的短篇小说《科尔沁草原上的人们》改编成电影剧本，后来就是在陈巴尔虎草原一带拍摄的，他说那时候"风吹草低见牛羊"，骑马走过时，野草会齐马镫，跳下马来，草就到了人的腰间，只要稍稍弯腰，那美丽的姑娘就隐没在草丛中了。

可是眼下的草原，最多只有一拃长的草，有的地方甚至只能看到冒出地面的草毛毛，玛拉沁夫伤感地朝着远方："草原，我的草原呢？草原都到哪儿去了？"近些年来，许多有识之士都在为草原的退化、沙化以及河流萎缩等焦急、思考，积极寻找对策。长期过度地放牧、采伐、开垦，加上呼伦贝尔草原连续多年冬季少雪，夏季少雨，致使西部区域的草原与河流生态堪忧，从大兴安岭腹地起源的伊敏河水在流经草原东侧与海拉尔河交汇处，出现了断流。

呼伦贝尔人知道自己的家乡,自古以来是河流纵横的水源流裕之地,而在一些退化严重的草场上,却是"草如翁发溪如泪"。

正是基于这样一些对于草原的清醒认识,善待草原,保护生态的呼声一浪高过一浪。我们在陈巴尔虎看到,在一片片连绵起伏的沙丘上,人们采取了小流域综合治理模式,即乔、灌、草相结合,机械沙障、生物沙障与防护林带相结合的双保险治理。在已经治理过的呼和诺尔沙区,又见到几万亩沙丘上星罗棋布的一格格青草,像卫士一样紧紧地抓住了流沙,不禁在感慨人的艰辛努力之外,对那些低微而坚韧的小草也心生敬意。

小草小草,但愿雨水时常将你浇灌,但愿阳光时常将你照耀,你自在地生长,长得高而壮,绿了原野,清了河流。

"天堂草原"在今天无比珍贵。

"白音陈巴尔虎"阐释,人与江川不能分离。草原、河流同人类一样,都是生命的造化。尊重草原就是尊重人类自己。从历史到今天,以至未来,草原江河是人类留给自己最后的镜子。

在陈巴尔虎草原,会明白,人的欲望其实并不需要太多。

如果没有了富有江川,后人将对"巴尔虎"一词作何解释呢?

金沙银沙

有一个传说留在了鄂尔多斯高原。

张果老骑着毛驴西行到鄂尔多斯，鲁班正在那黄河边上造桥。张果老问能不能过，鲁班说，怎么不能过呢？张果老说，恐怕我的口袋有点儿重。说着他倒骑毛驴上了桥。谁承想毛驴驮着一个口袋，一抬腿上桥，桥就歪了。鲁班眼疾手快，一手托起桥一手将那口袋戳了个洞，袋子里顿时淌出一股黄沙，三天三夜也没淌完。那黄沙后来就是鄂尔多斯高原上的库布其和毛乌素两大沙漠。

传说透出古人的智慧，也透出从古以来，人们试图掌控沙漠的欲望。

那沙自银川驮来，烁烁如黄金，人们从此称作金银沙。

20多年前的一个春天，我和几位朋友在鄂尔多斯高原上行走了十天，印象最深的除了青青的草地，雪白的羊群，梦一般的黄河，就是这一望无际的金色沙漠。

那时，从包头到伊克昭盟（后来改名为鄂尔多斯市）首府东胜市，是一段国家二级公路，油黑的路面，车辆如梭，公路两侧是一个接一个沉默的沙丘，从车窗望去，它们在蓝天上画出弯曲的弧形，像一道道起伏的波浪向前延伸。

朋友说，银肯响沙湾就在离公路不远处。

响沙湾是一个千古之谜。那里的黄沙看上去与其他地方的沙子没什么两样，但双手捧起稍稍用力一摇，便会发出青蛙的鸣叫。倘若登上沙丘，如坐滑梯似的溜下来，两耳会充满如歌的轰鸣，经久不息。

有人说，那是埋在沙漠下的两千个喇嘛在诵经，有人说那是来自天外的声音。奇特的响沙，专家学者也都众说纷纭，有静电说，共鸣说，响沙湾的神秘一直有增无减。

那一片黄沙原本就是具有灵性的。

鄂尔多斯有着灿烂悠久的古代文明，早在35000年前，这里就有了"河套人"，那时大地上水肥草美，有着茂密的森林，长流不断的江河和明镜般的湖泊，活跃着无数珍禽异兽。即使到了公元1200年，成吉思汗的马蹄踏遍草原之时，这里仍然是一片诱人的胜地。

成吉思汗征战西夏时，战马驰过鄂尔多斯的伊金霍洛旗，他手中的马鞭突然掉落在地,身旁的侍从连忙俯身去拾,大汗阻止了他。勒住马缰的大汗环顾四周,只见青山鹿群出没,泉水叮咚作响,大汗不由得大声赞美,这地方真美啊,我死后就葬在这里。

侍从遵命将大汗的马鞭埋进土里,用石块垒起敖包为记。后来成吉思汗死于六盘山,灵车将他的灵柩运回故土,经过鄂尔多斯伊金霍洛旗,突然车轮下陷难以前行,侍从记起大汗生前的话,找到敖包,就将这个地方选作了大汗的陵地。忠诚的达尔扈特人已经将成陵守候了近800年。

由于成吉思汗陵,鄂尔多斯保留了完整的蒙古文化,既有蒙古族宫廷文化、帝王文化,也有古代蒙古文化精典和秘籍的传承,非常著名的《蒙古源流》《蒙古黄金史》《黄金史纲》等都出自于鄂尔多斯。

那年在库布其沙漠的腹地恩格贝度过了一个难忘之夜。

库布其在蒙语中的意思是弓上的弦,它与黄河相近,就像一根挂在弯曲黄河上的弦。库布其沙漠是中国第七大沙漠,往北是阴山西边的狼山。西周时期出现过朔方古城,古代少数民族猃狁、戎狄、匈奴都曾在这里生活过。400多年前,明末清初之际,由于战乱不断,放任垦荒,大片的良田变成荒漠,朔方城也被人遗弃，消失在漫漫黄沙之中。

人们将库布其称作"死亡之海"。

白天的太阳很大，刺目的阳光下金沙反射出光芒，让人恍惚，究竟是沙还是金子？站在沙漠上，那天一早就感觉到了酷热，但见远远走来一位老人，带领着近百名扛着铁锹和树苗的日本友人，走向浩瀚的沙漠。

这位个子瘦小的日本老人叫远山正瑛。

老人那时已有 86 岁了，他曾于 1935 年留学中国，研究农耕文化和植物生态，从学生时代起就产生了治理沙漠的兴趣。1972 年从日本鸟取大学退休后，他开始进行中国的沙漠绿化研究，1980 年来华访问之后，与中国科学院签订了合作计划，成立了日本沙漠绿化实践协会并任会长。许多日本人受到他的影响，纷纷捐款采集草籽，先后有 7000 名志愿者自愿自费参加"中国沙漠日本绿化协力队"，来到中国治沙。

老人被誉为"沙漠之父"，他曾带领儿子和学生将日本的鸟取沙丘治理成了绿洲，仅留一平方公里沙漠供日本国民参观。1991 年，远山正瑛受到时任内蒙古自治区主席布赫的邀请，前往恩格贝沙漠开发示范区担任总指导，从此他每年要在恩格贝待八九个月，几乎每天工作近 10 个小时，沙漠上，鄂尔多斯人常能见到这位头戴遮阳帽，身穿工作服，脚蹬一双高筒雨靴，背着一个工具袋的老人身影。

那天我亲眼见到远山正瑛老人栽树,他和他的同伴们用自带的铁锨刨啊刨啊,黄沙的颜色渐渐变得深重,有了湿润,老人单腿跪了下去,继续往深处刨,刨出一个很深的沙窝,然后将一棵绿色的树苗小心翼翼地放进窝里,再培上沙,填平。老人额头上沁出一片汗水,他扬起头来乐呵呵地说:"沙漠并不可怕,我一辈子就是治沙的,沙地上只要有水,就可以长出水灵灵的西瓜和鲜花,沙漠上的百姓就可以大大的发财。"

远山正瑛是一个健谈的老人,还会一点中国话,比画着跟我们聊得很起劲,他说,他们组织的沙漠绿化实践协会走遍了全世界的沙漠,在鄂尔多斯找到了最好的合作者。

夜里,沙漠上的风很凉,厚道的鄂尔多斯为远方的客人点燃了篝火,月亮温柔地照耀着,赤脚踩在沙地上,能感受到太阳的余温。周围的乡亲赶来,同日本朋友手拉着手,围着篝火唱起了歌。一位蒙古族小伙唱起了长调《勇敢的枣骝马》,80多岁的远山正瑛伴着歌声摇摆着身子,跳起了舞,随后他又情不自禁地唱起了日本民歌拉网小调。老人略带沙哑的嗓音传递着岁月沧桑,也传递出对生命的由衷热爱,大家赤脚和着他的小调,又唱又跳。

直到深夜。

人们跳舞的时候,一位鄂尔多斯男子却在沙子上写字。他说

福　　道

　　他是一个农家孩子，小时候念私塾，家里买不起纸笔，就是装一盘沙，用木棍当笔练字。他最喜欢的就是在沙地上写字。他一边说，一边凝视着月光下的沙海，目光里充满了柔情。

　　爱恨交加，鄂尔多斯人与沙子有着千百种感情。

　　农学博士远山正瑛自20世纪80年代来中国种树，一直种到97岁，在他的影响下，日本7300名志愿者在恩格贝种下树木300万棵，染绿黄沙4万亩。茫茫的沙漠一角，奇迹般冒出绿洲，千百年荒无人烟的恩格贝有了一个300多人居住的村落。老先生获得"内蒙古自治区荣誉市民"称号、联合国"人类贡献奖"。1999年，鄂尔多斯为这位伟大的治沙者，中国人民的真诚朋友远山正瑛先生立起了一尊塑像，那是在他活着的时候。几年以后，97岁的老人离开了人世，但他栽种的那些绿树延续了老人的生命，一片绿意盎然。在他那尊铜像的基座上，人们刻下了这样一段文字："远山先生视治沙为通向世界和平之路，虽九十高龄，仍孜孜以求，矢志不渝，其情可佩，其志可鉴，其功可彰。"

　　老人有一张孩童似的笑脸，他当时描述沙漠里能长出香甜的瓜果，我们都当作是美好的童话，对着老人的笑脸似信非信。但今天，恩格贝真的成了瓜果之乡，鲜花盛开。

　　庆幸的是，当年我也曾跟随老人栽下了一棵树，在如今的白杨林里长成大树。库布其，恩格贝，希望我们能为你写出新的童话。

那时驱车在鄂尔多斯土地上，一片苍黄之中，不时会闪现出一块块郁郁葱葱的绿野，如同镶嵌在黄地毯上的绿宝石。

绿野记载着人与沙的搏斗。

黄河南岸有一个小村庄叫园子塔拉，60年前几乎被风沙吞没，30户农民逃离了29户。有一个叫徐治民的小伙子却带着妻儿顶沙而来，在沙漠里搭棚住下，开始了漫长艰辛的治沙岁月。几十年过去，徐治民的腰佝偻了，头发也白了，连口齿也变得含糊不清，但他种下的那6500亩绿树，使肆虐的黄沙变得温顺服帖，换来了园子塔拉的人欢马叫绿树成荫。

人们为这位活着的老人立下了一块石碑。

在鄂尔多斯，像这样的治沙人还有许多：当年我听到过这些名字：旺丹尼玛、浪腾花、王玉珊……，他们像天上的星星一样，默默无言而又光芒闪耀，一代又一代，治沙人与沙漠难舍难分，神秘而又可怕的黄沙在他们眼里也变得温柔。

在鄂尔多斯高原上，到处生长着与沙联系在一起的植物：沙柳、沙蒿、沙荆、沙打旺……，从前大多是野生，后来人们看出了它们的品性，耐旱、高温低寒都不怕，生命力极为顽强，于是选择这些天然与沙亲近的植物栽种开来，一片片一丛丛，连成网接成线，紧紧地锁住了沙漠。

福　道

　　所以，在有风的日子，黄沙也只是轻柔地起舞，在沙丘上显示出无数条美丽的水波纹，仿佛它们不是粗糙的沙子，而是柔曼的水。当人们在公路上行走时，遇到狂风大作，不再担心会陷入绝境，只见梦幻一般的黄沙细如游烟，在地上扭动，然后随着飞奔的车轮而四散。

　　那位叫远山正瑛的老人还说过，世界上人口逐渐增多，人均耕地逐渐减少，唯一可以改变这种趋势的做法是开发沙漠。在日本，已有90%的沙丘改造为良田。人口众多的中国，也应该把目光转向沙漠。

　　中国人已经做了几十年的努力，现在还在更加努力。

　　古老的传说仿佛是一个预言，黄沙就是金银沙。无边无际的沙丘在智者的眼里就是一个个装金载银的聚宝盆。而我每次来到鄂尔多斯，面对裸露的大沙漠，会觉得她是一位天地之间敞开胸怀的母亲，她热辣辣的，考验人的意志，养育人的成长，她跟海洋一样，有无穷的奥秘等待人类的认识和理解。

　　她是宝贵的金沙银沙。

右玉种树

右玉种树，年年都种，一年又一年，如今种了七十多年。

七十年前，沙窝子里长大的娃娃王德功说："那风啊，春天要刮四个月，秋天要刮四个月，就像成群结队的骆驼一样，呼呼地、一高一低就过来了，哎呀呀，没法儿躲。"

风刮过的地方什么都待不住，草不生树不长，只有满地的沙子，以及掩埋在沙里的白骨。娃娃们夜里跑过的时候，那闪闪烁烁的"鬼火"会紧追着娃娃的脚步，吓得人魂飞魄散。

右玉这名字，听来像是一个美妙的女子，但过去实际上它只是一片荒凉的不毛之地，现在山西朔州，古来属雁门郡，是兵家必争的西北要塞，重镇杀虎口便是东西要道的咽喉。

历代纷乱的战火焚烧尽大地上的草木，风沙一层层掠去越来越薄的土壤，剩下的尽是裸露的沙子，这片离内蒙毛乌素沙漠只有一百多公里的地方，逐年沙进人退，有外国专家曾经建议全县整体迁徙。

1949年10月23日，新中国刚刚建立，还未来得及抹去战场硝烟，便来到此地担任首届县委书记的张荣怀登上了右玉的风神台。这风神台一直是右玉人最大的寄托，每逢风沙肆虐时便只有到此拜求，请风神行行好，不要刮走了好不容易种下的一点莜麦、谷子和豌豆。而张荣怀不是来拜风神的，这位曾经战场上的指挥员面对全县人民发出了植树造林、治理风沙的号召，掷地有声道："右玉想要富，就得风沙住，要想风沙住，就得多栽树，要想家家富，每人十棵树。"

他带头甩开膀子，在沙地上挖好一个个树坑，从几里地外的苍头河挑来河泥，倒进沙坑垫底，再放进小小的树苗，围根，填土，浇水。沙堆里种树真不容易，刚刨出的坑，不一会儿就又被沙子埋住了。只能边刨边栽，沙子不停地往下陷，得手疾眼快，镐头铁锹施展不开，就用双手刨；一个人不行，就围上几个人一齐刨，七手八脚地刨出坑，赶紧垫上河泥，放下树苗，这才松下一口气。

栽活一棵树比养大一个娃还要难，这话一点不假。

眼巴巴的，天天瞧，月月盼，头年种下的树眼看伸直了腰，长出了绿叶，可还没来得及笑逐颜开，秋来一场拔地而起的大风，冬来一场严寒难耐的冰霜，一片片地就又都倒下了。

福　道

好男儿，好女子，不流泪不伤悲，第二年重新再来。

春风吹拂的时候，再一次挖坑、挑泥，放进小树苗，围土、浇水，以希望的目光注视着那些种下的小树，期盼它们生根长大，绿树成林……它们就是右玉人做不够的梦。

于是再到秋去冬来，幼苗虽仍然大片倒伏，但终于有了顽强活下来的小树，它们才真的成为右玉人的孩子，懂得把根深深地扎下去，再扎下去，直到能吸吮到大地母亲的乳汁。

生命的奇异在这里呈现，每一年都有新生的小树在狂风中摇晃，但它们在荒漠里如兄弟姐妹般相互依靠，甚至在地底下的树根也紧紧相连、盘根错节，以抵御风的撕扯。最后，一棵，又一棵小树终于站立稳当了，在沙丘上，荒砾中、沟洼里、山梁间，它们让右玉人欣喜若狂地站直了。

哦，孩子。你们就是右玉人至爱的孩子。

小树们与生俱来地懂得，它们的生命来自于那些常年在沙坡上啃窝头、喝凉水的人们，他们浇注给树的不仅是从远处河流肩挑背驮而来的清水，还有不停流淌的汗水，有他们热血充盈的青春，酷爱家园、守土有责、世代相传的基因。

因此右玉大地上的树，注定不是温室里的花朵和盆景，右玉人有多顽强，它们就有多么耐寒、耐旱、耐风霜；右玉人有多执着，它们就会有多么努力地扎根与生长。

七十多年里，右玉人把种树作为第一要务，一届又一届县委书记、县长从来没有放弃或松懈，不断传递着绿色的接力棒，只有起点，没有终点。"换领导不换蓝图，换班子不换干劲"，一任接着一任干，一棵接着一棵栽，他们为种树倾注了人生最精彩的智慧才华。

在如今人们的记忆中，右玉种树就像电影回放，多少次风生水起，多少次活色生香：从解放初首次进行绿化造林的全县规划，发放林权证；到部分村庄试种成功果树林，"哪里能栽哪里栽，先让局部绿起来"；再到治理四十里黄沙洼、重点流域和山丘，营造大型防风林带，兴修水库；飞播牧草、堵风口、建林带，引进草木樨种植、杨树插条……，这每一个回合都蕴藏着无数难忘的奋斗。

20世纪80年代之后，右玉种树更是加快了步伐，办起了林业专科学校、沙棘研究所、造林基地；进一步退耕还林、封山育林、更新改造残林，扶持个人营林；构筑以"绿化带、生态园、风景线、示范片、种苗圃"为重点的生态保护网络；实行"新型煤电能源、绿色生态畜牧、特色生态旅游"……，一年又一年，荒原沙丘不停地变化着，当年人们梦想中的青青田园，郁郁葱葱的森林，鸟语花香的塞上绿洲，竟然一步步全都变为现实。

右玉从解放初森林覆盖率不到0.3%，到如今达到了54%，大

福　道

　　大超出了全国、甚至全世界的平均覆盖水平，被誉为"国家水土保持生态文明县"，当选联合国"最佳宜居生态县"。

　　初秋时节，我随生态环境部及中国环境报组织的"大地文心"采风活动来到了右玉，目光所及之处，辽阔祥和的塞上田野如诗如画，深浅不一的嫩绿苍翠，由近至远，一阵阵含着草木芳香的清风吹来，让人心旷神怡。

　　经过的道路两旁，密密的小树林见不到首尾，小老杨、沙棘、樟子松……，这些北方树种昂然挺立，在右玉大地上骄傲地显示出坚韧不拔的品质。一排排杨树大都已有了六七十年树龄，但看上去还不足十年，因此人们爱惜地叫它小老杨，它们是第一批为右玉遮风挡沙的勇士，经受过最难熬的岁月，虽然矮小瘦弱却并不垂头丧气，在一片蓬勃的绿色中倒显得十分朴素和谦廉。

　　或许，这也是右玉人的品格。

　　已是秋高气爽，但右玉的树丛中、原野里到处仍可以见到怒放的格桑花，紫的、粉的、淡黄，开得娇艳任性，无拘无束。

　　这是个风和日丽的好日子，右玉县城的大街上开来一溜婚车，打头的车上堆满了鲜花，后面跟随的车队飘着一串串红色气球，车队在宾馆门前停下，走出一个个打扮时尚的年轻人，小伙子西装革履，姑娘们长裙飘飘，他们气色红润、喜气洋洋。

　　我不由想起那位曾经从鬼火旁跑过的娃娃王德功，他眼下已年过七旬，他的青春是在种树和饥渴中度过的，今天年轻人所能享受到的滋润和美好，正是他们当年的梦。

"功成不必在我"，那些种树带头人不计个人得失，只念造福子孙，需要境界和定力。而人们并没有忘记他们，在右玉绿草如茵的南山公园里，耸立起一座红黄蓝绿构成的纪念碑，碑座由黑色大理石镶嵌，刻着右玉种树的词赋，还刻着一批绿化功臣的姓名：伊小秃、安贵成、刘德富、祁三、李枝、吴连喜……，他们都是普通的农民。"历届县委书记、县长的名字一个都没往上刻。"王德功说，"他们说树都是人民群众种下的，要刻就刻群众代表的名字。"

没有留下姓名的种树人还有很多很多。

有种了一辈子树，不种树心里就不踏实的；有背着娃娃种树的，有打工回家赶着种树的；有把挣的钱全都买了树种来种树的……，那辽阔的原野上一棵棵绿树，正是他们挺拔的身影，也是他们的丰碑。

右玉种树，可与精卫填海、愚公移山类比，七十多年来不仅种出了一方绿色，更是种出了一种知难而进，艰苦奋斗，久久为功，利在长远的精神。它们将伴随这绿色浓郁的家园，成为子孙后代最为珍贵的财富。

赤坎的钟声

那天夜晚到广东赤坎古镇,是在一片细雨之中。下午从深圳宝安那边出发,路上遇到雷雨,瓢泼一般,且夹带着台风,车像一只小船,行走在烟雨苍茫的岭南大地上,看不清绿树红花,只有雨声夹杂着风声在四周回响。而到了这湿漉漉的小镇,一下子便感觉安静下来。

车在朦胧的夜色中似乎穿过了一些街道小巷,最后停靠在一湾水边,眼前是一幢精致的小楼,门前亮着灯,默默地闪烁着温暖的黄色光晕,正是我们要住宿的小店。

半夜里,隐隐听得悠远的钟声,当——,当——,清亮而又雄浑,我被它唤醒,但那钟声拖长的余韵,又让我浑然入梦,以至第二日醒来,不知钟声是梦,还是梦随着钟声?

这小店煞是小巧,古香古色的楼梯、房门,以及房里的雕花床,推窗,都紧密地利用着每一寸空间。洗漱台就在床跟前,水

福　道

龙头则是黄铜的，开始甚至以为是摆设，但一拧竟立刻流出来温水，对着贴墙的小镜子正好洗去了满面尘埃。

清晨洗毕，我撑开那扇格子窗门，眼前的景象让我愣住了。

这小店的侧面却是一条小巷子，对面是一溜骑楼，但却已人去楼空，一个个窗户连玻璃也都已全部拆去，黑洞洞的，只有几根青藤从楼底的墙角下兀自爬过了墙壁，在那二楼的窗台上盘桓，并开出一朵朵小花，将那青绿的藤尖伸出头来，天真地随风摇曳。往一旁看去，沿着小巷的楼房竟然大多是这样的情景，像是都已被废弃多日。

我不觉十分惊诧。

但白天在小镇上一番寻访之后，很快便得知，这座已有350年历史的古镇正在经历一场脱胎换骨的巨大变迁。

赤坎镇位于美丽的珠江三角洲西部的开平地方，是著名的侨乡，被称作中国历史名镇。夜间我见到的那一湾水，正是给小镇带来灵气的潭江，这河古来有之，发源于几百里外的牛围岭山，曾有一个很文雅的名字——君子河。

这河流经赤坎，自新会崖门口入海，过去一直是赤坎的主要通道，并使之成为有名的水路枢纽。航班定期通往县外的澳门、广州、东莞、佛山以及顺德、中山等三十九个港口，还与县内的二十多个乡镇码头相连。

大 河

福　道

自宋代开始，赤坎就已成商埠，清朝年间，康熙皇帝解除了长达200余年的海禁，赤坎更是有了新的气象，闽浙、广潮、琼崖等地的商贾纷纷来到此地经营买卖，"商旅攘熙，舟车辐辏"，又称"商船蚁集，懋迁者多"。到了清代道光年间，赤坎的江面上一派繁荣，向官府注册登记的商船就达400多艘，用现在的话说，赤坎镇成了粤西商业物流中心。

河里最初行走的是木帆船，民国初开始有了电轮船，当地给这种可乘坐好几十个人的船叫作"蓝烟囱"。

碧波之上，一艘艘名为大广东、大飞腾、新皂后、东发、海利的电轮船往来于赤坎与香港、澳门、广州以及四邑之间，载出岭南的大米、土产，运进英国、美国、德国的印花布、洋火、洋钉、煤油。

也正是沿着这条君子河，赤坎一带于鸦片战争之后大量破产的农民、小商贩、手艺人带着发财的梦想横渡太平洋，去美国、加拿大的金矿、铁路工地淘金，或进入南美洲的种植园割橡胶、种甘蔗、开采鸟粪。这些辛劳的人在异国他乡耗尽了一生的血汗，最终仍然心系故土，先后落叶归根，又回到赤坎修建起一座座家园。

赤坎镇以东曾是大片海滩，20世纪初，一位具有魄力的商人填海造地，小镇得以延伸，以民主、民生、民权、民族命名的四条马路就是由当年填造的海滩而来。因为有了富余的土地，华侨与商贾的家园兴造也就越加踊跃。

求新求变，想来早已是这个小镇的传统。

面对眼下所要进行的搬迁再造，赤坎人的基因里流动着的求新求变因子再一次被激发。

站在潮湿的潭江桥上，可见南岸那一片田埂青青，绿色葱茏的乡村，北岸则是骑楼密布的街巷。这座目前人口不足5万的小镇，有血缘关系的海外华侨、港澳台同胞却达9万多人，一百多年以来，由他们投资修建的一幢幢中西合璧的建筑鳞次栉比。沿街走去，只见那些两三层高的骑楼后面，又常有四五层高的碉楼，碉楼正面造型为西式风格，后面的燕子窝顶则采用的是中式建筑圆攒尖琉璃瓦顶，上面插着巴洛克风格的山花顶旗杆，它们巧妙地融为一体，形成了赤坎特有的建筑美观。

"京华帝王府，潮汕百姓家"，赤坎镇上还有许多更为古老的大屋、老宅，保留着明清时期的砖木结构。闹市中山路就有一座清代的潮州移民大宅，官府风格和潮汕特色兼而有之，记录了当年潮州商人的移民史。

赤坎老民居就像一座座风格各异的小博物馆，在曲弯小巷深处，可见旧式的"趟栊"拉门、形似梯状，可推入墙内。还有大气的实木门、典雅的拱门……走进这一扇扇造型不一的门洞，便

福　　道

走进了一个个不同的年代。那木质雕花的楼梯扶手不知经过多少人的摩挲，光滑油润，仿佛还带着人的体温；方形菱形等不同形状的彩色玻璃，图案瑰丽的拼花地板，老虎窗，斑驳的墙面，经年久月的苔藓，一一让人穿越时光，昔日的光景在眼前的静谧之中浮现。

但好多建筑年久失修，钢筋锈蚀，几成危房，古镇再造多次被列为话题，近年来紧锣密鼓已成定局。

虽然早已有消息要拆迁，但这天走在小镇上，仍然可见沿街的小商铺在开门营业。骑楼于楼下经商，楼上住人，宽大的屋檐时刻为行人遮阳挡雨，客商交易的喧闹在街上回响。一路正向前走着，突然听见小镇上空又响起那悠远的钟声：

当——！当——！

我循着钟声来到下埠一座米黄色的三层楼前，钟声正是由此而来。

沿着笔陡的木梯爬到楼顶，悬挂于钟楼上方的大钟尽入眼底。一位身材敦实的老人正是守钟人，见我们眼里的赞美和惊讶，便主动说起大钟的历史。一百年前，这钟由远涉重洋的美国三藩市华侨捐赠，安放在这钟楼上，从此按时敲响，百年来从无延误。

老人说，住在赤坎的人都不用戴表，在钟声的提醒下，人们做工、务农、买卖、读书，吃喝行走……一天又一天，一年又一年。

我与这铜铸的大钟相距不过一米，我从来没有如此近距离地凝望这样一口巨大的钟，它袒露胸怀，坚定地、咔嚓咔嚓地走着，一百年来除了偶尔上油和清洗，它从未停歇过，小齿轮咬着一个大齿轮，每当转完一圈，就会启动那根伸长的小铁锤，敲响洪亮的钟声。

在这一百年间，一个个赤坎的孩子伴随着钟声长大，而后远行。他们会带着怎样的思念？或许在他们的记忆里，会有赤坎无数不同的味道，而只有这钟声是不变的浑厚、悠远，它敲响每一个少年的清晨，召唤每一个归家的游子。

它守候着潭江的源远流长，物换星移。

我等候在钟楼里，听见它敲响正午的钟声，当，当……，一共12下，它是对着正午的太阳敲响的，所以显得更为勤勉、热烈。

这一刻，是时光与天地的对话，我虔诚地聆听着，试图能有所会意。

小镇在此时似乎都感到钟声的催动，行走的人昂起头来，朝着钟声的方向加快了脚步；经营吃食的店铺门前，人比早晨更多

福　道

了些，有的排着队，一股股香气弥漫开来，炒菜的铁勺碰着锅，叮当响，来一份，再来一份。

赤坎街头的烟火气格外浓烈，全然没有些许矜持含蓄，炒菜烧烤都摆到了街面上，人来人往浑然一气。这里的广式煲仔饭据称是最地道的，有几条巷子挨家挨户都是卖煲仔饭的，各家店门前摆着十几个火苗熊熊的小炉子，各种馅料五花八门地摆放在台面上，腊肉饭、黄鳝饭、塘虱饭、鳅鱼饭、滑鸡饭、牛肉饭、海鲜饭，任人选择，即点即煮。

我也随人排了长队，到跟前要了一份海鲜饭。只见那位系着白围裙的年轻嫂子一边应答着，一边在炉前左右腾挪，她像一位技巧娴熟的魔术师，双手上下翻飞，不停翻动煲盖，下米、加水、投料，各种切好的肉类，葱蒜芫荽，在她手下犹如天女散花。

店内狭小，交错放着几张小桌，我独自坐下品尝小陶钵里有些烫嘴的海鲜饭，对面小桌旁一位戴红帽的妇人也吃着一份煲仔饭，她站起来往里屋走去，一会儿端出一碗汤来。看她的样子不像是店里的老板，也不像店员，何以自去添汤？正有些奇怪，却见她看了看我，又从桌边站起，进屋又端出一碗汤来，这回却是双手送到我的桌前，说："喝吧。"

我一时有些不知所措，却听她说："汤随便喝，自己盛就是。"

她的闽南话我听不太懂，但从她的手势猜出了大意。于是我便走到后面看个究竟，原来那小夹间里有一只大炉子，上面温着一大锅豆腐青菜汤，旁边搁着一把铁勺，一摞铁皮碗，全是免费自取。这位戴红帽的赤坎妇人大概见我是陌生的外乡人，不懂小店的好客，便什么也没说就给我端来了汤。

让我尝到赤坎人的厚道。

煲仔底的那层"饭焦"松脆可口，让我咀嚼不尽余香，就着豆腐青菜汤，吃出了百年老店的味道。若不是那钟声又一次响起，在这小店里我似乎忘了时光。

走出小店，想记住招牌，说不定下回再来，却左右横竖都没有找见，门楣上贴着一张纸，淡淡的墨迹，大约是店名，但已辨识不清。只有那年轻嫂子莲花般舞动的双手，还有这红帽妇人的汤，让人过目不忘。

前两年为了撰写长篇报告文学《强国重器——北京正负电子对撞机》，我在北京采访中国高能物理所多次之后，便特意要去到赤坎不远处的打石岭，对江门中微子实验站的建设进行采访。

几年前，江门中微子实验站这一重大科研项目在打石岭开始建造，从赤坎驱车前往，经过连绵起伏的小山坡，就见到山脚下一排排白墙蓝顶的简易工房。这是 2016 年 12 月的下旬，北京已然天寒地冻，或是忽来忽去的雾霾，这里却是风和日丽。

福　　道

我们戴上头盔前往工地，中微子实验站配套基建工程要打出两口"井"，一口斜井 1340 米，一口竖井为 616.30 米，将来两井汇合，在地下 400 多米处建成一个巨大的实验厅。

这个预期在 2020 年建成的实验站遇到了前所未有的麻烦，一个雨后的日子，直径只有 5 米的井下突然一股水破壁而出，不到两个时辰就将已经打通的四百多米深洞全都灌满了水，然后往外喷涌。施工单位四处调来水泵，一连抽了好多天，才把水抽干。这出乎意料的事件使得工期受到严重影响，但人们仍在分秒必争。

科学家们对于既定的目标坚定执着。

中微子无处不在，构成了世界的本源，但人类认识它却仅有 80 余年，还留有许多未解之谜，对中微子的研究或许将是破译宇宙起源与演化密码最重要的钥匙。

高能物理所所长王贻芳作为"大亚湾国际合作实验"项目的首席科学家，带领科研学者们历时 8 年首次发现了中微子的第三种振荡模式，并精确测量到其振荡的概率。这项石破天惊的研究，为当时正处在"岔路口"迷茫的中微子研究找到了未来发展的方向，被美国同行誉为"中国有史以来最重要的物理成果"。在中国物理学家的布局里，紧接着就是江门开平中微子实验这一新的愿景，他们在这里的首要科学目标是测量中微子的质量顺序，即不同类型中微子质量的差别。基本实验原理与大亚湾相同，但需要把探测器旋转在距离约 60 千米的地方，因为这里是中微子振荡的预期极大点。打石岭是最佳的实验地点。

中微子实验站的建设，无疑将先进的科学技术带到了这片土地上，岭南以奇妙的身姿走入新时代。时隔一年之后，赤坎镇上所有的街道都已搭上了棚架，那些做煲仔饭、卖服装的各种小店都已关门，相伴打石岭下正在进行的科学建设，赤坎古镇进入一场从未有过的震荡，拆迁、重建，某些千百年来留下的痕迹将消失，而某些从未有过的新建筑、新事物又将出现，传统与现代，如此鲜明地交织在一起，给无数人带来内心的冲突与挣扎，也带来期待。

钟声仍然按时响起。

那百年大钟：当——当——，不疾不徐，温厚地穿透人的身心，仿佛一个老者在讲述时光的寓言，召唤天下芸芸众生。久久回荡的钟声里，阳光斜照在古镇的青石板上，一眼望不到边的斑驳的骑楼，在碧波荡漾的潭江水里闪动着旖旎的倒影，蓝天白云。

惠州西湖情

天底下，除了玉树临风、豪放多情的苏东坡，想不出还能有何人，将一座湖搬到了千里之外，只有这位从大江边吟诵遍千古风流人物，美了杭州西湖，又将一腔男儿志抛洒南越之地，如椽神笔再造了一个西湖。

想那杭州西湖，断桥烟雨造化了白娘子与许仙的一段情缘，水漫金山，情大于法，还是法大于情？雷峰塔下，可还有这妖精的妩媚？但红尘万千心情，却不抵苏东坡的一首小诗："水光潋滟晴方好，山色空蒙雨亦奇，欲把西湖比西子，淡妆浓抹总相宜。"

后人却说，苏东坡这诗是为他心爱的一个女子写的。

如果没有诗，哪有西湖？如果没有西湖美景，又哪有文人墨客的诗情画意？古今诗意融入了湖水，显然是诗情成就了西湖闻名天下，而苏东坡以他的诗与情又再造了一个西湖。那湖却是在

福　　道

广东惠州。

近几年因为一部长篇纪实的写作，恰好多次去到广东，每当从北京的飞机抵达广州，会觉得突然一下子就被厚厚的绿色给包围，树的颜色，山的颜色，还有水的颜色，都是绿的，或浅或深，真是养眼呵。这次去往惠州的路上，更是满目诱人的绿色，就像一幅幅水墨画，浓得抹不开的石青、靛蓝、碧绿、淡黄，交织在一起，让人心怀好奇地想，这如帷幕似的绿色之后，又会有如何的风光呢？

那一湖碧水，便是绿色之中的一番惊喜。

傍晚时分进得惠州城，车径直开到一片湖边，只见水天一色，波光闪动，湖对岸山峰屹立，一座宝塔在余晖映照之下，玲珑奇秀。刚想问这湖的名字，却见前面的楼舍赫然"西湖宾馆"，诧异之间问当地的朋友，这湖果然就叫西湖，竟是与杭州的西湖同名。

当晚，便不由得信步沿湖边走去，荷花已经开过了，夜色昏暗，看不清湖畔那些荷的模样，更看不清半藏在荷叶下的花朵，但闻得荷的清香，一阵阵随风而来，时而浓烈，时而若有若无，有这一缕清香相伴，似乎有了可以依赖的理由，不禁趁着夜色一路走去。

往前二三里，不觉出现一座小山，抬头望去，山上一座宝塔巍然而立，不知是否先前所见到的那座，稍近些，隐约见一座小亭半掩在松林之中。正在徘徊时，一对散步的夫妇从身旁经过，看样子正要往山上走去，便上前打听。那两位热情有加，道这塔名为大圣塔，山上还有一座栖禅寺，那亭叫"六如亭"，是苏东坡为他的爱妾所建。

没想到东坡在此留有墨迹，接着一边说话，一边上得山去。月色清淡，但好在路灯的光亮足以看清，穿过幽香扑鼻的松林，来到六如亭前，只见亭柱上镌有一副楹联：不合时宜，惟有朝云能识我；独弹古调，每逢暮雨倍思卿。落款苏东坡。一条小径在月光下通往一座汉白玉的雕塑，一个古装的女子秀发长眉，神情凝重，端然朝着前方，似欲言又止，腰下的裙裾飘然随风，宛若仙子。

月光通古晓今，见证着女子的一生。她便是苏东坡称之为"识我"的朝云，曾经伴随了苏东坡二十多年的钱塘女子。

到此时，才知道欲把西湖比西子，淡妆浓抹总相宜，果真是为这清丽的女子所作。想当初小荷才露尖尖角，小女子王朝云家境贫寒，自幼沦落在歌舞班中，但天生如荷丽质，聪颖灵慧，能歌善舞，虽身落烟尘之中，却出污泥而不染，气质清新洁雅。宋神宗熙宁四年，满腹才情的苏东坡被贬为杭州通判，世事变迁前景暗淡，已是看透人间冷暖，不料却碰到一派天然的朝云，才子佳人终成良缘。

有情才是真豪杰，苏东坡一生曾与三位女子情深意厚，先是与结发妻子王弗十分恩爱，王弗嫁到苏家时年方十六，美妙可人，善读诗书，苏东坡视为贤妻良友，可惜早早病故。苏东坡相思入骨，多年后有词为证："十年生死两茫茫，不思量，自难忘。千里孤坟，无处话凄凉。纵使相逢应不识，尘满面，鬓如霜。夜来幽梦忽还乡，小轩窗，正梳妆。相顾无言，唯有泪千行。料得年年肠断处，明月夜，短松冈。"才子多情千古绝唱，纵然是风云流转，人来人往，有谁推得小轩窗，将一腔绵绵如水的相思再续过往？第二位女子是王弗的堂妹，苏东坡与她相敬如宾，夫唱妇随，有人道得：嫁人要嫁苏东坡，只有东坡最懂得女子的柔情。可惜这第二位夫人也未能陪伴终老。

在杭州西湖遇得王朝云时，苏东坡已是一片衰惫，几度凄凉，小女子的多才多艺，能吹弹能吟唱，又煮得一手好茶饭，更为难得的是善解人意，猜得中先生的满腹心事，苏东坡不能不大喜过望。他在杭州为官之时，恰逢江浙大旱之年，饥荒瘟疫流行，他一边上书朝廷恳求减免贡米，广开粮仓施粥济灾，调遣民间良医，为灾民诊治疫病；一边动员民众整修西湖，取湖中所积葑草、淤泥堆筑成堤，以沟通南北，广种菱角荷藕，遍植芙蓉杨柳，惠风和畅。或许是爱的涌动，东坡所为利民福祉，天意垂怜，自此以后凡春秋佳日，西湖堤上花开如锦，绿绦拂人，"苏公堤"美名代代相传。

杭州之后的岁月里，苏东坡颠沛沉浮，爱他的王朝云紧紧相随。宋哲宗亲政年间，苏东坡被贬往当时"南蛮之地"的惠州，这时他年近花甲，眼看大势已去，难再有起复之望，身边众多的侍儿姬妾都陆续散去，只有朝云始终如一，追随东坡长途跋涉，翻山越岭到了惠州。对此，东坡深有感叹，曾作一诗："不似杨枝别乐天，恰如通德伴伶元；阿奴络秀不同老，无女维摩总解禅。经卷药炉新活计，舞衫歌板旧姻缘；丹成逐我三山去，不作巫山云雨仙。"此诗有序云："予家有数妾，四五年间相继辞去，独朝云随予南迁，因读乐天诗，戏作此赠之。"

乐天指的是白居易，当初白诗人年老体衰时，深受其宠的美妾樊素溜之大吉，白居易因而有诗句"春随樊子一时归"。诗人遥望春天无情，美人绝迹，真是满心惆怅与无奈啊。而与樊素同为舞妓出身的王朝云，性情却与之迥然不同，她与苏东坡患难与共，忠贞不贰，成为千古美谈！

东坡在惠州与朝云相伴，眼前绿树蓝天，荔枝甘甜，一湖春水不似钱塘，胜似钱塘。虽然前人修堤筑坝，改造洼地为良田，兴农利渔，百姓收获颇丰，将这湖叫做丰湖，但苏东坡文思泉涌，眼前湖水恰似那钱塘江潮碧波荡漾，绍圣二年（1095）的九月写出《江月五首》，大赞凉天佳月下的惠州湖水美景，"一更山吐月，玉塔卧微澜"传为名句，又在《赠昙秀》一诗中首次将丰

福　道

湖称作了西湖。

既是爱这西湖，苏轼又再为惠州筑堤修桥，恰如在杭州，为了解决西湖两岸的往来，他提议在西村与西山之间筑堤建桥，带头"助施犀带"，还动员弟妇史氏捐出"黄金钱数千助施"，用"坚若铁石"的石盐木在堤上建起了西新桥。绍圣三年（1096）六月，堤桥落成，东坡写诗描述了营造过程，后人将这堤仍叫作苏公堤，简称苏堤，与那杭州西湖如影相随，古往今来，东坡留给我们多少财富啊。

这晚，我行走在惠州西湖边，不知不觉走出很远，路上行人渐渐稀少，但却并不担心回去的路，只要问起"西湖宾馆"，总会得到满意的答复，惠州人会一一热情指点，正是灯火阑珊处。

第二天早起，推窗便是西湖满塘荷花，夜间未能看得分明，此刻一片娇艳。原来惠州西湖古有八景之说：谓芳华秋艳、孤山苏迹、红棉春醉、花洲话雨、留丹点翠、苏堤玩月、西新避暑、玉塔微澜，依次看去，流连忘返。再次来到大圣塔下，六如亭前，正是阳光下，朝云雕像更添温情，她一生相伴东坡，生子操劳，虽然离去甚早，但"玉骨那愁瘴雾？冰肌自有仙风"，留在苏东坡与后人心里恰是那不变的青春美艳。

更有那西湖，千年波光粼粼，风来潮动，讲述这千古佳话，人间多情，湖也多情。

西渚的鸟儿和蟋蟀

汉字的俊美和精妙从宜兴"西渚"这个地名就可见一二。

"渚"指的是水中的小块陆地,但它不是大江大河中的沙洲、三角洲,比如湘江上的橘子洲、长江上的鹦鹉洲、簰洲……,渚更不同于岛,虽然岛也是被水环绕的,但却是可以雄壮地形成山峦,如台湾岛上的玉山、阿里山,海南岛上的五指山,可谓崇山峻岭,时而在云上,时而在林间。

而渚,并没有那样险峻无边的山峰,它只是由亲昵它的河流簇成的土地,一粒粒沙子泥土在奔流的河水之中留了下来,然后经由亿万年,时光不长也不短,那些小小颗粒的泥沙终于成就了一块块陆地,有着远方的山溪泉水浸透过的湿润,还有沿河草木的清香。位于江苏宜兴河水之间的西渚,就是这样一片天然润泽的地方。

但凡为渚,一定是与青山绿水相伴的,虽然山不在高,水不在险。

宜兴境内的大河小河，多达几百条，还有小凼、大湖，每年雨水充沛，这些河流湖泊也就如同芳华少年的血管，饱满充盈，又如一张密织的丝网，将那些烟黛笼罩的土地勾连起来。

西渚所辖的小地名生龙活虎，横山、五圣、白塔、荷花、筱王、涧头、珠潭、吾桥、屋溪，见到这些有趣的字样，就会马上生出要前去看一看的念头，山何以为横？涧何以为头？潭中不难有珠，屋内岂能有溪？

方圆几十公里，西渚地块不大，人口密集。人多好办事，但人多带来的问题也不少，人多要吃饭，要用钱，要发展，在中国经济快速增长的同时，人们最为担忧的便是生态环境及资源受到污染和破坏，地处长江三角洲的乡镇西渚受到最为严峻的挑战也同样是生态问题。

改革前，西渚一带流传着一句顺口溜："电话一响，不是要钱就是要粮。"

贫穷使得渴求生存的人饥不择食，慌不择路，什么都敢干，甚至摸黑盲目地干，结果是清亮亮的溪河里流动开了成堆的垃圾，村头路旁的树木差不多被砍得一干二净，鸟儿快没了栖息之地。

要知道，那片湿润多草的土地自古便为鸟儿所爱，同当地一

福　　道

位懂鸟的村民聊起来，他说从前这一带不仅有灰喜鹊、猫头鹰、啄木鸟等农林益鸟，甚至也有丹顶鹤、天鹅、黑脸琵鹭、黑嘴鸥、勺嘴鹬等珍稀鸟类，数不清的鸟类与人一起在这片土地上生存，但后来环境不好，天空中的鸟儿就见得少了，直到最近这些年才又明显地多起来。

这些年，从吃饱饭到求发展，聪明的西渚村民们对国家的富民政策心领神会，用自己勤劳的双手探索以生态优先、绿色发展为导向的高质量发展新路子，渐渐看到了成效。他们心中明白一个道理：土地就是农民创业致富的最大舞台，要充分利用它，同时更要好生地珍惜爱护它。过去只种水稻，解决了温饱问题，但却难以走上富裕之路，现在改变思路致力于生态农业，种植时令鲜果，怒放的花朵和挂满枝头的累累果实，逐一装扮了乡村大地。

我们来到西渚的那天，下着小雨，住地跟前的云湖雾蒙蒙的，推开窗户，远处的山势如水墨般一抹淡淡的弯曲，那倒影在湖水里摇荡，摇得人心醉。浓密的树林与湖水相依，暗绿的树丛中现出白墙红瓦的楼舍，那便是西渚的乡村，也是最美的中国画。从不同角度看去，美景取之不尽，不知从何时起，它们不断再现于摄影家的镜头和画家的笔下。

这些年，生态美好的西渚成了旅游"网红地"。每年到此的外地游客络绎不绝。

西渚乡的白塔村，就是在近些年里建起了南天竹、樱花、特色瓜果等多个千亩农业示范基地、生态农业观光园，一筐筐鲜美的樱桃、桑葚、锦绣黄桃、红美人橘子等，在春去秋来不同的季节，从西渚的画儿里送往城市的大街小巷。当地村民人均收入早已突破了 4 万元，比十几年前增长了十多倍。

他们又说："富了口袋还要富脑袋，美了家园还要美村庄。"

近年来，又将当地的特色文化做成品牌，自建了农俗民风展示馆、文化名人纪念馆等。在那些质朴的展馆里，人们饶有兴味地看到从农家搜集而来的，不同年代的生活、生产用品，从犁头铁耙、锅碗瓢盆到曾经流行的手表、缝纫机、自行车、收音机"三转一响"；还有自清末时期到如今的一张张结婚证书，有的早已泛黄，清晰地显露出岁月变化的痕迹，让人久久驻足，品味到时光的酸甜。

西渚有一位村支书走进了北京人民大会堂，他干了几十年农活，做了 28 年的村干部，土地就是他的命根子，他说，守住老祖宗留下来的绿水青山，不能光捧着金饭碗等饭吃。

作为全国人大代表，这位叫欧阳华的西渚农民提出利用绿色生态资源发展高效农业、特色农业的建议，说我们这代人应该主动打造美丽的风景，因地制宜，推动乡村融合天然、美丽、健康理念的芳香产业，留住一片净土，让所有来到西渚的人能抬头见

福　道

青山、低头看绿水。

这位年近六十的村支书肤色黑红，身材板正，精神抖擞，在今年疫情得到防控之后，西渚村民一边复工复产，一边想着新方儿，他作为一个村的领头人更是忙得不亦乐乎，笑说自己虽然已经奔六，但有一颗"奔二奔三的心"，永远在奋斗的路上。

而今走进西渚的农家，特别让人欣喜的是，变化之后的乡村有了磁铁般的吸引力，一批有知识，见多识广的年轻人纷纷回乡创业，带回了不少新鲜事，给土地增添了无穷生机。村干部带领这些年轻人追赶着科技新潮，运用互联网+大数据，通过抖音、淘宝等网上直播，让今年村里的桑葚和樱桃等农产品，在网上卖得红红火火。其中有一家村民种了三十亩樱桃，通过网上销售，再加上城里人前来采摘，今年光种樱桃的收入就达60多万元。

保护生态和乡村创新让西渚人尝到甜头。

新点子也一个个往外冒，他们考虑今后进一步利用现代科技和信息化的手段，开展手机导航、智慧旅游，将新媒体大数据与美丽乡村、乡村振兴结合起来，给城里来的专业人才和返乡的年轻人提供更多的机会和平台。

或许到那时候，西渚的村落会成为一个优美的生态乐园。最近，他们就想打通花海步行道，路上不走机动车，让人们在花海中徜徉，歇下脚步时，路旁会有香喷喷的玫瑰花茶，尝一口，甜到心里。

"买田阳羡吾将老，从初只为溪山好。来往一虚舟，聊从造物游。"古来宜兴一带称为阳羡，豪放的苏轼曾四次来到此地，对秀美的山水看不够，甚至动心买块地造所房子，守着这里的溪水青山颐养天年。如今来过西渚的人，就会明白苏轼的心情，果真是芳草地，长溪边，鱼腾鸟飞，诱惑无穷。

不断走向富裕的西渚人也会吟诗作画，出口成章，谈吐不凡。交谈之中，一位当地村民笑吟吟地说："我们要让住在西渚的人，早晨听着鸟儿的啼鸣醒来，夜晚伴着蟋蟀的叫声入眠。"大家吃惊叫好，心想他并不是一位诗人，但他的话比诗还要动人。

行走在西渚的小路上，周围是望不到边际的湿地，一只白鹭翩翩飞起，它并不怯人，看似要飞往高处，却又优美地折回身来，飞到我们的头顶上空时高时低，似乎是在与人嬉戏。

就在今年，人们惊喜地发现，宜兴一带出现了一些从未见过的色彩斑斓的美丽大鸟，它们在森林里悠然自得，漫步觅食或相互追逐。经专家勘查鉴定，原来是国家一级重点保护动物白颈长尾雉，还有国家二级重点保护动物白鹇，这两种珍稀鸟类的出现，刷新了江苏省野生鸟类的新纪录。也同时说明，近年来随着当地生态环境的不断改善，鸟儿们闻讯而归，回到了它们曾经的天堂。

福　道

　　夜晚，虽已是初秋时分，但仍有蟋蟀轻轻地叫着，万籁俱寂之中，侧耳细听那虫儿的碎语，在这古诗一般的西渚，那蟋蟀一只两只，蹦入了人的梦中。

听茶

茶是有声音的。这是到了福建安溪之后才突然领悟到的。

其时秋分过了,转眼已是寒露,北方的雾霾不期而至,灰蒙蒙的不顾人情冷暖,沉着脸。老天爷不高兴的样子实在让人无奈,到底人做错了一些什么呢?我们应该做什么检讨,才能换回蓝天?怀着这样的心情,应邀到了安溪,扑面而来的绿色山地郁郁葱葱,顿时眼前一亮。

那山,向大海倾斜而去,挺拔入云,也不免有着婀娜,显出对海的一往情深。山脉的名字为戴云,有着古来的诗意,试想那云字用繁体书写,会更为美妙。从远处看,高低起伏的山也是层层叠加,让我不由想起自己的家乡三峡。大约南方的山,都会层林尽染,近者似墨,远处如黛,白云缭绕之间为天工的大笔作画,亿万年的笔墨洇晕在一起,无尽沧桑,却又是无穷生机。

看山的模样,从来不会觉得疲倦,千姿百态的,犹如好看的男人女人，也都有着性情，吸引你走近，与之细语，交付心事。转身时便会有了种种牵挂；忍不住一次次回首相望，却也不能停步，人生只能朝前。还好低下头来有一缕茶香飘然跟随，那便是与这山相伴的古茶，有着贴心的茶名，叫铁观音。

从小喝惯了茶，各种茶的味道都略微知道一些，但这沁香扑鼻的铁观音对我而言，咽下去熨帖可心，似乎能感觉出一种格外的安逸。

在安溪一座颇具匠心的茶史馆里读到："中国茶业，最初兴起巴蜀。清初学者顾炎武在其《日知录》中说：'自秦人取蜀而后，始有茗饮之事。'也就是说，中国和世界的茶叶文化，最初是在巴蜀发展为业的。这一结论，统一了中国历代关于茶事起源的种种说法，也为现在绝大多数学者所接受。因此，常称巴蜀是中国茶叶或茶叶文化的摇篮。"

这段文字不动声色地贴伏在墙上，读到它，它便活跃起来，一下子将安溪与我的家乡三峡那片地方有了连接。难怪茶的味道勾引起乡愁，原来它深深地潜伏着。

我恰是出生于长江巫峡与瞿塘峡之间的巴东，正属巴蜀之地，那一带峻峭起伏的大山里喜好种茶，一年四季随口唱出的茶歌数不清，一首《顺茶歌》从正月唱到十二月："正月采茶是新年，手拿金簪点茶园，一点茶园十二卯，采茶姑娘笑开颜……"

望 乡

另一首《六口茶》，男女对唱，"喝你一口茶，问你一句话，你的那个爹妈啥，在家不在家?""喝茶就喝茶，哪来这多话，我的那个爹妈啥，已经八十八。"这歌很受当下人们的喜爱，在安溪的茶山上，便听到同行的云南作家范稳开口便唱"喝你一口茶，问你一句话"，我不由得笑起来，这三峡的茶歌不知何时传到了他所在的昆明，又被他带到了安溪。

但其实，是安溪人一贯的开放和笃定引来了这些异乡的歌声。

安溪境内山多地少，有"八山一水一分田"之说，早年素以农业为主，即使种些水稻、甘薯，也是"小旱小忧、大旱半收"。后来于明末清初创制出乌龙茶，传至闽北，后又传入台湾，渐渐名扬天下，多山的安溪才一年年繁荣起来，得以"小泉州"的美称。

而今这座建自于唐宋时期的古城可谓茶都，天下名茶汇集，人与茶相濡以沫，街市上随处可见闲坐饮茶的老人，店前沏茶的少女，行走担茶的男子或少妇，茶显然是这座城市最为亲密的伴侣。行走之间，可感觉到空气里茶香弥漫，馥郁芬芳，又奇妙地掺和着稻谷花生的焦香，成熟醇厚，正如这秋日的山野，让人纵然是不喝也感觉香透了。

上得山去，更可看出安溪人对茶的娇宠，一垄垄，一排排的

福　道

茶园，修剪得如时尚人儿的美发，用尽了心思和功夫。

陆羽在《茶经》里写道："茶者，南方之嘉木也。一尺、二尺乃至数十尺，其巴山峡川有两人合抱者。"安溪的山上也有高大的古茶树，好些已过千年，立于云雾山上静观人间，看似淡定却是经历了无数风雨摧折。

人道是铁观音好喝树难栽，但看它，虽天性娇弱但执拗不衰，时光流逝则愈加高贵不凡；也有后起之秀，满树嫩枝叶儿，青翠欲滴，若是伸手去掐，片刻就染了指尖。难怪采茶女扬起的手，总是绿得天真，仿佛也成了摇动的茶枝。

所以才会有那么多唱不完的茶歌："十月采茶下长江，卖茶挑起花箩筐，一担茶叶一担歌，挑起百货转回乡。"

过去我只知道，采茶的最好时节是在清明前后，来到安溪才听说春水秋香，即便北方的枫叶红了，这地方还有一轮秋茶可采。

上天赐福，借着亚热带潮热的海风，这里秋分过了也并不觉凉意，只是风爽气清，正好上山采茶。我们循着茶园登上了戴云山脉的一峰，天空碧蓝，刚下过雨，茶树上点缀着一颗颗露珠，在初晴的阳光下闪烁不定。那灌木型的茶树枝条斜生，叶儿肥厚，光润浓绿，顶上的嫩芽却显出一点紫红，种茶人称这是"红芽歪尾桃"，所谓紫者上，绿者次，正是乌龙茶的纯种。

一行人斜挎了竹篓，在茶山上左手一把，右手一把，好歹摘得半筐，天已是黄昏，茶师傅叫收工，说采茶要趁日光，再晚就不好了。

万物皆有灵，而茶则是格外讲究，天色早晚，采茶人的心情好坏，下手如何，都会影响到茶品。"采不时，造不精，杂以卉莽，饮之成疾。"茶与人的对话古来早已有之，千万不可忽略。

从山上回到茶庄，迫不及待地将嫩叶倒在桌面大的竹筛上，随茶师傅指点铁观音的制作，综合了红茶发酵与绿茶不发酵的特点，属于半发酵，采回的鲜叶要力求完整，然后凉青、晒青和摇青。茶师傅摇晃竹筛，说摇青也叫浪青。通过旋转，使叶片碰撞，激活芽叶酶的分解，会产生一种独特的香气。

我上前试了试，所幸当年知青插队时推过石磨，也摇过筛子，功夫还在，摇一摇居然还算得心应手，但见叶片翻滚，如推波逐浪，转转停停、停停转转，窸窣声又似窗外细雨，果然散发出一阵阵清香。

接下来是杀青，以高温将茶的青味炒退，大力搓揉至不再出水为止，时辰把握一点都不能马虎，否则就会发酵过度成红茶。茶工们为此常常连夜守候，小心翻弄，直到天明。而后，杀青过的茶要进行揉捻和包揉，这是一道更为繁复辛苦的工序，要将茶裹在白布包里，用机械加手工使劲挤压搓揉，然后再热炒，再裹在白布包挤压揉搓，一遍遍的，要重复进行25回。

虽是秋日，但厂房里热气难当，茶工们汗水滴答，恰也是"谁知杯中茶，片片皆辛苦"。香茶好喝树难栽，更难侍弄，但得如何相谐，才能交付一缕馨香呢？人问茶，茶有声，那话语只有真正爱茶的人才懂得。

听说安溪有一位懂茶、惜茶，与茶共命运的茶王，他做出的铁观音绝无仅有。而在我的家乡三峡那边，能够做出绝品"玉露"茶的是一位聋哑师傅，他听不见人语，却能听懂茶音，茶理会他的亲昵，将感受到的珍惜与爱抚渐次融入茶意，因此成为极品。

只有听懂茶的声音，才能互为知音呵。

人与茶的对话，从种茶开始，培茶、采茶、制茶……经历了无数回合，一直到最后，那饱满成颗粒的茶叶，色泽砂绿，状似蜻蜓头、螺旋体、青蛙腿。再用细细的文火焙炼，如凤凰涅槃，就是人们期待的铁观音了，面世之前的梳妆是免不了的，去掉杂芜，留下精粹，是人与茶共同的愿望。

这时轻取一撮放入茶壶，便清晰可闻"当当"之声，这是茶在真正的绽放之前，小小的序曲。其声清脆为上，声哑者为次，俗称"音韵"，只有理会的人，才能听出那茶韵的山高水长，余音缭绕。高明的茶师则不仅可以听出茶的优劣，还能听那茶出自何地，树龄几何，甚至为哪位大师所制。

"七泡有余香"，茶的芳香，茶的音韵一定是与土地、山川相连的。

清代末期诗人连横写得一首："安溪竞说铁观音，露叶疑传紫竹林，一种清芬忘不得，参禅同证木犀心。"他祖籍福建，而后去了台湾，世代定居，但给孙子的叮嘱是"生根台湾，心怀大陆"。那一种忘不得的清芬，让游子始终割舍不下故乡。

这种忘不得，又岂止连横呢？

有许多乡愁随着茶香和音韵飘来，在安溪，也似在我的家乡。

《茶经》道："天育有万物，皆有至妙，人之所工，但猎浅易。"说的是苍天养育万物，都有奥妙，人类所知道的不过只是一点浮浅的皮毛而已。回望北方的白雾，便想一片小小的茶叶尚且如此奇妙，那天地之间该有多少奥秘不为人知？人类对大自然的探求从来没有停歇，但敬畏之心断然不可无，只有谦恭地聆听它们发出的声音，读懂它们的表情，才能求得彼此的和谐。

这或许也是茶传出的声音。

海南，有一条河叫陵水

最初到海南，当地一位朋友得知，约去陵水，便问陵水在何处？有多远？朋友笑说，你现在住的清水湾就在陵水的地面上。

原来，车稍开远些，离了那些优雅的住宅小区，便有了乡村的气息。光着脚丫趿拉着人字拖的农人开着摩托，不时箭一般地驰过，卖槟榔的妇人穿着紧身的黑裙，半倚在路旁的椅子上，守着跟前嬉笑的孩儿。一排排椰子树迎面而来，透过椰林，却又是一片片芒果树，正在冬季里开花，一簇簇一串串的，黄得耀眼。

是啊，在海南，在三亚，在陵水，目光所及之处都是耀眼的，会让从北方来的人不由自主眯缝起眼睛，说一声："哇——！"那红那黄那蓝，从田野到天空，在明丽的阳光下，在澄净的空气里，浓墨重彩，无不透彻，怎能不耀眼呢？

从清水湾到陵水县城只用了半个多小时。很快发现洁净的小县城，有着与喧嚣城市不同的海岛小城的味道，海风吹拂，椰树

福　道

摇晃，相比繁华的都市，街道行人的脸上从容了许多，并不急着赶路的样子，连喝茶端杯、举手投足之间也有了些许闲适。

陵水县城本是一座古老的城。

在河流与田野交织润泽的海南岛上，早在秦汉时期就已孕育出星星点点的城镇，陵水县便是其中之一。据考古发现，更早之前的新石器时代，海岛原始文化遗址就有130处，这些新石器遗物的主人大都是黎族的先民，他们刀耕火种，开发海岛，陵水河一带也早早留下了他们的足迹，陵水黎族自治县便是因此得名。

大自然给予海南岛的恩赐确是慷慨而丰厚，除了海洋无尽的资源，岛上每一寸土地都蕴含着宝藏。从娥隆岭发源而下的陵水河，古称陵木丹水，是海南岛上第四条大河，秀美而又充沛，两岸树木繁多，有世界珍稀树种青皮，还有红绸、黑绸，坡垒、橄榄，花梨，竹林和各种灌木。

真好听的名字，叫着"红绸""黑绸"的树，又名小叶青冈，质地坚硬，树龄可在1700年以上，也就是说，有的"红绸"曾经历了自晋朝以后的南北朝、唐宋元明清，一直到如今。

无数潮起潮落，风云更迭，谁能见得，唯有这古树同在。

自四川眉山南来的苏东坡长袖当舞，或许就在这树下笔走龙蛇："天其以我为箕子，要使此意留要荒。他年谁作地舆志，海南万里真吾乡。"东坡对大自然一直情深意厚，走一路爱一路，到一处爱一处，他爱家乡，也爱万里山河。

摸那"红绸"，却不是柔软的，一树铁骨铮铮，早已是千锤百炼百毒不侵，想必也是留住了许多先人的精魂。

陵水河边树无语，鸟有声，那些飞翔于高空，栖息于树上的鸟儿，与至今仍住在深山里，脸和身体也刻上了如树皮花纹的黎族老人，一起陪伴着千年古树红绸黑绸。

黎族人只有语言没有文字，与好些南方少数民族一样，黎族人总是在战乱的颠沛流离之中，反抗与迁徙，无暇用文字记载自己的历史，只能口传心授，以传说故事的方式将民族的密码传给后人。五指山大仙、大力神、鹿回头等人们耳熟能详的故事，皆是来自黎族人的薪火相传。

我未能去到陵水河的源头，但想象它穿越山壑，机巧灵敏，流啊流，一直流向蔚蓝的海洋。是的，火山喷发形成海岛之后，陵水河就有了生命，它已面朝大海奔腾了亿万年，日夜不停，于是才有了两岸花香和1700年的红绸树，有了灵气充盈的城市。

后来在一个冬季，我又一次来到陵水，夜色中沿河走去，岸边修建了两层便道，上一层人流甚密，小城的人们都喜爱来此漫步，下一层紧挨着河水，似乎一弯腰就可触到波光闪动的水面。

我走在离河相近的小道上，能闻到夹杂着泥腥水腥的气息，

福　道

不时有鱼儿从水面跃起，还来不及看清它划出的弧线，鱼儿又钻进了水里。

走着走着，不觉已经过了两座桥，相去住地已有五六里地，却还是愿意就这么走着。心想再往前，河会是什么样子呢？

又走了一阵，突然脸上感到一丝凉意，却是小小的雨滴。在这冬日如春的陵水，即便是冬雨，也没有十足的寒气，纷乱的毛毛细雨，像河边毛茸茸的芦苇，让人脸上痒痒的。雨中的陵水河倒越发安静了，在两岸灯光的照耀下，水面上的波光不停地闪动，小雨点打在河上，就像开出的一朵朵小花。

白天，去了陵水河旁的小街。

一座招人喜欢的小城，除了要有一条河，一定还要有一条关乎生计、弥漫人间烟火的小街。比起那些外表堂皇、里面的摆设却几乎一模一样，让人分不清身处何地的大商场，一条小街更能显出一座城市的性格。

陵水县城的所在还有一个名字叫椰林镇，椰林小街上琳琅满目，百业兴旺，走几步见到街旁一家杂货店，锅碗瓢盆、扫帚竹筐，堆得满满的，从店内延伸到了街沿下。我伸头看了看，发现一摞棉絮上东倒西歪地窝着几盏玻璃罩子小油灯，棉线灯心，矮矮的灯座，估摸能装二两油，小得一把就能攥在掌心里。

这小灯作何用呢？一问店主，却知陵水这边的人家逢年过节、办喜事都会点上这灯，在灯座上贴好红帖，向祖先禀告祈福。便问多少钱一盏，店主说5元，要买最好买两盏，点的时候双数为好。

于是请他拿过两盏，用报纸厚厚包裹，预备带回家去。

多年前，我在乡下插队当知青时，也曾有过一盏矮座的小油灯，只是比这略大一些，是一位阿姨从上海买回的，很精致，还套着一个挂钩，可以挂在墙上。我想法在床头土墙上打进一根小木桩，正好夜里靠在床上，就着那盏悬挂的小灯看书。那年月的书极少，插队之前我家的书都被烧光了，只有被我藏下的几本带到了乡下，看得倒背如流，如《青春之歌》《三家巷》。此外，又到一些农户家里淘书，运气好也能借出些残破的旧书，大多是存放多年的线装书，白天塞在枕头底下，夜里便就着那小油灯，一看就是半夜。

陵水小街上的灯酷似当年那盏灯，让我想起这些往事，一下子觉得这小城，还有河，都好生亲切。

再看那陵水河不动声色的样子，其实是深知无数秘密的，它活了亿万年，什么事没有见过呢？即便是一个人小小的悲欢，也都在它的波涛里。

在那河的上游，深山里的红绸也知道千年的故事，但它们沉默在山林里，只是守望着河水，当然，它们的姿态就是一种无声

福　道

的语言，让人们自去猜想。

相比之下，陵水岸边的椰子树就像一个个时尚青年，长得高大、任性，成群结队，招摇着风，时而挺立垂直，时而随风变换姿态，像一把把打开的扇子，又像一个个舞者扭动着腰肢。

沿着陵水河一直往前，椰树成林，看不到尽头。

致父亲的村庄

一

那年的冬天很冷,白雪覆盖的平原大地悠远舒展,我和妹妹在冰雪中辗转千里,向着山东东阿而行。在南方温润的山水里长大,第一次感到北风的凛冽,但我们心里却热乎乎的,因为是回东阿,回鱼山村,从小就听父亲说,那是咱们的老家。

父亲平素严峻而不苟言笑,唯有提到他的家乡,脸上的表情才会立刻活泛起来,他会说到阿胶,说到鱼山村的黑枣树,黄河的大鲤鱼,父亲的描述是一幅幅让人向往的图画,成为我们儿时的骄傲。

少年的伙伴会问,鱼山在哪里?

鱼山在东阿,东阿置邑,始见《春秋》,东依泰山,南临黄河。黄河绕着鱼山盘旋东流而去，当年的东阿王，一代风流才子曹植安睡于斯，他的诗情浸染着山脉土壤，使黄河在此缠绵，鸟儿盘旋呢喃，因此老家又有喜鹊之乡的美称。相比天下无数名山大川，鱼山只能算一座小山，但山不在高，有仙则灵，有多少风流尽在此山。一代英主汉武帝曾站在鱼山之上，慨然吟唱《瓠子歌》："瓠子决兮将奈何，浩浩洋洋兮虑殚为河。殚为河兮地不得宁，功无已时兮吾山平。吾山平兮巨野溢，鱼弗郁兮柏冬日……"

鱼山古来又叫吾山，汉元光三年，黄河在这一带决口，东南注巨野，入淮泗，令无数百姓流离失所，汉武帝先是发动十万人堵决未成。后又再次东巡亲临鱼山，沉白马玉璧于河，祭祀河流然后命文武百官及随从都去负薪背柴，塞河堵决。太史令司马迁随侍武帝，也亲身体验了负薪塞河的劳苦，文武百官和数万民工在武帝的亲临督责下奋勇争先，最终堵塞了为害多年的决口。司马迁将此记入了《河渠书》，载入《史记》。

父亲的村庄有说不完的故事。但在很多年里，父亲仅回过两次家乡。他从1947年南下去到湖北，因为种种原因，直到1957年才回了一次鱼山，第二次更是在三十年之后。

父亲的乡愁刻在他的额头上，穿梭在他与鱼山的一封封家书里。每逢中秋、春节，他会独自一旁，狠狠地抽烟，直到自己在烟雾中呛得剧烈咳嗽起来。他虽一语不发，但我们都知道他是在

福　　道

思念故土，这多少次地激起我们对鱼山的向往，去往东阿，去往鱼山，成为我们儿时的梦。1981年春节，我和妹妹提出要回老家，父亲仍然无法分身，但他对我们的提议既兴奋又担心，从湖北恩施经武汉、泰安到东阿，再回鱼山，漫长的路程啊，父亲热切地帮我们设计了好几条路线。

我们一路辗转，1981年除夕前的黄昏，我们坐着泰安的班车终于摇晃着进了东阿县城。

夜色似乎就在那一瞬间降临，看不清这座老家县城的模样，一片银白的世界里，隐约只见一排排低矮的房屋，房顶上小小的烟囱冒着缕缕白烟，一个个窗口射出黄色的灯光。我深深地吸了一口气，那不同于南方的湿润，带着煤烟和柴火味道的空气陌生而又亲切。我想，那些灯光下就有我的亲人，他们与我不再是远隔千里，我们近在咫尺，或许我的一声呼唤，他们就会从那些温暖的窗门里探出头来，用父亲的口音询问："那是广兰吗？"

房广兰是我的原名，是出生时，父亲依照鱼山村房氏的排行给取的名字。当晚住在县城车站对面一家旅社，睡梦中果然听得有人叫："广兰！广兰！"令人血脉偾张，即刻惊醒过来冲到窗前，天已蒙蒙亮，楼下的街面上哜哜嘈嘈的，车站门前人来人往，一溜小摊炸油条卖煎饼，香味随风飘来。那年月没有手机、网络，只有长途电话或者电报，我们临行前从邮局给二叔、六叔和大哥广民发了电报，说了回来的大概日子，他们竟沿街一家家旅社寻来，呼唤着：

"广兰，广兰！"

一声声，一声声，我说："哎！哎哎！"

一个男子手里捧着一堆油条，出现在楼梯口，一边张望一边呼唤，我一边答应一边迎上去，只见他酷似父亲的国字脸，端正的鼻梁，一双山东人细长的眼睛，戴着一顶塌了帽檐褪了颜色的蓝帽子，瘦瘦的，衣服在身上晃荡。大哥——！我们只从照片上见过他，父亲离开鱼山南下时，他才一岁多，他在鱼山长大，种地养家，娶妻生子，这一切，离我们很遥远，但我们血脉相连，又是这样的近，他是父亲的儿子，我们是父亲的女儿，我们都是鱼山那根古老的根系上结出的果。广民，我们的哥哥，我们相互打量，他欲笑却含着眼泪说，"妹妹啊？"我们说，"大哥！"

大哥伸出手，说，"妹妹啊，你们快吃果子，趁热。"我一眼看见他的手，冻裂的碴口红红的冒着血丝，我握住他的手。大哥说，"妹妹呀，咱家走。"

二

从那以后，我们常家走。

福　　道

渐渐地，我看清了东阿的模样。第一次来到鱼山时所见的冰雪覆盖，此后揭去了面纱，原来黄河如金，夕阳下粼粼闪光，千百年来，这条桀骜不驯的巨龙，它的血性它的刚烈它的澎湃滋养了万里荒原世代生灵，而多半时候，它沉着祥和，呈一种大智慧，大气象。

鱼山百年河堤之下，是房家老宅，大哥的家。我从老宅漫步爬上河堤，旷野寂静，但有风声河水声传递着千年物语，那造字的仓颉、盖世的项羽、风华绝伦的奇才曹子建全都最终归于东阿，是天地的吸引，还是风土的眷恋，历史的偶然，抑或只有这片土地的深厚才容得下如此的英雄豪杰，如此的千年雄风？

我问风，风拂过我发烧的脸庞，像是慨叹；我问河，甚至赤足蹚进河水里，它们细小地绕过我的脚踝，不加逗留，不加理论。事实上，齐鲁大地自古以来便是大雄大儒荟萃之地，它吸纳着黄河从青藏高原一路携带而来的百般滋养，那是连接天际的雪山之水，红土地黄土地青土地万种灵物之气，浩浩荡荡，仰之弥高，钻之弥坚，成就了无数仁人志士，留下了他们的精魂。沿黄的东阿，莫不如是啊！

房家老宅正式确定由大哥继承，经过了一场严肃的家庭会议，威望很高的二叔原本也住在老宅，我父亲未能回来侍候他们的父母，连给二位老人送终也都是二叔一手操持，但在家族商讨

源 头

福　道

老宅的最后主人时，二叔六叔，还有打小闯关东从吉林赶回来的四叔五叔，都一致认为应该给长房，既然他大爷——指我父亲，不能回来，那就交给长孙房广民。他们按照传统的做法写下了一张合约，当着众人的面，郑重地各自按下了鲜红的手印，界有多宽，房有几间，写得清楚明白。

老宅其实不大，北房三间，东西厢房各两间，还有一马棚，大哥养了一匹马，赤黄相间，孔武有力，大哥用它拉石头。后来我们才知道，大哥拉的石头采自鱼山，那些年，刚刚松开束缚的农民开始跃跃欲试发财致富，得弄点钱儿啊——大哥说。他的二小子沉默寡言，一身好气力，每天早起先是呱唧呱唧从院子的一口深井里打上水来，自己喝也给马饮，然后大铡刀咔嚓咔嚓铡出一堆新鲜草料，马吃过草便拉出一辆架子车，上了鱼山。石头卖给修房的庄户或是城里人，每立方米挣 2 块钱的力资。

再后来，大哥和乡亲都意识到鱼山的石头一块都不能再动了。那山的东侧经过多年开采已成一面绝壁，再挖就要破了风水。事后若干年，他们一次次后悔，鱼山怎么能挖呢？大哥卖了他的马，眼神里恋恋不舍。他的两个儿子，一个在湖北，一个去了东阿县城，接他去，但他只是转一转便又回了鱼山。他仍然瘦长的身子，在麦地里逡巡，不时到父亲的坟前看一看，用铁锨培上几锨黄土，用力拍紧。麦田里的大哥，守候着安睡的父亲。

父亲终于回到了鱼山,带着他始终的眷念。1994年父亲驾鹤西去,大哥赶到南方,商量之后决定将父亲的魂魄接回东阿,让他安歇于黄河岸边、鱼山脚下。那以后,我们便常常回到老家看望,鲁西平原上的麦苗青悠悠的,它们年年岁岁就这么随风而长,抽穗、饱满,散发出庄稼的香气。还有玉米、高粱、黄豆、黑豆,还有苦地丁、马齿苋、蒲公英、节节草,它们与一代代鱼山人相守在大地上。

我们在村里串门,阳光明媚的日子,二叔拿出一本鱼山房家的族谱让我们看。这才得知,房氏得姓于约2300年前,所修家谱已有五版,最早见于光绪年间,"房氏,古夏津人。于戊午年1258年迁居于东阿县之鱼山"。此后1946年修谱记载:"迄今四十余年,人丁繁衍,户口增益,理应重修。"监修、续修、缮写等人员中,竟有父亲房翼贵的名字:"监修:翼贵字佐臣……",我惊讶地知道父亲除了姓名还有字,过去似乎只有那些文雅之士才会有名号,父亲出身于贫寒之家,且兄弟姐妹众多,他的"字"是自己取的还是他的父亲授予的呢? 当时不得而知。时隔多年之后,我们从爷爷的老石碑上才得知,房氏太爷爷以上曾经有过四代监生,一代儒生,直到民国之后才投笔从戎。

但可以想象的是,1946年抗战刚结束不久,打日本的长枪还扛在肩上即动手修志,这事在全村老少心目中一定非常重大,

福　　道

"国有史，地有志，家则有谱"，他们将国事家事天下事连在了一起，"国有史，则可以史为鉴。家有谱，且常续不辍，则可以使族人世系不紊，长次辈分有序，宗络承继相属分明，族间贤能者之功德，业绩昭彰不泯，不以世代久远而忘记"。此前，抗战最为艰苦的1942年至1943年，东阿一带连续三年天灾不断，"大旱，蝗虫成灾，麦枯，秋苗薄收，民变产度荒。外出逃荒者，冻饿而死甚多"。全县百姓一边为生存而奋斗，"县组织捕蝗指挥部和捕蝗队，按捕蝗斤数发奖"，一边还要对付日伪军的疯狂扫荡，同时还要保护土地，减租减息……，接着还要修谱！他们要做的事可真多啊。

幸亏有了这些谱和志，我们在莺歌燕舞的今天，才得以清晰地回望过去。1949年8月，残留的日伪据点被拔除，东阿全境收复。接下来，刘邓大军渡黄南进，县境乡民扒门板、捐木料，全县自1946年以来，共参加支前民工16万人次，担架3万架次及大批畜力车、手推车，东阿及鱼山的乡亲随军转战平汉路沿线、鲁西南、徐州等地，将国与家融进了一针一线、一步一个脚印。鱼山——东阿——山东，乡亲们男女老少，天寒地冻推着小车，送走月亮，迎来太阳啊。

灾难之中的乡亲，战争之中的乡亲，忘我牺牲的乡亲，你们那时是怎样的情怀？

我们只能遥遥地感知：善恶分明，源远流长，家国恋，生死情，全在东阿人的血脉里，全在鱼山人的记忆中。二叔说到族谱上的家训："富而不骄，贵而不舒。能明驯德，以亲九族。"这让人想起孔夫子"君子泰而不骄，小人骄而不泰。——《子路》"，发源于齐鲁之地的儒家学说，渗透在鱼山的家园里。

三

小小鱼山海拔只有 80 多米，但因有了曹子建，便有了永世的精魂，而扬名天下。

清代文人卫既齐作《吾山书院记》，描绘鱼山斜径蜿蜒，松风飒飒，一抹黛色参天，北望郁然有深秀之气，乃陈思王之墓与祠并隋碑，记王平生游陟有终焉之志，拾级而上至绝巅，则子建读书处，名柳舒城。又一冯廷魁作文赞鱼山："平原庄上，相国称诗；桃李园中，翰林作序。风流未远，才士实难。望山下遗祠，犹祀五言鼻祖；溯河流故道，还思七字权舆。"

五言鼻祖乃子建，他在鱼山读书、赋诗，那是他一生中最为旷达的时光。这位生乎乱、长乎军，半生不得志的才子，如谢灵运所评："天下才共有一石，曹子建独得八斗"，天下人皆知他的七步诗，他的聪明才华遭人嫉恨，差点要了他的性命，但也救了他的性命。天下人还知道他的多情,他所描绘的美丽女神:"翩若惊鸿,婉若游龙。荣曜秋菊,华茂春松。髣髴兮若轻云之蔽月,飘飖兮若流风之回雪。远而望之,皎若太阳升朝霞;迫而察之,灼若芙蕖出渌波。"天上人间,唯此绝唱啊。

但子建除了他的才华与多情,更有"戮力上国,流惠下民,建永世之业,流金石之功"的抱负,年近四十之时,他被封为东阿王,即全心投入,移山移水移衙门,向明帝上《乞田表》,获得准许垦田万亩,植桑养蚕,炼阿胶织阿缟,"东阿有井,大如轮,深六七丈,岁常煮胶,以贡天府者"。子建其时,将阿胶炼得浓亮透彻如琥珀,相传他来东阿之时形容憔悴,服阿胶之后颜色鲜好,健步如飞。他行走于平原与鱼山,那些今日的麦田,曾是子建的双脚踏过的田埂,他胸中千般抱负,唱不尽天下悲歌,"愿欲一轻济,惜哉无方舟,闲居非吾志,甘心赴国忧",骨气奇高,雅好慷慨,建安诗风尽显斐然。

鱼山人爱说曹子建,还爱说他创造的"鱼山梵呗"。

我父亲生活的年代波澜起伏,他没有多少闲空,也不是一个风雅的人,但他却有过一支竹箫,高挂在墙上,甚至将一条鲜黄的丝绦系在箫头,醒目地垂下来。偶尔父亲会取下那支箫,小心地吹着,好像一用劲,就会吹破了似的。我们那时还小,听不出他吹的是什么,只是好奇得很,吹得满地凉月,一汪清水,便又觉得吹箫的这个人不像是父亲。

事隔多年之后，我才明白他多半是小时候听惯了"鱼山梵呗"的吹奏，情不自禁也想仿效之。梵呗是一种带词的佛教音乐，意即用清净言语赞叹诸佛菩萨的三宝功德，为清净、离欲、赞颂、歌咏的表达。所以称"梵呗"，是随佛教从印度传入中国，因梵音重复，汉语单奇，少为人传唱。才华横溢的曹植依《太子瑞应本起经》撰文制音，其中大量采用中原本土尤其是东阿一带的民间小调，音词结合朗朗上口，竟使佛经在唱诵时声文并茂，得以迅速流传。

唐朝初年，鱼山梵呗传至日本、韩国，被人们命名为"鱼山声明"或"鱼山"。鱼山梵呗悠和、典雅、恬静、纯朴，清净自在，祈祷风调雨顺，为民消灾免难，人们称其秉承传统佛乐，追求天然意境，韵唱不尚雕琢，好似山石过滤的清泉，纯粹而极富禅意，令人神清气爽。子建作为鱼山梵呗的创始人功不可没，后人有（《东阿王赞》）曰："七步诗八斗雄，和平妙音世界同，梵呗源真宗。"乾隆皇帝更是赞赏："国满栴香，古枝分鹿苑；天高竺梵，晴呗接鱼山。"自曹植"鱼山梵呗"之后，后世僧俗名家纷纷效仿，将中国民间乐曲用于编创佛曲，使古印度声明音乐逐步与中国之风相融合，中国梵呗继而走向世界。

鱼山种种。

福　道

　　子建想来是爱极了鱼山，选择此地作为他永久栖息之地。鱼山也是爱子建的，沧海桑田，星移斗转，山与子建已融为一体。而生活在鱼山的世代人民，也是爱鱼山的。即便离家的人儿，无论走得多远，都会有一根线牵在心里，揪扯得心疼，"揽骓辔以抗策，怅盘桓而不能去"，那美妙，那神韵，千里万里的追寻，亘古不变的守望。

　　只有家乡，才是一个人永远不离不弃的情人呵。

大哥的庄稼

一

过了好些年，又是一个春天，一直想着回鱼山，大哥来过好几次电话，山东鲁南的口音稍重一些，便有些听不清，但几个关键词却是再三出现的："妹妹呀，回家不？清明快到了，该给咱爸妈上坟啦。"我说是啊，天天想着，但身边总有些事牵扯，总算在渐渐热起来的夏日，回到了黄河边的小村庄。

前些年，父母先后魂归鱼山，从此我常常找时机回鱼山拜望。路是越走越近了，自从有了高铁，从北京到济南只要一两个小时，再坐汽车上高速，眨眼就到了东阿县城。径直往南，沿途的绿树下，有人摆着西瓜摊，还有红桃黄杏，没看够，鱼山村就到了。

大哥家在村东头，每回车到门前还没停稳，大哥就从院里迎了出来，大声招呼着："妹妹呀，回来了！"

还是爷爷那一辈留下的老院儿，过去三间土墙草顶房，院儿里一棵枣树，树下一眼井，井旁边一口大缸，但凡要喝水，从缸盖上抄起瓢来舀着就喝。父亲与他的兄弟姐妹都在这院里长大。1981年初，我和大妹第一次回鱼山，那时大哥家很穷，能变钱的就是养在院里的一群鸡。这些鸡白天在院子里溜达、刨土，夜里就歇在那棵枣树上。一开始我们不知道，夜间出来上茅房，肩头突然一热，一摸稀糊糊的，抬头一看，树上蹲着一些黑糊糊的大鸟，便吓得大呼小叫。大哥大嫂闻声跑出来，乐了，说那不是鸟，是咱家的鸡。

鸡怎么会在树上呢？我从小长在长江三峡一带，那边山里人养的鸡一早就放出去了，满山遍野转悠，吃草丛里的虫子，天色暗淡之后，会跟着昂首阔步的大公鸡依次归到窝里。可家在鱼山的大哥说："咱这儿的鸡就这样，它们愿在树上歇着，下蛋才在窝里。"又说，"北方跟南方，可不就是有好些个不一样？"大嫂伸手去窝里掏鸡蛋，一手抓出两个，一手又抓出两个，笑嘻嘻地说："给妹妹炒了吃。"

大嫂叫妹妹的声音又脆又甜。大哥原先娶过一个南方过来的女人，可进门不到一个月就跟着她"娘家哥哥"跑了，后来才明

福　道

白那是一伙骗子，娘家哥哥其实就是她的男人。这对男女沿着黄河边的村子走来，逢人就可怜兮兮地说家里遭了灾，当哥哥的要把妹妹嫁出去找个活路，不要多的彩礼，给一笔让哥哥回家的路费就行。村里人一撮合，二叔就做主将这女人娶进了大哥的小院，可没想到日子刚刚过起来，有一天，这女的说到村头小卖部打瓶酱油，可一去就再也没回来。事后有人在东阿县城的车站见到他们，拎着大包小裹的，一看就是两口子的行状。大哥听说之后立马要去找，二叔叹了口气，说骗子跑得比兔子还快，鼻子比狗还灵，人家早就不知窜哪儿去了，上哪儿找去？别费那个冤枉劲。大哥只好自认倒霉，见人就说："咱爸南下帮他们打仗求了解放，那儿的人咋还来骗咱呢？"二叔说："看你咋说的？啥地方都有好人，有坏人。"

可后来娶对了大嫂，邻村的姑娘，还上过几年小学，比大哥识的字多，虽然模样不怎么秀气，高个子大手大脚，再加脾气挺倔，寻了几处婆家都没成，但跟大哥成了家贴心贴意的，接连生下两个儿子，小院儿的日子红红火火。

头次见面，我和大妹就被嫂子的笑容给融化了，她总是一开口就脸上带笑，咧着嘴，没有遮拦的，一下子就没有了生分。嫂子将原先放着一些杂物的东厢房收拾出来，一铺大炕烧得暖烘烘的，炕沿小桌上的柳筐里盛着炒香的"长果"（花生）、清甜的小黑枣，嫂子说："妹妹尝尝好吃不？这枣儿是咱树上摘下的。"她把好吃的东西都给我们拿出来，却把俩孩子牵开了，不让他们进东厢房。

大小子叫虎子，站在北房门前，一直眨巴着眼睛盯着厢房这边，他穿着厚厚的棉袄，撒拉着两只手，瓮声瓮气地说："俺要吃煎饼。"他娘不在跟前，我问哪儿有煎饼。虎子仰着脖子，指着房梁上吊着的一个柳条筐，我搬过凳子取下来，筐里果然黄澄澄的一摞子煎饼。颜色看着诱人，但咬一口啪的碎了，干干的玉米味儿觉不出好吃，虎子却一手抓起一块，这边咬一口，那边咬一口，吧嗒着嘴吃得香甜。

想到大哥从小没上过学，再看看眼前的孩子，心里就生起一个念头，低下头来问孩子："虎子，跟姑姑去南方吧？"孩子不理会，只顾吃他的煎饼。

饭桌上我给大哥嫂子敬了一杯酒，说："大哥嫂子，让我们把虎子带回湖北吧，让他好好上学念书。"哥嫂愣了一下，半天没回过神。夜里，北房的灯很晚都没熄，哥嫂小声说着话。第二天早起，大哥走到我跟前，郑重地说："妹妹，你们带走虎子吧，孩子就托付给你们了。"他转头看看嫂子，嫂子的眼红肿着，脸不扭过来，只在嘴里说："俺相信俺妹妹。"

哥嫂的话重千斤。抱着四岁的虎子离开鱼山村的那天早晨，

福　　道

　　飘着小雪花，平原上的雾像扯了一块纱幔，遮住了黄河的波涛，还有村里的人家。一床红花小被子将虎子包严实，他睡得沉沉的，在我和妹妹怀里一直从鱼山睡到了东阿县城。又坐上去泰安的长途客车，孩子都懵懵懂懂的，随着车的摇晃，睡了又醒，醒了又睡。直到夜里在泰安的招待所住下，陌生的房间，明晃晃的电灯，两张床一把椅子，孩子才似乎真正醒过来，他眼神张皇地四下打量，突然咧开嘴哭了起来："大大！娘——！俺要大大——！俺要娘——！"

　　鱼山的孩子把爹叫大大，大大和娘是保护神，虎子扯着嗓子号了一夜，怎么哄都不行。第二天上了火车，仍然接着哭，车厢里的人一个个侧目而视，差点将我们当作拐卖孩子的人贩子。连着三天，虎子哭得声嘶力竭，我们心烦意乱，几度起念想把他送回去，但又不甘心。

　　为大哥和他的孩子做点什么，是早有的心思。大哥才一岁多时，父亲就南下了，从此再也没怎么管过他。没对大哥尽到责任是父亲心里的一处痛。让大哥的孩子从小读上书，不要再像大哥那样成为文盲，是我想为大哥也是为父亲能做的第一件事，或许算是替父亲做一种补偿。

　　不管虎子怎样哭个没完，我和大妹咬着牙还是把他带回了湖北，这孩子其实很快就习惯了南方的生活，成天在他爷爷身旁活蹦乱跳。冬去春来，多年过程难以细说，虎子上学念书长大成人，现在武汉一家企业谋生，娶了一个漂亮贤惠的仙桃姑娘，仙桃过去叫沔阳，那地方的人说话像唱歌一样，生下一个女儿小名叫鱼儿，应该是朝着鱼山取的名儿吧。

二

夏日站在鱼山村头，还是跟往日一样，车刚到大哥就迎出来了，身后跟着身材魁梧的小二，多年前的情景仿佛就在眼前，可是嫂子呢？嫂子没有了。

那个满脸带笑但性子倔强的女人走了，远远地走了，再也见不着她。只是因为与邻里一番龃龉，她觉得受了冤枉，心里的委屈咽不下去！大哥劝她，她也咽不下去，但她想不出法子出这口气，她伤不了别人，她是一个连鸡都不敢杀的女人，她只能伤自己。她舍下丈夫儿子，还有孙子，决绝地走了。村里人都说她真是个傻女人，要说她多有福气，儿孙满堂，男人待她也好，不愁吃不愁喝的，为什么就一根筋，想不开呢？人们只能骂她的倔，狠狠地、泪流满面地骂。为她的离去，我从北京赶回鱼山，已是人去屋空，一抔黄土。心里说不出的难过，身材高大的嫂子，笑呵呵的嫂子，心眼儿怎么会这么窄呢？我长在三峡，晓得那山高

福　道

水险的地方，一个个女子性情刚烈，却没想到山东的女人、我的嫂子也是这般性情，眼里心里都容不下半颗沙子。

人如流水，但黄河依旧，鱼山依旧。无数往事深藏于那些山川里，默默无言，似乎所有的一切都已随风远去，但其实它们都在那里，只要一回头，就都一一浮现。嫂子，你知道我又回来了吗？

黄河大堤显得越发高了，大哥家靠着黄河大堤，几年前附近建了一座浮桥，他曾经给我来过电话，问要不要投资，将来可以分红，村里人都是这样去动员亲戚的。我说我只是一个文化人，调往北京工作之后，为了买房把所有的积蓄都花光了，还欠了贷款，再说也不懂投资，还是算了吧。大哥也没再多说。但后来回到鱼山，得知当年投资建桥的人果然每年都有分红，不论多少，好歹也算一份活钱。那浮桥用得苦，来往的车辆都要收费，拖着沉重货物的大卡车日夜不停地驰过，轰隆隆的，扬起一阵阵黄沙。

村里上点年纪的人大都一副闲适模样，大哥跟他们一样，喜欢无事背着手，从村东走到村西，然后几个老伙伴相约着上堤，坐在柳树下一边说话，一边看黄河东流。大哥的二小子全家都住在县城里，让大哥也去城里，但他待两天就跑回来了，就愿意守着鱼山。

这天他接了我的电话，专门把小二从城里叫回来，院子里外打扫干净。小院几年前重新修过，三间土房成了砖房，又建了东西厢房、南房，门楼前也跟鱼山村大多人家一样，竖了影壁，上面画着迎宾松。院里的那棵老枣树枝叶繁茂，只是家里再没有养鸡，夜里也不会飞上去歇着了。

树下摆着小方桌，井水里泡了个大西瓜，等我们一进门，小二立马从井里拎起瓜来，切开鲜红的瓜瓤，憨憨地笑着："大姑，快吃。"

大哥说："妹妹，吃完瓜咱就给爹妈上坟去。"我们的父母安歇在村西边，过去有四五里地，每回都是走着去，但这天大哥说："咱坐三轮去。"说着挺自豪，从原来喂马的棚子里推出一辆电动三轮，模样很新，金万福的牌子，说是流行于东阿一带，是他前不久刚添置的。

大哥过去往地里送肥料、收玉米捡棉花，只能肩膀扛、小车拉，后来好不容易买了一匹马，拴了辆马车，才轻松多了。现在有了这电三轮，从他骄傲的眼神里，这金万福就跟城里人的宝马、奥迪差不多。

他把车推到大门口，叫了一声："上吧。"

我就一抬腿上去了，座位是他刚打开的一个小马扎，扶着前面的车框，敞亮爽气，不过我还是有些不敢坐。我怕大哥掌握不

共度

好，把我颠到路边的沟里去了，我说："大哥，你还是让小二开吧。"小二长得膀粗腰圆的，在河务段当工人，什么活都干过。

大哥有些不太情愿地松了手，唠叨着："你看看你。"

三

车皮是蓝色的，太阳底下闪闪发光，咔咔地穿过村子里的小道，小二开着车，我和大哥坐在车上，迎面不时走来人，大哥跟他们打招呼，又扭过脸来告诉我这是谁谁谁。我回鱼山已好多次，村里人好些都脸熟，只是叫不出名字，他们朝我点头，大声说："回来了？"

我说："回来了。"

山东人说这话时，"回"字用的劲大，透出一股子爽朗热情。我也想这样，可我说的普通话，"回"字温温的，用不上劲，只能将"了"的尾音拖长。

再往前走，路上人就稀了，一望无际的平原大地，小麦已经收过，月头种下的玉米，一场雨过后嗖地蹿出了绿苗，迎着风居然可以轻轻地摇动了，就像刚刚满月的孩子，晃动着稚嫩的小手。

我问大哥这些年的收成，大哥说："嘿，麦子玉米，每亩地都能打一千多，每年还套种些豆子、棉花，吃不了用不了，往外出卖不少。"又说收获的季节一到，就会有商人到地头来收购，村里农户大多都跟商户签好合同，只要约上日子，将收割的粮食装上车，人家按照合同当场付钱，呼的一下就拉走了，再不必自个儿辛苦地弄回家去。

显然，庄户人种地比原来要轻松得多，到季节也不用下地锄草，撒上除草剂"百草枯"，一窝放一撮，再喷些农药，地里既不生虫子，也不长野草。

我问大哥："这样好吗？"

大哥不假思索地说："都这么用，咱也跟着用呗。"

我却不由得想到，虫子、野草原本也是大自然养育出来的，如果它们一个个再也没有活的机会，那其他生物、包括粮食就一定活得那么得意吗？

能不能不用这些赶尽杀绝的办法呢？

我不是科学家，也不是种田人，走在身边的大哥才是老农，但他也说不出个名堂，我们没法讨论。想到大哥他们再也不像过去那样辛苦，心里当然也有一番释然，我说："大哥，如果能有更聪明的办法，不喷农药、不用化肥、更不要百草枯，让粮食也能丰收，种地的人也不再汗流浃背，该有多好。"

大哥说："城里人都这么说，那赶紧把办法想出来呀。眼下施农药化肥的玉米都不好卖了，不值钱。"

年轻人也都不爱种地了，小二和他媳妇好些年前就双双在外打工，先是在附近一家纯净水厂，后来又去了河务段，一直住在县城里，虽然一时买不起房子，但租了一个两居室，每个月六百元的房租，住得很舒服，比在外面大城市打工的人合算多了。二叔、六叔的几个儿子，我的堂哥堂弟们也大都带着孩子离开了村子，真正留在村里种地的小伙子，一个也数不出来了。

今后这些地谁来种呢？

答案在生活中，在未来。事实上，鱼山村已经出现土地流转经营，由专业公司种植收割、加工销售。古老的土地悄然发生着变革，工业化、城镇化如平原上流动的风，一阵阵吹过，村庄和土地随风改变着模样。长眠在此的祖先，还有我们的父母，可曾知道？

小二将车停在一排杨树跟前，大哥说："到了。"眼前就是父母的陵墓，是在一片庄稼地里，往年来时，春季可见一望无际的青青小麦苗，秋天便是密不透风的玉米林，除了坟地，周围的地都是属于别人的，每回都生怕踩了人家的庄稼，小心地从一条窄窄的田坎上走过，还是会免不了踩到地里。

但这次来，却惊讶地发现地里没有了庄稼，只见一棵棵高而直的杨树排列成行，绿油油的树叶，俊朗的树干，潇潇洒洒的。

福　　道

　　原来大哥孝敬，为了让父母安心，春上将东边他的一块好地跟人家这地换了，全种上了杨树，再不会担心扰了别人的庄稼。

　　杨树林里，大哥捧出早就备好的香烛纸钱、水果鲜花，小二放了鞭炮，这是鱼山的礼俗，我们给安睡于此的父母叩头，大哥在前我在后，小二随着，大哥跟父母说着话，家长里短问寒问暖，说得周全。他是大哥，他谙熟乡间所有规矩，在多次回到鱼山的日子里，我已经知道了。

　　风儿吹过，杨树细语，我们面对石碑静静地站着，大哥和我，他一直在北方，我一直在南方，但我们是兄妹，一根藤上的瓜，面前的石碑刻有我们的姓名，我们有着共同的根。不爱说话的小二走上前，叫了一声大姑，说："姑啊，俺媳妇今儿也要回鱼山来的，可小石头今天小学毕业典礼，家长都得去……"

　　小石头是小二的儿子，一眨眼快念初中了。小二腼腆地说："俺小时候没怎么上学，老吃没文化的亏，现在寻思一定要让孩子好好读书。"我点头，大哥也点头，说："二啊，你跟小石头说，不读书的孩子没人喜。"

　　小二说："嗯。"

　　离开鱼山时，天色已黑，村子里的人家灯火点点，或许谁家又来了客人，一条狗汪汪地叫，马上又有些狗跟着叫了起来，此起彼伏，声音好生响亮，想必会穿过空旷的田野，传得很远的吧。城里的狗是不怎么叫的，即便叫，也被林立的高楼给挡住了。

从夜色中看那小小的鱼山，倒也像是一座楼，只是比城里的楼房多了百倍的傲然。月光勾勒出它的脊梁，嶙峋凸起，一派苍茫，原来已是几万年。

登鱼山

东阿鱼山村的曹植纪念馆门前人不多,大哥领着我们走进暗红油漆有些脱落的大门,里面站着一个收门票的男人,大哥上前打了个招呼,然后朝后指了指说,"这是俺妹妹一家,她们从北京来,想看看咱这鱼山"。

男人踮起脚看了看我们一行五六个人,有点迟疑,但还是给了大哥面子,一歪头说:"进去吧。"

当地村民进这纪念馆是免票的,大哥要让我们也享受一回鱼山村民的待遇,这在他心里显然有些得意。

其实我已多次登过鱼山,大哥的家,也是我们的老家,就在这山脚下,每次从远方回到东阿,就定会爬一次鱼山。多年前这山只是几面荒坡,乱石缝里长着一丛丛刺槐、毛白杨和蒺藜秧,几块老石碑依稀透露出鱼山古时的风光。

山间原是有寺庙的,才高八斗的魏国诗人曹植、字子建,曾

福　道

在几经坎坷之后被封为东阿王，经常游走乡间，古人《异苑月》中有曹子建登临这黄河西岸的鱼山的记载："尝登鱼山，临东阿，忽闻崖岫里有诵经声，清通深亮，远谷流响，肃然有灵气，不觉敛衿祗敬，便有终焉之志，即效而则之。今之梵唱，皆植依拟所造。"有关曹子建的传闻在东阿鱼山一带家喻户晓，我小时候就常听父亲念叨，"俺村有个鱼山，曹子建在俺鱼山作过诗。"父亲说这些话时，眼神会变得很遥远，很向往，可惜那时我并不懂得。

父亲1947年从东阿南下到湖北鄂西，鱼山村里留下了他的儿子，大哥大嫂一直守在父辈留下的老院里。可去年清明时我回到村里，那座土墙黑瓦的老院已化作一片废墟。尽管在电话里早已得知，但站在黄河堤上远远看见的第一眼，心里仍然被狠狠揪紧了。我要走到跟前看看，大哥说："看什么？破砖烂瓦的。"

我仍然说，我要过去看看。

这个老院子是从爷爷那一辈儿传下来的，紧挨着鱼山脚下，黄河岸边，站在院子门前，便可见大堤上垂柳成行，踩着毛茸茸的绿草不一会儿爬上大堤，一条金灿灿的大河就会出现在眼前。黄河水环绕着鱼山，从容而又毫不迟疑地奔流而去，我在垂柳下靠着树小坐，有时就不觉恍惚了，迟迟不肯离去，直到大哥在堤下呼唤："妹妹——，吃饭了！"

之前我曾在文章里写到过，老院里有一口井，将铸铁造的手柄压几下，水花就"咕嘟咕嘟"冒了出来。大哥时常将一个铁桶吊着放到井里，桶里泡几根黄瓜，过一阵子提上来，削成片儿用盐和蒜一拌，滴几滴香油，十分爽口。大哥还很会做鱼，他做的黄河大鲤鱼味道鲜美，放足了大料、酱油、姜葱蒜，院子内外一股浓香。典型的鲁菜，我说。大哥却说，咳，就见咱奶奶常这么做，跟着做就是了。

可眼下，这老院灰飞烟灭，只见屋里的大炕坍塌成半截，那口清甜的水井也已被尘土所填埋。我倚在断墙中间的门洞里，回想曾经从这个门里进出的往事。大哥说，快别靠在墙上，蹭一身土。可我挪不动脚步，背靠的墙体似乎还保留着曾经的温热，那是在大雪纷飞的冬日，我和妹妹一脚跨进这木门时，就感受到的暖和；还有或许更早些，我未曾见过的爷爷奶奶用秸秆和牛粪烧热的炕头，大哥大嫂又用他们的体温渗透了每一寸墙土，即使断垣残壁，也依然温厚地留存着。

小山似的废墟里露出一个石槽，厚墩墩的，刨出来完整无缺。大哥说那是过去喂马的，他曾经养过一匹黑马，套上架子车到鱼山去拉石头，然后拖到县城去卖，一方石头可赚两块钱的力资。村里人都这么干，"那会儿穷的。"大哥说，他语气里好些愧意，鱼山在那些年被挖得千疮百孔，后山有一片被挖成大坑，直

福　道

到如今也寸草不生。

与我同行的一位朋友对那石槽很感兴趣，说这刷干净了可以放在客厅里，好摆设，问大哥，你卖不卖？大哥摇头，说咂——，多埋汰，还放客厅？谁要谁拿去。

一条新修的石径弯曲盘旋，从山脚直到山顶。鱼山其实不高，海拔不足百米，只是独自耸立在黄河岸边，面朝着辽阔的华北平原，便有了一种傲然风骨。

前几日刚下过雨，还未大晴，但上得山来，便觉豁然开朗，远处是一望无际的田野，清明时节的雨水染绿了星星点点的麦芽儿，就像一幅底色微黄的油画，跳跃着令人欣喜的绿色生命；近处则是玉带似的黄河，无论富贵还是贫穷，无论兴衰还是悲喜，它都是如此坦荡，一如既往地环抱着鱼山，环抱着鱼山破损的山体，然后澎湃而去。

山下辽阔的东阿大地，曾被曹植多次赞美，他在《转封东阿王谢表》中道："田则一州之膏腴，桑则天下之甲第"，遂又向魏明帝写了《乞田表》："乞城内及城边好田，尽所赐百年力者。臣虽生自至尊，然心甘田野，性乐稼穑"。他在此执锄耕耘，督领鼓励百姓大量植桑养蚕，使所产一种叫阿缟的白色丝绸，还有阿胶驰名天下。可是，在后来的千百年里，东阿一带常受黄河泛滥之灾，田野变作不产粮食的盐碱地，鱼山村一直都在贫困线上挣扎，大哥一家食不果腹，每给父亲的来信总免不了缺衣少粮的诉说。

这种情形直到 1980 年以后才慢慢好了起来。那年我们第一次回到鱼山时，大哥用他所有的积蓄，大约不足一百元，备好了年货：五斤猪肉、两斤鸡蛋，还给两个儿子做了新棉袄，说准备见姑姑。大年三十晚上大嫂剁了一棵白菜，和着肉馅包了一顿饺子，全家人狼吞虎咽，那显然是他们一年之中最好的饭食。

但如今家里来客，村里人大都不在家做饭招待，这在前几年已经如此。村头有个小饭馆，只要头天打个招呼，饭馆就会备下酒席，只等客人一到，大碗的红烧肉、酱肘子、炖鱼、扒鸡就会依次上桌，一盘又一盘地堆放着。我说实在是太多了，但大哥和几个堂弟不由分说，温饱对鱼山村民来说，已经不是问题。最诱人的还是酒后上的山东大白馒头，胖乎乎的又暄又瓷实，只有在这村里的小饭馆才能吃到。桌上的菜每次都会剩下不少，头几年大哥会打包带回家，但这两年他说不打不打，打回去也没人吃，我一人哪吃得动！我说以后能不能少点几个，别浪费了。大哥点头，说以后不点恁多。

他的两个儿子都早已不在村里，小二在县城买了房，让他去一同居住，但他每次住上几天就要回村里来，说还是在鱼山有意

福　道

思。大哥在村西头有二亩地，过去他每年要种一季麦子，一季棉花，兼种大豆花生。这几年村里好多人家的土地流转，包给了别人，上了年岁的大哥也将地转租了，但他仍会习惯性地扛着铁锨下地转上一圈，修修路，拍拍堤，顺便捡一小捆干树枝。农闲时，大哥则每日早起吃过饭，然后背着手从村东逛到村西，逢到老哥们就聊上一阵，或者坐在村头一排黄绿相间的健身器材旁，打一会儿扑克牌，很快就到了吃晌午饭的时候。可在城里，他说怎么也守不到天黑。

站在鱼山上，山下的鱼山村尽收眼底，发现这古老的村庄在岁月中不知不觉地变换了颜色。过去曾是一片土黄，一排排土墙房院之间可见苍劲的槐树、榆树、枣树，开花的海棠、牡丹。渐渐地，颜色变得鲜亮起来，一幢幢灰色、白色的小楼，红瓦或绿顶，亮闪闪的大玻璃窗，土路则铺上了水泥，穿行其间的小货轮、电动车劲头十足。再后来，村东头突兀地盖起了两三幢六七层的高楼，赭红色外墙，跟城里的商住房差不多。这次，就因为黄河大堤的再一次加固，靠近大堤的一些老院被要求拆迁，大哥从开始的失魂落魄到不得不离开那座住了大半辈子的院子，搬进了那幢赭红色楼房里的两室一厅。

那房子是在南方工作的大儿子帮他买的，拆迁补偿的钱大多都还留着，大哥仍然心存念想，希望村里能再给他划块地，他再建一所小院。"住在那楼房里，不得劲。"他指着村头那几幢有点鹤立鸡群的高楼说。

看惯了田野上的农舍炊烟，初看这乡村中的高楼的确有些怪怪的，门前没有了水井枣树，屋侧没有了菜地鸡窝，大哥他抽着一根烟，在家里低头闷坐。从老院搬到楼里的被褥衣服堆在一间闲置的空房里，几个月他也懒得收拾，最恋的还是那两把榆木圈椅，从爷爷辈上传下来的，扶手磨得滑滑溜溜，光可鉴人。大哥他坐在那里摸索着，心情会稍微好起来。我走进那两室一厅，大哥即刻把我迎向那圈椅，嘴里一个劲地说："快坐，快坐。"也顾不得让我上几间房里看看，仿佛我只有坐上那老圈椅，才算是到了家。

往日登鱼山，大哥很少陪同，或许是离得家太近，他觉不出有什么稀罕，今年见我领了家人和朋友，便添了兴致，一路上山还说点儿逸闻趣事。见到鱼山的碑林，大哥说："前些年建这纪念馆时，村里跟我要爷爷的碑，我没答应，我怕立在这里给人偷了。"

爷爷的碑现立在村西头的杨树林里，是20世纪60年代初，县里给立的，爷爷的名讳上刻着东阿县武委会主任的字样，这是他在抗战时期曾担任过的职务。右侧刻有爷爷祖上五代的名讳，先辈们诗书耕读传家，曾为四代监生，一代儒生。这块碑曾于"文革"时埋入地下，多年后才又重见天日。

我说大哥，你应该听村里的话。一旁的侄子也说，是啊姑，咱太爷爷本来就是替公家打仗做事的，他的碑随了公家，不也是正理么？大哥没再言语，背着手往前而去。他一直是个外表看上去随和，但心里却自有主意的人，跟我们的父亲一样，都有着山东人的倔。

走到鱼山西侧，便见一巍然石壁，上书"闻梵"朱红大字，相传正是曹植闻音制梵处。《吴苑记》云，"陈思王游鱼山，闻岩里有诵经声，清远嘹亮，因使解音者写之，为神仙之声。佛教定为佛乐梵音。乃摹其声节，写为梵呗"。这梵呗传为后世，也传到韩国、日本等地，他们将这梵呗称作"鱼山梵呗"。

如今登这鱼山，并无清婉的诵经声，但于山顶凝神聚息，便似乎听见那黄河的涛声由远而近，由无数细小的波动汇成滔滔巨浪，汹涌澎湃如雷霆，豪迈奔放，那是养育了我们的黄河啊，是养育了我们的一代又一代先人啊。有多少热血搏击的壮烈，也有多少日复一日的辛勤，它们都是祖先留给这鱼山的魂。

我挽住大哥的胳膊，与同来的家人朋友一起，与鱼山合影。那照片留在手机里，可以时常翻看，而那鱼山下黄河的涛声，则无时不回荡在心。

白石屋

白石屋在白石村,白石村在沂蒙山区的天蒙山。

如今的天蒙山风情十足,它那满山凸起的石头,别致多样;生长于山地石缝间的油松、枫杨苍劲挺拔,可入药的三桠乌药、枝条上开满刺球一样黄色小花的栓皮栎,染绿了山野。从山高之处冒出的汩汩温泉化作流淌的小河,一路欢跳而下,那河水清澈透明,未有一点杂质,连鱼儿的身体都是透明的。

当地人曾说,随便在沙滩上挖一个小坑,就能涌出一汪清水,焦渴的人俯身下去,即刻会尝到它的清甜,让人心旷神怡,忘却忧愁。还说"河水流百草",人畜一旦患疾,常常不用吃药,只要每天早晚饮到这河里的清水,说不定就会安然。

然而,最引人注目的还是绵延的峰峦之间,那些裸露着的形状不一的白石头。

它们不知从何时演化而来,亿万年一直无语地匍匐着,或大或小。大若房屋，小若磨盘，不大不小的就像是骆驼、牛或马，远远看去，一丛丛，一叠叠，参差错落，风骨嶙峋，像是由上天精心摆放，又像是率性安卧，泰然而又笃定。

天蒙山上那些凸起的石头就是这样的，白石村那些雕塑一般的房屋也是这样的。人们叫它白石屋。

白石屋便是由山上那些坚固的白石垒成，一幢幢嵌在山的缝隙里，并不占有太多的空间，远远看去，若不是房顶冒起如云的炊烟，那些小屋跟周围的石头几乎分辨不清，哪是石头哪是屋。

一方水土养一方人。来到天蒙山，沿着小河走进白石屋，听到了一个个壮烈感人的故事，突然悟到那满山的石头与这片土地上曾经生活过的人们气韵相合，浑然一体，都是那样朴拙浑厚，坚定不移。

白石屋是有记忆的。

最难忘的是沂蒙人民跟随共产党不断前行的经历。

1928年，便有中共党员在这一带开展活动，接着建立了党组织。在中华民族遭受侵略而奋起抗战的日子里，沂蒙人民更是以民族脊梁的风骨接受了血与火的考验。

1938年3月，中共山东省委来到蒙山南部的万寿宫一带开展活动，第一次提出在蒙山"建立以山区为依托的抗日根据地"的战略会议，很快得到了党中央、毛泽东主席的同意。就在同年4

月，山东省委派人穿过敌人的封锁线，前往延安汇报工作，毛主席在听取了有关蒙山相关情况的汇报后，高兴地说，"好哇，大水养大鱼嘛！"此后，蒙山正式建立了中共费县县委，并以此为核心，迅速打开了蒙山南部的抗日局面，抗日政权纷纷建立，在沂蒙山区掀起了敌后抗日斗争的大风暴。

三面环山，风光壮美的白石屋村当年便曾是抗大一分校的住地，还是《大众日报》的所在地。借助山村的隐蔽和幽静，《大众日报》的地下印刷所源源不断地向外传播着共产党的指示和抗战的消息，它们像一束束火炬，点燃了齐鲁大地的抗日烽火。

蒙山南部火热的抗日局面引起了日军的惊惧，他们加大对临滋公路（今327国道）的控制，并在1941年11月底调集其精锐部队第十军团主力和第二十二师团3个混成旅团，以及伪军53000余人，由日军侵华总司令坐镇临沂督战，日军山东管区司令指挥，对沂蒙抗日根据地发动了"铁壁合围"式的"大扫荡"，企图一举摧毁沂蒙山区的抗日根据地，敌我兵力悬殊。

曾经驻扎在白石屋等地的八路军后方机关和抗大一分校学员被层层包围，经过数次反复搏杀，抗大学员抢占了山梁，掩护大部人员从西北突围。

在那场震惊全国的战斗中，近千名八路军战士和抗大学员将鲜血洒在了沂蒙山上，其中还有外国友人。

人们至今常念叨，有十几个女战士在敌强我弱的情况下，受到鬼子穷凶极恶的追击，她们顽强抵抗，拒不投降，打得只剩下一支步枪，最后在一条田埂上全部牺牲，将如花的青春定格在了沂蒙抗日的烽烟之中。

日军实行"大扫荡"和惨绝人寰的"三光政策"，曾在沂蒙山区制造了无数个"无人村"，并沿蒙山建立了30多个据点，封锁各个山峪入口，并推行保甲制，严禁运粮送衣进山，妄图将抗日力量饿死、冻死、困死在蒙山深处。然而，战斗在沂蒙山区的抗日军民，就好比那满山坚硬的白石头，打不垮，烧不化，不屈不挠，几乎"家家有战士、村村有烈士"，白石屋始终挺立。

经过三年艰苦卓绝的斗争，1944年底，终于打破日军对蒙山的封锁，1945年5月，沂蒙全境解放。

也就是在那个难忘的年代里，住在白石屋村的抗大一分校文工团员李林、阮若珊借助当地的花鼓调创作了歌曲《反黄沙会》。当地曾有一股反动势力黄沙会，长期与抗日军民有意对抗，党组织为扫除抗日障碍，一方面对这股势力采取战斗，一方面由抗大文工团利用文艺宣传为武器，动员群众。

就在白石屋村一间简陋的石头房子里，年轻的抗大战士创作出来那首"小调"一经唱出，就以其亲切、流畅的歌词和曲调，受到沂蒙山人的喜爱，以后又流传到华北、东北各抗日根据地。

福　道

后来，人们根据形势的不断发展，又对歌词内容相继作了修改，并最后定名为《沂蒙山小调》，唱遍了全中国：

> 人人那个都说哎　沂蒙山好，
>
> 沂蒙那个山上哎　好风光。
>
> 青山那个绿水哎　多好看，
>
> 风吹那个草低哎　见牛羊。
>
> 高粱那个红来哎　豆花香，
>
> 万担那个谷子哎　堆满场。
>
> 咱们的共产党哎　领导好，
>
> 沂蒙山的人民哎　喜洋洋。

沂蒙山的人民爱山爱水，多想过上好日子，但又都经历了多少磨难。

在1947年之后的莱芜战役、淮海战役中，孟良崮战役期间，沂蒙山人民不分昼夜地参与战斗，村干部和民兵都勇敢地上了前线，妇女们则热火朝天地拥军支前，为部队当向导、送弹药粮草、烙煎饼洗军衣做军鞋、护理伤病员……

蒙山高，沂水长，我为亲人熬鸡汤，一曲红嫂颂，是千万个沂蒙妇女当时的写照。"最后一块布，做军装；最后一口饭，做军粮；最后一个儿子，送战场",沂蒙人民就是以这样坚韧不拔的意志去争取民族的独立解放的。

而今，沂蒙山小调的诞生地——临沂市天蒙山下的白石屋村，已成为沂蒙山银座天蒙旅游区，全国各地的旅客熙熙攘攘地来到此地，观赏山上的美景，河里的清泉，感受沂蒙人摆脱贫困，奔向小康的安宁。

走进白石屋，见到当年《大众日报》印刷厂的遗迹，还有图片上抗大学员们的勃勃英姿，还见到一位身穿绿花棉袄、圆脸盘的妇女，她站在石磨旁，落落大方地说她叫宋守莲，欢迎大家来到天蒙山。接下来她给大家唱了一曲《沂蒙山小调》。她的歌声清脆亮堂，带着浓郁的泥土气息，这位生长在沂蒙山区的农民女歌手已年过五十，从小就爱唱歌，这首《沂蒙山小调》她唱了几十年，唱出了人生百味。

即将离开天蒙山的前一天，在白石屋村的小河旁，我们再一次听到了宋守莲的歌声，她站在山坡上敞开了歌喉："人人那个都说哎沂蒙山好，沂蒙那个山上哎好风光……"一时间，她的歌声就像山野吹来的风，又像山顶飘浮的云，旷野无边，甜美之中含着久远的忧伤，喜洋洋的赞许之中又翘首朝向远方。

在她的歌声中，我仿佛看见那些倒在田埂上的女战士，她们如花的面容，至今睁大着眼睛；又仿佛看见那些推着小车跟着队伍前行的大哥大嫂，他们吃糠咽菜，累断筋骨，他们是我们的父老乡亲。

沂蒙山人，中国人，如石的天然，如石的坚强，如石的品格。

黄河入海

一

很久以来，对穿过高原盆地、经流不息的滔滔黄河最终流入大海充满了向往，无数次想象那一番情景或是滔天巨浪，或是长龙摆尾，或是仍然桀骜不驯、浩浩汤汤，希望亲眼见到它的渴望与日俱增。而有时，却又希望这样的憧憬和期待再长久一些，犹如最美的图画，最好的收藏是在心底，深深地，不停地遐想。

但在2019年的夏末，终于来到了黄河入海口。

入海口在山东的东营。可以坐飞机前往，但我们选择了从北京始发至利津的火车，利津是东营的一个县。相对不断提速的高铁，这趟老式的绿皮火车慢悠悠的，车上人不多，难得的清静，走了近两个小时才到天津。从车窗看到站台上的地名时惊诧不已，以为看错了。问了列车员，确认无误就是天津，不禁哑然失笑，高铁到此只需 29 分钟，可如今不是老有人说让生活慢下来、慢下来，多领略一路风景吗？这趟车果然让人慢了下来。

可以清晰地看到车窗外的风景，田野里正待掰摘的玉米、池塘里亭亭玉立的荷花，还有大都变成小楼的农舍，撑着小棚的电动车在公路上疾驰，坐在车后的女人扎着粉红头巾，紧紧抱着开车男人的腰。

一路上，不由得回想起青海的好朋友梅卓曾经说到黄河、长江的发源地，她是一位美丽的藏族女诗人，一直生活在青藏高原，对这两条大河有着休戚与共的深挚情感，她说她的父老乡亲将雪山化作的涓涓溪流奉为神灵，从不敢用任何身体和精神的不洁去亵渎流水，每逢吉祥的日子，藏族同胞们会跋涉到雪山脚下取回清水，供奉在家里。

而在取水前一定先要洗净双手，容器里的剩水绝对不能倒进河流、湖泊或水井里。梅卓在说这些话时，一脸虔诚，这使她本来好看的双眼显得更加清澈透亮，我久久地看着她，将她的言语和对水的敬畏刻在了心里。

继而，便想到曾经去过的青海三江源，那一片经过炎黄子孙寻觅了几千年的发源地，是那样宏阔而寥远，连绵起伏的可可西里山及唐古拉山脉横贯其间，高耸入云的雪山冰川犹如天地之间的圣殿，巍峨庄严，一派圣洁，而雪山脚下涌出的清泉则如从天而降的仙女，一个又一个，一群群前后欢跳着，四处流动。

她们带着少女的性情，走着走着，有的就停了下来，顽皮地化作高原上的蓝宝石，星宿海、扎陵湖、鄂陵湖……那一湾湾映照天空的湖泊便是她们闪亮的眼睛；还有一些就地躺下，化作一片片草木丛生的湿地，扎阿曲、扎尕曲间沼泽，让云杉、虎耳草、雪灵芝自由生长，藏羚羊和牦牛、棕熊穿行其间。

一时分辨不清，是哪些涓涓雪水流归了黄河？

据说，最早有关黄河源的记载是战国时代的《尚书·禹贡》，有"导河积石，至于龙门"之说。所指"积石"，在今青海循化附近，距真正的河源距离尚远。到了唐代，才一步步接近了巴颜喀拉山，唐王朝和吐蕃政权来往密切，特地派遣过一些官员和旅行家在河源探访，有记载："次星宿川，达柏海上，望积石山，览观河源。"

吐蕃王松赞干布，还在这一带迎娶了从关中不远万里前来和亲的文成公主，那美妙的汉族女子面对黄河之源，一定勾起更加强烈的思乡之情，但她若能感知她的故事将随着黄河之水远远流传，成为民族亲情千秋美好的见证，也定会欣慰不已。

历朝历代，华夏儿女对黄河源流一直有着殷切的探询，新中国成立以后，更是多次组织科考队进行全面勘查，最后认定位于

秘境

福　　道

巴颜喀拉山北麓那座各姿各雅山，从山脚下碗大泉眼溢出的清水，就是咆哮万里的黄河最初水流卡日曲。

二

青海高原孕育了三条大河，黄河、长江、澜沧江，她们是上天之子，是最为高贵的女神，又犹如姐妹，少小时节戏耍跳跃在一起，稍后便有了各自的远方。黄河为何选择流向北方，这是大河深藏的秘密。或许她从巴颜喀拉山脉初生之时，便与长江、澜沧江心照不宣，以对生命无边的仁慈和默契，各自选择了不同的去向，在不断的前行中不断丰盈，哺育着亿万生灵。

从雪山到入海，这条中国北部的大河，流向西北干涸的山峦和土地，流向那经她滋润过后才有了名字的青海、四川、甘肃、宁夏、内蒙古、陕西、山西、河南及山东，最后流入渤海。她经历了一路惊险传奇。

先是在山地峡谷间穿行，忽宽忽窄，急纵之后会有放松的流淌，造就出富饶的河套平原；随后急转朝南，飞流直下千余里，将黄土高原的泥沙裹挟而去，于磅流奔涌的壶口形成滔滔瀑布，于两岸断崖绝壁，刀劈斧削对峙间形成险要龙门；继而摇荡而行，"三十年河东，三十年河西"，过三门峡，长驱直入，横贯华北平原，将河道逐年抬高，形成世界著名的"地上悬河"；在她奔向大海的前夕，又将挟带而来的泥沙堆积成一摊摊新生的陆地，每年都几乎新增三万多亩。

任那绿芽萌发，人鸟共享。

三

我追随着她的气息，终于来到黄河入海口的附近了，也就是她不断簇拥而成的大地上。从北京到利津，列车行走了足足七个多小时，已是漆黑的夜晚，由小站温和的灯光里走出来，一时间辨不清方向。

但知这利津县正位于黄河三角洲，古时便因邑有东津码头，内控黄河，外锁海运要津，故称为"利津"，是为黄河入海口附近水陆码头和商贸重镇。境地虽为平原，但由于历史上黄河决口频繁，受洪水反复冲切，又有淤泥套叠，形成坡地山岗，低洼相间的地貌。

利津北站就建在小小的高地上，走下一级级台阶，上车便进到更深的夜色之中了。

车灯照着前方的道路，但见不时弯曲在田野之间，道旁的树木伸展着枝杈，像是有意调皮地阻拦。进城的大路正在加修，这

福　道

条乡道虽然有些窄，但夜间少见车辆来往，由着这车在路上摇摆，一会儿冲上小坡，开到墙壁上绘满彩画的村庄里，一会又差点开进结满玉米棒子的庄稼地。幸亏导航指路，半小时以后眼前一片绚烂的灯火，来到了利津县城。

第二日才看清，这原是一座街道开阔，建筑新颖的小城，黄河大桥连接起县城两端，行走于此，能明显感觉到凉风里河与海的潮润。大河离海已经很近很近了，她从山东滨州流入东营，很快就要抵达垦利县东北，那便是她的入海口。

黄河本是一位性格丰满的母亲，从初始的无拘无束，到之后的义无反顾，她会在严寒来临之时，结冰封河，直到来年春天；她会随心所欲地摆动腰肢，不管不顾地扫荡污泥尘埃，甚至狂怒无情。

据历史记载，在1946年前的三千至四千年间，黄河受到近1593次泛滥威胁，决口一千多次，而因泛滥令河道大改道共26次，北到海河，南至江淮。人们在无数次遭遇灾难之后不得不揣摸黄河的意愿，为之改道，为之牵引，于是，才有了今天最终走向渤海的必经之路。

前往入海口的路上，黄河就在相距不远的大堤之外，车行高处，便能时时看到她万马奔腾似的流动，并仿佛还能听到那大河的喘息。

她一定是很累了。

一万多里的漫漫长路,她将乳汁献给了广袤的土地,孕育了中华文明、炎黄子孙,在她流经的地域里,开创了中国文字,千年古都,青铜冶炼、四大发明;人们用这母亲河灌溉农田,兴修水电,她是沿途人民的生命源泉,也是现代文明得以为继和可持续发展的根本保障。

但就在前些年,人们突然发现,黄河竟然出现断流的现象,究竟是大河源头的雪线下降,荒沙遮蔽,还是沿途树木减少,水系退化?或者是人们过度开发利用,造成环境恶劣,乳汁干裂?有一年夏天,我回到父亲的故乡东阿,亲眼见到那条多年前舟楫来往的大河竟然只剩了浅浅的水面,浅得人赤着双脚就能蹚过河去……那一刻,怎不叫人肝胆欲裂。

不敢设想,如果没有了黄河,没有了长江,我们将还有什么?

保护黄河,保护长江!保护华夏儿女的母亲河!

四

让人欣喜的是,在那片通往黄河入海口的葳蕤湿地上,感受到了东营人的良苦用心。近些年来,人们越来越清醒地意识到人与自然相依为命的关系,上至黄河源头,下至黄河入海口,以及渤海,启动了全面保护的战略规划,打造黄河流域、渤海生态文明,还大自然以生机,已逐日在见成效。

受到黄河最为丰厚馈赠的东营,陪伴大河前行的渤海之畔似乎竟唤来了高原的某种气息,那受到呵护的湿地一望无际,虽然没有藏羚羊敏捷的奔跑,但青苍苍成片芦苇枝叶勃勃,密不透风,水洼里虫鸣鱼跳,千万只候鸟在此盘旋飞翔。

辽阔的湿地成为鸟儿的乐园,也是东亚——澳大利亚和环太平洋鸟类迁移路线上的重要通道,每年南来北往的近600万只鸟儿在此越冬、繁殖和歇息,丹顶鹤、白鹭、天鹅……,数不清种类的鸟儿们在湿润的草地、密集的芦苇丛中自由而优雅地翩翩起舞,它们组成曼妙的队列,在这片与大海相依的天空之上此起彼伏,高飞低唱,仿佛都在一同欢迎远道而来的黄河。

眼见得,黄河就要扑向大海了,那是她日夜奔走,终将回到的家园。

她一定是远远地看见了那一片蔚蓝,虽然已好生疲惫,从那么遥远的高原到如今,她从未停歇过,如果她不是一位仙女,一定早就腰身伛偻,脸上布满皱纹,步履蹒跚了;但她的确是天地间伟大的精魂,即便已是千辛万苦,也仍然毫不踌躇地奔涌向前。那排山倒海的波涛便是她急急的脚步。

她有一些矜持，可以从她回卷的瞬间看出来，但终归，她就像将要谢幕的女神，一边整理衣衫，一边雍容端庄、气势磅礴地迎着海洋而去。

那渤海候着她，时刻敞开着胸怀。

黄河加快了脚步，若是在飓风多情的催促下，她会在扑向大海之际再次掀起惊天动地的波浪，于是，那一道令人极为震撼的奇观便出现了：巨大的黄河浪潮与邈远的蓝色大海紧紧相汇，持续着，连绵不断……

那是经历了无数泥沙厚土的濡染而成的雄浑的黄，那是经历了从陆地——湖泊——海的沧桑演变的无尽的蓝，两者就都是天地的原色，之间是如此宽广的独立，又如此长久的信赖和相依，再也没有分离。

这时候，你可以明显地看到奔腾而来的黄河即使进入了大海，但依然按捺不住的倔强，她在一派宽容的蓝色之上掀起一股又一股巨浪，浪的尖顶扬起一叠叠雪白，透示出大河一如既往的冰雪性情，——她到此时，也没有忘记雪山的恩典，不屈不挠地试图留下自己的本色，直到遥远。

在那里，在那遥远的，人们的视线难以触摸的海之深处，她终于化作了海。